講談社文庫

全能兵器Ａ《ア》ｉ《イ》ＣＯ《コ》

鳴海 章

講談社

目次

全能兵器Ａ・ｉＣＯ

アイコ

序章　戦争が始まる

四日後、戦争が始まる。ひょっとしたら……。

高い空に広がる薄い筋状の雲を世良融《せらとおる》は不思議な感慨にとらわれて眺めていた。太平洋戦争が始まる直前、この空をまだ試作段階だったゼロ戦が飛んだ。さらに昔、天下統一をなしとげた織田信長がこの空の下を駆けまわった。各務原《かかみがはら》、岐阜なのだ。人類が発生するより前から空は変わらず、これから新たな戦争が起こっても今見上げている空に変化はない。当たり前のことが不思議に思えた。

つい昨日、アメリカ政府が発表した。米海軍第七艦隊の一個任務部隊が南《なん》シナ海南沙《さ》諸島のファイアリー・クロス礁を目指して横須賀基地を出港しており、日本時間の二〇一五年十月二十七日午前中——つまり今から四日後に目的地の十二カイリ以内を航過する、と。ファイアリー・クロス礁は満潮時には海面下五十センチから一メートルに水没する環礁に過ぎなかった。だが、去年夏から中華人民共和国が埋め立てを始め、約三ヵ月で人工島——永暑島《えいしょとう》と命名——とし、今年一月には三千メートル級の滑走路を完成させた。国連海洋法の条約では干潮時のみ現れる暗礁は島、すなわち領土とは認められない。実際、ファイアリー・クロス礁周辺は中国、台湾、ベトナムの三ヵ国が領有権を主張しており、第二次世界大戦後はベトナムが占領していた。しかし、一九八八年スプラトリー諸島海戦で中国人民解放軍が勝利し、以来、実効支配をつづけている。国連海洋法では排他的経済水域《EEZ》内であれば、暗礁の上に建物をつくることは認められているが、国際社会はファイアリー・クロス礁の中国領有を認めず公海であると主張してきた。だが、中国は人工島、さらには滑走路や航空機運用に必要な支援施設の建設を強行した。アメリカ政府は話し合いによる解決を模索し、約一ヵ月前の九月下旬から十月上旬、アメリカを公式訪問していた習近平《しゅうきんぺい》国家主席とオバマ大統領の会談をラストチャンスと見てファイアリー・クロス礁についても話し合った。しかし、中国は聞く耳を持たず交渉は決裂した。その結果を踏まえ、アメリカ政府は同礁の十二マイル以内を戦闘艦が突っ切る〈航行の自由作戦〉を承認したのである。当然、中国は反発し、領海に接近する他国の艦艇を監視し、必要があれば警告を発するだけでなく、武力を行使する場合もあり得ると恫喝《どうかつ》していた。

「世良様」

声をかけられ、世良の思いは途切れた。ふり返り受付窓口をのぞきこむ。ブルーを基調とする航空自衛隊仕様の迷彩服を着た係官が入構許可証と記されたバッジを押しだした。

「ただいま、渉外室長がこちらに参ります。見えるところにバッジをつけてお待ちください」

「わかりました。ありがとう」

午前七時十分、東京駅発の新幹線のぞみに飛び乗り、名古屋で名鉄《めいてつ》に乗り換え、三柿野《みかきの》駅に到着したときには午前九時五十二分になっていた。約束していた午前十時に何とか航空自衛隊岐阜基地の営門にたどり着き、渉外室長あてに来意を告げたのである。

ほどなくブルー塗装の年代物のステーションワゴンがやって来て、営門のわきに止まり、助手席から四十代半ばとおぼしき制服姿の男性が降りてきた。肩には3等空佐の階級章、胸元には航空徽章《ウイングマーク》をつけている。

「おはようございます」

「おはようございます」渉外室長は挨拶もそこそこにつづけた。「ちょうど飛行隊長の千田《せんだ》がフライトしているところで、ベリーグッドのタイミングです。こちらの車に乗ってください」

乗りこむとすぐに車は動きだし、そのまま格納庫のわきまで連れてこられた。渉外室長にうながされ、滑走路が見渡せる場所へ案内された。渉外室長がハンカチを取りだして顔を拭《ぬぐ》いながらいう。

「まずはＦ－２のスニーキングアタックをご覧いただくのが一番だと思いましてね」

Ｆ－２が航空自衛隊で使用されている戦闘機であることは世良も知っていたが、いきなりの展開にいささか面食らっていた。

「スニーキングというのは、スニーカーのスニークですか」

我ながら間抜けな訊《き》き方だと思ったが、渉外室長は人の好さそうな笑みを浮かべて大きくうなずいた。

「その通りです。スニーキングアタックなんていいましたが、ロ－パス……、滑走路上を低高度で飛びぬけてくれとリクエストしただけなんですけどね」

「はあ」

うなずいたものの渉外室長が何をいっているのかよくわからなかった。スニークはこそこそするという意味があり、ゴム底のスニーカーは足音を立てないので忍び足に向いているところから名づけられた。しかし、晴れわたった空に響きわたるジェットエンジンの排気音が基地全体をすっぽり包みこんでいる。轟音《ごうおん》は世良の立っている場所の左方から聞こえてきて、徐々に近づきつつあるのはわかった。正面には滑走路が左右に広がり、音のする左手には格納庫が建っていた。F－2戦闘機はよほど低く飛んでいるようで轟音が格納庫の向こう側から聞こえるだけで機体を見ることはできなかった。

「間もなくですよ」

渉外室長が世良の耳元で声を張る。そうしないと満足に会話ができないほど轟音が凄《すさ》まじくなっていた。これだけ派手に音を立てて、どこが忍び足なんだと思いかけたとき、渉外室長が前方にさっと手を伸ばした。つられて目をやった世良はぽかんと口を開けた。

格納庫の陰から濃淡二色のブルーに塗り分けられたF－2が唐突に出現したのだが、耳をつんざく轟音は格納庫の向こうに置き去りにされたままで、世良の目には音のない空間を高速で飛びぬけているようにしか映らなかった。

低高度で突っこんできたF－2が滑走路の中ほどでいきなり横転する。世良は思わず声を発した。

「うへぇ」

主翼の左端が滑走路をこすりそうに見えたからだ。だが、F－2は何ごともなかったように旋回し、白っぽい炎がちらちらする後部排気口を世良に向け、あっという間に遠ざかっていった。轟音の大波が押しよせてきたのはそのあとである。渉外室長が手で示してくれなければ、音が聞こえてくる左方に目を向けていてF－2が旋回する瞬間など見られなかった。もし、突っこんできたF－2が機関砲を撃つか、爆弾を落としても機体を目にすることもなく、殺されていただろう。

まさに忍び足攻撃《スニーキングアタック》――航空燃料の燃える臭いが立ちこめる中、世良は背筋がぞくぞくするのをおぼえ、そっと下唇を噛んだ。

世良は単独で行動することが多かった。所属は警視庁公安部外事第二課だが、事案が発生すれば全国どこにでも、ときには海外にも出張するし、職務上必要であれば身分の偽装《カバー》も行った。外事第二課の担当は中国だが、世良は中国南部、台湾にまつわる案件を受けもっている。

世良は必ずしも中国が嫌いではない。むしろ日本という国の成立を考えるならば、親といってもいい存在だと考えている。ただし、共産中国は別だ。現在の中国や韓国が歴史認識という言葉を持ちだすたびに釈然としないものを感じた。正しい歴史認識というなら中華人民共和国が成立したのは一九四九年であり、大韓民国の独立が宣言されたのは一九四八年だ。その後朝鮮戦争が勃発し、一九五三年の休戦後も朝鮮民主主義人民共和国との睨《にら》み合いがつづいている。

一方、日本の敗戦は一九四五年。つまり太平洋戦争が終わったときには、中華人民共和国も大韓民国も存在していないのだ。

岐阜基地を訪れるにあたっては偽装として財務省東海財務局員の身分を与えられている。名目は予算執行調査の一環としてあったが、内容はわが国および周辺国のステルス戦闘機に関する現状と今後の展望について基本的なレクチャーを受けるだけでしかなかった。

予算執行調査は各省庁において実施された政策において予算が適切かつ効果的に執行されたかをチェックし、調査結果を次の予算案作成にフィードバックさせるというもので平成十四年度から始まっている。調査には様々な段階があり、抜き打ちに行うことも珍しくなかったので公安部局を名乗るよりはるかに動きやすかった。

駐機場から司令部庁舎に戻ると世良は講堂に案内された。四、五十人は楽に入れそうな大きさがあったが、渉外室長と世良の二人だけしかいなかった。

「当基地はＴＰＣを持っておりまして……」

説明をつづけようとする渉外室長を世良は手を上げて、制した。

「すみません。TPCというのは何ですか」

「失礼しました。テストパイロットコースの略です。正式には試験飛行操縦士および技術幹部を養成するための教育訓練課程になります」

渉外室長は岐阜基地を拠点とする飛行開発実験団には四つの任務があり、テストパイロットの養成はその一つだといった。ほかは航空機やミサイルなどの試験と評価、航空自衛隊の研究部門中枢である技術研究本部が行う試験への協力、新造された航空機の受領諾否を決める試験飛行である。

「ここはTPCの学生が講義を受ける教室です。プロジェクターや音響設備が整っているので世良調査官にご説明するのに都合がいいものですから」

世良が出した名刺の肩書きが調査官となっている。

「さて、今回はステルス戦闘機の現状と展望についてお話しするようにいわれているんですが、ステルス機についてはどの程度ご存じですか」

「何も知らないといっていいです。基礎から教えていただければと思います」

「了解しました」

渉外室長は演壇を離れ、スクリーンわきに置かれた長机に移動した。プロジェクターにつながったノートパソコンが置かれている。

「私もこちらで座ったままご説明させていただきますが、よろしいですか」

「もちろん。構いません」

「それではスクリーンをご覧ください」

講堂の照明が落とされ、スクリーンが白く浮かびあがった。すぐに角張った黒い飛行機が映しだされる。

「ステルス戦闘機というと、まずはこれなんですが、見たことはありますか」

「写真で、なら。詳しいことは知りませんが」

「これは湾岸戦争で衝撃のデビューを果たしたF－117《ワンセブンティーン》です。一九九〇年……、平成二年にイラクは隣国クウェートに侵攻し、わずか一週間で首都を占領、併合を発表しました。これが湾岸戦争の発端ですが」

渉外室長が世良に目を向けたのでうなずくと先をつづけた。

国連安全保障理事会はただちにイラクに撤退を求めたが、イラクは応じなかった。そこでアメリカはイラクへの経済制裁を発動する一方、クウェートの自由を守るため、サウジアラビアに陸空軍を展開、ペルシャ湾に海軍の空母機動部隊を派遣した。同時に世界各国に協力を呼びかけ、ここに第二次世界大戦後初めて多国籍軍が成立し、最終的な参加国は三十四に上った。翌一九九一年一月、国連の勧告を無視しつづけるイラクに対し、多国籍軍はクウェートに軍を進め、イラク軍を駆逐した。約二ヵ月後、イラク軍はクウェートから去り、イラク南部の軍事施設は多国籍軍の爆撃によって壊滅状態となった。

「この爆撃の急先鋒となったのがアメリカが極秘裏に開発を進めていた世界初のステルス戦闘機F－117でした」

言葉を切った渉外室長が世良を見る。

「イラク軍だけでなく、世界中の軍が驚愕《きょうがく》を通りこして震えあがりました。何しろイラクの防空レーダーに一度もつかまることなく、すべてのレーダー施設を叩きつぶしたんですから。どれほど怖かったか、想像がつきますか」

「いえ」世良は首を振った。「難しいですね」

「暗夜で爆音だけが聞こえているんです。近づいているのはわかりますが、レーダーには何も映っていない。防空陣地にいた連中にできたのは音のする方向に目を凝らすだけです。さきほどのスニーキングアタックを思いだしてください。さっきは明るい中でやりましたが、湾岸戦争の初《しょ》っぱなは闇の中です。音はすれども姿は見えず……、それどころじゃない。音は後ろに置いてけぼりだったわけです。F－117がやって来て爆弾を落としたときには音もまだ届いていなかったでしょう」

世良はうなずき返したが、渉外室長は顔をしかめた。

「しかし、ハコフグは動きが鈍《にぶ》すぎました」

「すみません」世良は顔の前で手を挙げた。「ハコフグというのは？」

「F－117のことです」渉外室長がにやりとする。「不格好でしょ。主翼にしてもV字の尾翼にしても箱から生えたひれみたいで。それでハコフグって……、悪意に満ちたニックネームですね」

「なるほど」

渉外室長がつづけた。

「F－117を開発した当時のロッキード社の秘密開発部門ではコンピューターが飛行制御するなら机でも飛ばせると豪語してたらしいですが、F－117は音速を超えられませんでしたし、機動性に欠けたんです。衝撃のデビューから八年後、F－117は一九九九年三月のコソボ空爆でセルビア軍の地対空ミサイルで撃墜され、二〇〇八年に全機退役しています。しかし、ステルス技術は戦闘機、攻撃機、爆撃機の新時代を切り開いたといえるでしょう。さて、湾岸戦争最初のイラク爆撃に話を戻します。そのとき注意深くレーダーディスプレイを見ていれば、ごく小さなエコー、つまり機影が見えたり、たまにくっきりとした反応が現れたかも知れないんです」

「ほう？　ステルス機も完璧ではないということですか」

「ステルスの本来的な意味はこっそりとか、隠れるであって、決して不可視、見えないというわけではありません。航空機を見つけるのは電波、つまりはレーダーということになります。ごく大雑把《おおざっぱ》にレーダーの仕組みをいうと、電波を発信し、目標に反射させて、返ってきた電波を受信することで対象物を発見するというものです。そこでステルス機はまず機体表面に電波吸収材を貼りつけました。でもそれだけでは吸収しきれない。そこで機体の形状を工夫することによって、電波を発信源にまともに反射しないようにしました。発信源のアンテナが受信用でもあるからです」

渉外室長は説明をつづけた。電波吸収材とはフェライトや結晶した黒鉛などを混ぜた塗料で、内側に入りこんだ電波が混ぜられた物質に何度も反射して奥へとりこまれ、エネルギーを削《そ》がれる。しかしながらレーダー波の波長は様々で、また高エネルギーであるほど減衰されにくい。つまりすべてのレーダー波を完全に吸収できるわけではない。また、電波を発信源に向かってまともに反射させないといっても戦闘機はつねに姿勢を変えているので、たまたま敵性レーダーに対して機体の平らな部分をまともにさらしてしまえば、電波を反射してしまう。

「ああ、なるほど」世良はうなずいた。「それで先ほど小さなエコーや、たまにくっきりとした反応があったはずとおっしゃったんですね」

「その通りです。完全にレーダースクリーンから消えるというのは不可能にしても電波吸収材や機体デザインなんかを組みあわせることでレーダーエコーを小さくしたり、捕捉される時間を極端に短くすることができるわけです。現在の防空ミサイルは大半がレーダー誘導ですからレーダー波の反射が途切れたりすれば追尾できなくなってしまいます」

対抗手段も研究されてきたと渉外室長はいう。

ステルス機にあたって跳ね返った電波が発信源に向かわないのであれば、二つ以上のレーダーを用意し、一つが照射し、反射した電波を別の場所に設置したレーダーで受ける方法が考案された。だが、実際にステルス機を捕捉しようとすれば、領土をびっしり埋めつくすくらいレーダーを並べ、リアルタイムで情報交換できるようにネットワークで結ぶ必要がある。

「コスト的にも物理的にも実現はとうてい不可能ですね」渉外室長はあっさりといった。「赤外線で探知する方法もありますし、手法も進化してるんですが……」

単に赤外線の発信源を探るだけでなく、波長を分析し、発信源の種類を特定したり、赤外線カメラの性能を向上させ、遠距離の対象をくっきり捉えることもできるようになってきた。高速で飛行する航空機はどうしても空気との摩擦で熱を発するし、エンジンは大量の赤外線をばらまいている。

「赤外線の発信源をより遠方で捕捉し、識別できるようになってきてはいますが、侵攻してくるステルス機を確実に阻止できるほど遠距離でつかまえることはできないんです」

「では、まだまだステルス戦闘機は有効なのですね」

「その通りです」渉外室長はうなずいた。「ステルス機といえば、アメリカの独壇場だったのですが、二〇一〇年代に入ってロシア、中国、そのほかの国でも研究、開発が進んできました。たとえば、これです」

正面スクリーンに黒く塗装された戦闘機が映しだされた。画像の下辺にJ-31と記されている。

「J-31は正式名称ではなく、二〇一三年に中国が発表したステルス実証機にアメリカが付けたコードネームです。中国はすでに二〇一一年、J-20というもっと大きなステルス機を発表していますが」

スクリーンの写真が切り替わった。

「機体前方、空気採り入れ口の横に小さな翼が突きだしているのがわかりますか」

「ええ」

「カナード翼といいます。Ｊ－20は三角翼機なのでカナード翼があると飛行安定性を高められるんですけど、鳥が衝突しても耐えられるだけの強度が必要なのでおそらくは堅牢な金属製だと見られています。これだとレーダー波をまともに反射してしまうんです。でも、Ｊ－31はデザイン的には洗練されている」

「ステルス性能も上がっているということですか」

「そうです」

「さきほど室長はそのほかの国といわれましたが、その中にわが国も入るんですね」

世良は宙に目をやった。「心神《しんしん》という名前でしたっけ」

「正確には先進技術実証機《アドバンスド・テクノロジカル・デモンストレーター》の頭文字をとってＡＴＤに開発中の機体を表すＸを付けて、ＡＴＤ－Ｘと呼んでいます。わが国がＡＴＤ－Ｘの研究に着手したのがまさにイラクがクウェートに侵攻した平成二年なのです。さきほども申しあげたようにわが国を取りまく国々、とくにロシアと中国はステルス戦闘機の開発を進めてます。一方で次期主力戦闘機であるＦ－35の配備は遅れています。そのためわが国が一日も早くＡＴＤ－Ｘを飛ばす意味が大きくなっています」

「ちょっと待ってください。よく意味がわからないんですが。ロシアや中国のステルス戦闘機に対抗するためにわが国も独自にステルス機を保有する必要があるということですか」

「もっと単純な話ですよ。日本が独自にステルス実証機ATD-Xを持てば、実際に防空識別圏を飛ばしてレーダーにどのように映るか検証できるわけです」

「なるほど」世良は大きくうなずいた。「それでATD-Xはどの程度進んでいるんですか」

渉外室長が苦笑した。

「F-35にいろいろ問題が生じて配備が遅れ遅れになっています。何しろ次期主力戦闘機なのでF-35を最優先にしなくちゃいけない。ATD-X事案にもっと予算を回していただけると飛躍的に進むんですが」

「財布の中身にはかぎりがありますからねぇ」

世良はスクリーンに目をやったまま他人《ひと》ごとのようにつぶやいたが、胸の内ではまったく別のことを考えていた。世良が岐阜基地にまでやって来た理由こそ中国に関係していた。

南シナ海各所で中国は航空基地を建設していた。現在、〈航行の自由作戦〉が進行中のファイアリー・クロス礁だけでなく、西沙《せいさ》諸島最大の島ウッディ・アイランド

――中国名永興島《えいこうとう》――にも三千メートル級の滑走路が作られ、そちらでは軍用機のみならず旅客機の運用も始まっていた。南シナ海は日本にとっては中東から原油を運んでくるための大動脈だが、フィリピン、マレーシア、ベトナム、インドネシア、カンボジア、タイ等々にとっては領有権をめぐって争っているホットゾーンでもある。ファイアリー・クロス礁とウッディ・アイランドを結ぶ南北のラインは南シナ海を真っ二つに分断する。さらにフィリピンを挟んで東には台湾、そして日本の尖閣《せんかく》諸島があり、中国はそちらにも手を伸ばしている。

大国化には資源確保が不可欠であり、中国の南下政策、海洋進出の狙いとされてきたが、中国にはより大きな悲願があった。第二次世界大戦後、米ソによって確立され、ソ連消滅後はアメリカ一国が支配してきた世界的な秩序を崩壊させることだ。そうした中国への対抗策の一つとしてATD－Xが急速に浮上してきているという情報があるのだが、たった今渉外室長がいったように予算措置が充分とはいえず実験もままならない状態にある。それでいて世良にはATD－X周辺で起こっていることを細大漏らさず明らかにせよという命令が下っていた。外事第二課、とくに世良が投入されたからには台湾を中心にして、中国南部や東南アジア各国がからんでいるのは間違いない。

それにしても何が起こっているというのか——。
スクリーンに映しだされた黒い機体を眺めつつ、世良は胸の内でつぶやいていた。

第一章　未来戦闘機

1

　未来が具体的な形となって目の前に現れたとき、わくわくするのではなく、ひたすら落ちつかないのは、いつの間にか自分だけが周囲に取り残され、時代遅れになったと感じるからか。郷谷良平《ごうたにりようへい》は胸の底が抜けてしまったような気分を噛《か》みしめていた。二〇一四年十月二十六日午後三時、茨城県小美玉《おみたま》市の航空自衛隊百里《ひやくり》基地にまさに未来が展示されていた。日の丸が描かれたエアフォースグレーの次期主力戦闘機F－35、ただし実物大模型《モックアップ》に過ぎない。

　F－35の機首はわずかにひしゃげていて、スピードボートの鋭い舳先《へさき》を思わせた。機体の右前に立ち、見上げているせいもあって上を向いているように見える。写真を見てきたかぎりそれほど大きいというイメージはなかった。全体的にずんぐりした印象があるからかも知れない。だが、目の前のモックアップはでかかった。

F－15の機体はほぼテニスコート一面分といわれ、初めて見たときには巨大さに目を剝《む》いたものだが、そのF－15と比べてさえ、F－35の主翼幅は約五十センチ広い。全高ではF－15が六十センチほど上回るが、これは垂直尾翼が文字通り機体に対して垂直にそそり立っているからで、F－35は左右に二十五度傾けて取りつけられている。垂直尾翼が左右に倒れているのは、機首上げ姿勢《ハイ・アルファ》で飛行したとき、主翼や幅広の胴体が巻きおこす後流に包まれ、機能を損なわないためだ。同じ理由で機尾を伸ばし、水平尾翼もエンジン排気口より後方に設けられている。何よりF－35に小さいというイメージを抱かせたのはエンジンが一基だけ、いわゆる単発機だからだろう。双発のF－15に比べ、単発のF－2やその母体となったF－16もふくめて小型機とみなされることが多い。

継ぎ目が少ない上、凹凸《おうとつ》がほとんどないつるんとした機体は、今まで乗り継いできたF－15、F－2と違ってどこかしらとらえどころのない不気味さを感じさせた。

だが、ステルス機の本当の不気味さはやり合ってみないと実感できない。郷谷は今までに二度、ステルス機と空中戦をやったことがある。もちろん訓練であり、相手はF－35ではなく、アメリカ空軍に実戦配備されているF－22で、郷谷はF－15を駆っていた。

一度目は相手がどこにいるのかまるでわからないうちにいきなり撃墜《スプラッシュ》とコールされた。あわてて後方を見たが、何もない。いやな感じがして、自機を横転させた。半マイル後方——戦闘機にとってはこめかみに銃口を押しあてられるほどの至近距離だ——、わずかに低いところをF－22がふわふわ飛んでいた。

二度目はもう少しましだった。右方から接近してくるF－22を視認できていたからだ。すれ違いざま、互いに相手の機尾《けつ》を狙って巴《ともえ》の旋回戦に入った。三回切り返したところで郷谷は相手の背後を取った。機動性能においてF－22はF－15をはるかに上回ることを考えるとわざと隙を見せたのかも知れない。なめられたのか、せめて不利なポジションから反撃を開始するのでもなければ、訓練にならないと考えたのか——理由などわからない。

とにかく郷谷はF－22を後ろから追いかけまわす位置についた。しかし、それは悪夢の始まりに過ぎなかった。目には見えているが、レーダーでは捕捉《ロックオン》できないのだ。まるでウナギのようにつるつる滑って逃げていく。ならばせめて赤外線《IR》をとらえようと距離を縮めにかかったが、アフターバーナーに火が入ったとたん、凄まじく加速、鼻先ですぱーんと旋回され、あっという間に振りきられてしまった。

遠ざかっていくF‐22の残像を脳裏から追いはらい、ふっと笑った。ざわざわ落ちつかない胸の内にちっぽけな嫉妬心があることを認めたからだ。郷谷はすでに四十四歳になっている。F‐35の実戦配備が始まるのは再来年とされているが、すでにロートルの域に入っている自分がこれから訓練を受け、機種転換することはない。

「チャンプ？」

声をかけられ、郷谷はふり返った。チャンプは郷谷の固有識別符号《タツクネーム》である。痩身だが、首だけ太い男がにこにこしながら近づいてきた。濃紺の制服に舟形の制帽を被《かぶ》っている。もっとも郷谷も同じ格好だ。

「おお、お久しぶりです」

「ご無沙汰」

声をかけてきた男――千田浩《ひろし》は郷谷の肩章に目をやってにやりとした。

「いよいよチャンプも2等空佐か」

「何だか尻がむずむずしますね」

2佐に昇進したのは今月一日だったし、階級付きで呼ばれることなど滅多にない。

「今、どこに？」

「横田です」

「宮仕えか」

郷谷は横田基地の航空総隊司令部で幕僚勤務に就いており、部内では宮仕えと称することが多い。

「宮仕えをしてて、2佐に昇進、次はいよいよ隊長か」

笑みを浮かべたものの郷谷はひやりとした。郷谷は三年前まで戦闘飛行隊に所属、飛行班長まで務めたあと、横田基地の航空総隊司令部でデスクワークに就いている。戦闘機部隊を離れるときの約束では総隊司令部勤務のあと、ふたたび飛行隊に戻り、いずれ隊長を拝命するといわれていた。しかし、人事ばかりは蓋《ふた》を開けてみないことにはどのような結果になるかわからないし、夢や希望を口にすると案外実現しないという根拠のないジンクスがある。

「いや、それぱかりはわかりませんよ。ところで、千田さんは今？」

「飛行開発実験《ひじっ》団飛行隊の隊長」

「ほう、隊長ですか。いいなぁ」

本音がちらりと漏れた。

千田はF‐35のモックアップに目をやった。

「どう？　飛ばしてみたくなったろ」

「そうですねぇ……」

F－35に視線を戻し、飛ばしてみたいか、と自問した。

答えは、あっさり否《ノー》。

パイロットにとって戦闘機は、戦場を駆ける馬である。飛行経験を鞍数《くらかず》と称するパイロットも多い。駿馬《しゅんめ》を前にすれば血が騒いで当然だが、戦うのはあくまでも馬上のサムライなのだ。それが昨今の風潮では馬の自慢ばかりしているように思われた。実際、ステルス機も秘密のベールが少しずつ剝がされ、強み、弱みが把握されるようになってきた。それなりの防空システムと経験を積んだパイロットの技量があれば、対抗手段は必ずある。それでも実物大の機体を見れば、飛ばしてみたいという渇望にも似た感情がわいてくるのではないかと思っていたが、それほどでもなかった。これもまた年をとったということかとちらりと思う。正直に答えた。

「いやぁ、それほどでもありませんね。隊長は？」

「うん」

うなずいたものの千田も口元をへの字に曲げ、何とも答えなかった。郷谷はつづけた。

「それに私にはチャンスがないですよ」

「うちに来れば、チャンスはあるよ。配備までにまだまだ試験を重ねなきゃならないからね」

　郷谷は唸《うな》った。

「いや、私にテストパイロットは無理でしょ。もちろん飛実の任務の重要性は充分理解しているつもりですが……」

「わかってる」

　千田はテストパイロットだが、元々はＦ－15を飛ばしていた戦闘機乗り《ファイターパイロット》である。第一線の戦闘機部隊で実働任務で飛ばなければ、戦闘機を飛ばしたとはいえないという意味を理解していた。郷谷もモックアップに視線を戻した。

「それにしてもいつになったら配備されるんですかね」

「問題はそこだよなぁ」

　Ｆ－35の実戦配備は遅れ遅れになっていた。

　そもそもＦ－35開発の発端は一九九〇年代にまでさかのぼる。アメリカ空軍、海軍、海兵隊でそれぞれ新型機の開発、導入を計画していたのだが、コストとその後の運用を考え、一本化しようという気運が高まった。そうしてスタートしたのが統合攻撃戦闘機《ジョイント・ストライク・ファイター》――ＪＳＦ計画で、一九九六年にアメリカ国防総省が航空機メーカーに提案要求書を提示した。応じたのはボーイング、ロッキード・マーチン、マクダネル・ダグラスの三社だったが、審査の結果、マクダネル・ダグラスがまず落とされた。

二〇〇〇年にはボーイング、ロッキード・マーチンの二社が計画案を実証するための試験機を製造し、実際に飛行させている。そして選ばれたのがロッキード・マーチンが提案したXF-35というわけだ。計画案実証機《Xナンバー》とはいえ、量産機に近い形とされ、すぐにも実戦投入できるとされていた。それが選ばれた理由の一つであったにもかかわらず……。

「F-4は初飛行が一九五八年五月、運用開始が一九六〇年末だから、その間二年半だな」

すらすらと口にした千田に郷谷は瞠目《どうもく》したが、本人はいたって涼しい顔で言葉を継いだ。

「F-15で三年半、F-16が五年、F-2でも五年だ。F-35の実証機が飛んだのは二〇〇〇年だからかれこれ十四年になるが、いまだ世界中のどこの部隊にも配備されていない」

二〇〇一年九月十一日に起きた同時多発テロ以降、アメリカは対テロ戦争を標榜し、アフガニスタン、イラクでの戦争を始め、世界中のテロ対策を行ってきた。このことがアメリカの財政を圧迫し、二〇一〇年代に入るとアメリカは債務不履行《デフォルト》寸前、つまりは国の財布が空っぽになるところまで追いつめられた。とても新型戦闘機の開発どころではなかったし、配備途上にあった爆撃機Ｂ－２、戦闘機Ｆ－22――いずれもステルス性能を売りにした新型機だが、非常に高価だった――は計画していた配備機数を大幅に減らされ、Ｆ－35は陸海空軍、海兵隊で共同運用する統合攻撃戦闘機というだけでなく、同盟各国との共同開発に踏みきらざるを得なくなったのだ。

「まさか共同開発をしている各国から金を引っぱるための道具にしているってことはないだろうが……」千田がちらりと苦笑し、腕時計を見た。「さて、そろそろ岐阜行きの定期便が出るんで行かなきゃ。それじゃ、また会おう」

　また会おうというのは前振りだったのかな、と郷谷は思った。Ｆ－35のモックアップを前にして千田と話をしてからちょうど一年後、二〇一五年十月二十六日付けで郷谷は岐阜基地にある飛行開発実験団飛行実験群飛行隊勤務を命じられたのである。人事について夢や希望を口にすると実現しないというジンクスは生きていた。

「人生イロイロか」

つぶやいて苦笑する。

岐阜基地内の単身者用宿舎《BOQ》で快適な一夜――ベッドは八台入っていたが、泊まったのは郷谷一人だった――を過ごし、午前七時五十分に司令部庁舎に赴《おもむ》いた。千田から飛行隊ではなく、まず司令部に顔を出すようにいわれていたのだ。

玄関でとうの千田が待ちかまえていて、ともに二階に上がり、団司令室を訪ねた。

団司令室のコの字形に配置されたソファには頂点に飯島《いいじま》団司令、その左前に高杉《たかすぎ》副司令が座り、高杉と向かいあう格好で千田と郷谷が並んだ。郷谷は飯島、高杉ともに面識があった。四万人超の人員を擁する航空自衛隊だが、ファイターパイロットの世界は案外狭い。

「それにしてもチャンプが飛行開発実験団に来るとはなぁ」挨拶もそこそこに高杉が嘆息まじりにつぶやいた。「実は重森《しげもり》がめちゃくちゃ怒ってた。何のためにチャンプをわざわざF-2に転換させたと思ってるんだって」

「課長とはお知り合いなんですか」

重森修作《しゅうさく》は航空総隊司令部に初めて勤務したときの直属の上司だが、すでに九年前になる。とっくに異動しているだろうし、昇進もしているはずだが、郷谷は親しみと尊敬をこめて当時の役職で呼んだ。戦闘機パイロットになって以来、十五年にわたってF－15ひと筋でやって来た郷谷をF－2の世界に引きこんだ張本人である。

「防衛大学校同期《ぼうだいい》だよ。チャンプがうちに来ることをどこかで聞いたんだろうな。それでおれに電話してきたんだ。何考えてるんだ、お前って。まるでおれがチャンプを引っぱったような口振りでさ。そんな力ないっての、おれには」

「重森って、北部方面隊司令部《ほっくう》の？」

飯島が穏やかに訊《たず》ね、高杉がうなずいた。

「そうです」

「どうして奴《やっこ》さんがそんなに怒るんだ？」

「あいつはチャンプをいずれ第3飛行隊《サンスコ》の隊長に据えようって肚《はら》だったんですよ。あそこ、戦技課程《ファイターウエポン》を持ってるでしょう」

第3飛行隊は、その名が示す通り航空自衛隊の三番目の戦闘機部隊として昭和三十一年に創設された。第1、第2飛行隊の名称が使われなくなった今、もっとも歴史ある飛行隊といえる。平成十二年に臨時F－2飛行隊が併設され、翌年にはF－2への機種変更を終えた。以来、戦術戦闘飛行隊としての任務を果たしながら他機種パイロットの転換教育を受けもち、さらにF－2独自の戦術、戦法の開発、選《え》りすぐりのパイロットを集め、技量向上を目指す戦技課程が置かれることになった。

「重森は根っからF－15だと思ってたけどね」

「F－15信奉者である点は変わりないんですが、F－2の能力をもってすれば、邀撃《ようげき》任務を充分にこなせるし、戦闘機相手に戦う能力を磨くことが絶対に必要だというのが持論でしてね」

ふいに郷谷の脳裏に焼酎のオンザロックを手にして真っ赤な顔をした重森が浮かんだ。府中《ふちゅう》市内にある重森行きつけの焼き肉店でのことだ。重森は酒が入るとF－2の未来を語った。実戦配備から五年ほど経過した頃だ。たった今高杉がいったように邀撃戦闘機としての能力を評価し、空中戦の技を開発し、磨かなくてはならないとくり返した。

重森と郷谷はともにF－15のパイロットだが、F－2最大の弱点もわかっていた。レーダー直径がF－16と同じにされた点だ。もともとF－16をベースに共同開発されたF－2だが、新世代の戦闘機であり、対地攻撃を主任務とするF－16と違って侵攻してくる敵戦闘機への対処、いわゆる対領空侵犯措置行動《たいりょうしん》が求められた。専守防衛を基本とし、日常の任務では対領空侵犯措置行動——ひと言でいえば、邀撃が最重要となっている航空自衛隊にとっては当然のことだ。そのため日本としてはF－16よりも大型のレーダーを搭載することを望んだが、共同開発のパートナーであるアメリカが難色を示し、ついに大口径レーダーが実現しなかったのである。

『統帥権干犯《とうすいけんかんぱん》である』

大声を張りあげた重森を思いだして、郷谷は笑みを浮かべた。

「思い出し笑い？」

高杉がすかさず訊いてくる。郷谷は首を振った。

「いえ、課長……、重森《シゲ》さんが懐かしくて」

「熱血漢だよなぁ」飯島がうなずき、郷谷を見た。「ところでF‐35のモックアップを見たことがあるだろ？　どう思った？　やっぱり飛ばしてみたくなったか」

「正直なところ、よくわからないです。今までの戦闘機とあまりに違うようで……、自分で飛ばしているところが想像できないんですよね」

「零式《れいしき》艦上戦闘機は知ってるだろ」

「はあ」

「岐阜《こ》基地《こ》は零式艦戦が初飛行した地なんだ。当時は各務原の海軍基地で、初号機は南に二十キロ下った工場で組みたてられたあと、わざわざ胴体と主翼に分解して牛車《ぎっしゃ》で運んできたそうだ。ふたたびここで組みたてられたんだが、初めて目にする海軍搭乗員も多かった。彼らのファーストインプレッションがでかいだったそうだ」

「そうなんですか」

郷谷は復元されたゼロ戦を見たこともあるし、操縦席に座らせてもらったこともある。郷谷は身長百七十センチで決して大柄とはいえないが、それでも狭苦しく感じた。

「その頃の主力戦闘機は九六艦戦で、小柄で軽快、くるくる回った。当時は図体がでかけりゃ鈍重だし、敵機に見つかりやすいと思われていたからね」

「第一印象はあまりよくなかったようですね」

「よくないどころか、ベテランたちはクソミソにけなした。だが、九六艦戦と模擬空戦をやってがらりと変わった。図体がでかいくせに九六より小回りが利くし、何より速い。巴の旋回戦に入ると二回と回らないうちにぴたりと後ろへつけられる。さらに彼らが自分で飛ばしてみて二度びっくりだ。ひらりひらりと自分の思い通りに動く。F-35だってチャンプ自身が飛ばしてみないとわからないんじゃないか」

「私に乗る機会がありますかね。配備が延び延びになってるでしょう」

郷谷の言葉に飯島は顔をしかめ、うなずいた。

「政治の世界は面倒くさいよ。それに大金がからんでるしね。それでもこっちとしては準備しておかなきゃならない。EO《イオ》-DAS《ダス》の独自研究も始めてるよ。F-15にセンサーを積んでね」

「イオダスって何ですか」

「電子光学分配開口システムの略だが、単純にいうと機体の六ヵ所に赤外線センサーを取りつけて、そこで得た情報を機上《オンボード》コンピューターのデータベースと照合することでヴァーチャル・リアリティの世界を飛べるようにする。ヘルメット搭載型ディスプレイ《HMD》が必須アイテムになるがね」

郷谷は唸った。

「何だか乗る気が失せてきました」

「聞いたことないかな。ＨＭＤを装備したパイロットは全周を見渡せるって。真下を見れば、機体を透かして地面を見ることができる。球形の視野が得られるんだよ。それに組んずほぐれつの空中戦になっても敵と味方がきっちり色分けされているから同士撃ちはまずない」

「それなら聞いたことがあります」

「赤外線センサーは受動型《パッシブ》だから自ら電波を発して敵に位置を悟られることもない。入り乱れての空中戦のさなか、球形の視野で敵と味方をはっきり見分けられれば、鬼に金棒だろう」

「そうですね」郷谷はうなずいた。「でも、飛んでる最中に編隊僚機《ウイングマン》と敵機《ボギー》がどこにいるか見なきゃわからんようじゃ、戦闘機乗りとしてはイモですよ」

飯島は噴きだし、うなずいた。

「そういうと思った」

そのとき、ドアがノックされ、飯島が返事をすると副官が黒のパンツスーツ姿のすらりとした女性をともなって現れた。

「遅くなりました」

一礼する女性に男たちは一斉に立ちあがった。飯島が声をかける。

「いえ、時間通りですよ。我々が少し早く顔合わせをやっていただけです」

近づいてきた女性に向かって、飯島は郷谷を手で示した。

「来ましたよ。こちらがお待ちかねの郷谷2佐です」

お待ちかね？——郷谷は飯島を見やった。ちょうどふり返った飯島と目が合う。

「こちら新プロジェクトに携《たずさ》わっておられる雪乃《ゆきの》博士」

「初めまして、雪乃と申します」

差しだされた名刺は横書きで、上にＡＴＲＡＳと金文字で印字され、雪乃志保《しほ》とあった。住所はなく、携帯電話の番号だけが印刷されている。

「郷谷です。あいにく名刺はまだ作ってないので失礼します」

「それじゃ、早速だが」飯島は郷谷に向かっていった。「雪乃博士といっしょに行ってくれ」

「どこへ？」

「車を用意しております」

飯島に代わって雪乃が答えた。

2

雪乃志保は、飯島団司令にお待ちかね、、、、、のといわれたことに引っかかりを感じていた。待ちこがれているのは上司と同僚であって、雪乃自身は一週間ほど前に郷谷がプロジェクトに加わると聞かされたに過ぎない。岐阜基地まで迎えに来たのもたまたま手が空《あ》いていたからだ。

司令部庁舎裏手にある駐車場に出ると雪乃は紺とシルバー、ツートーンの大型四輪駆動車の前で足を止め、郷谷をふり返った。

背は思ったほど高くない。百七十センチほどだろう。がっちりとした体格でとりわけ首が太い。空戦機動中に強いGにさらされるうち、戦闘機パイロットは首が太くなり、ワイシャツのカラーのサイズは確実に二つ三つ上がると聞いたことがあった。だが、何といっても印象的なのは顔つきだ。よくいえば、精悍《せいかん》だが、眼光の鋭さはうっすら恐怖を感じさせるほどだ。今もきつい眼で雪乃の車をじろじろ眺めている。小さく咳払《せきばら》いをして声をかけた。

「車がドロドロですみません。昨日、山へ行ってきたんですけど戻ったのが夜遅かったものですから」

四輪駆動車は泥まみれでナンバープレートさえろくに読みとれなかった。

「山？　登山が趣味ですか」

眉を上げた郷谷の顔から一瞬にして厳しさが消え、ちょっと間が抜けているようにも見えた。はからずも思ってしまった。

あら、可愛《かわい》いじゃない……。

雪乃は小さく首を振り、リモコンでドアロックを外した。

「いえ、渓流釣りです。助手席の方へどうぞ。中は外ほど汚れてませんので」

助手席に乗りこんだ郷谷がシートベルトを締めながら鼻をひくつかせる。雪乃はエンジンをかけ、もう一度詫《わ》びた。

「ごめんなさい。魚臭いですよね」

「大漁だったようですね」

「それほどでもないです。釣り竿やらアイスボックスを後ろに積んだままだったんです。今朝になって気づいて、あわてて降ろしたんですけど、おかげで今朝は遅刻しちゃいました」

駐車場を出ると雪乃は北門に向かった。岐阜基地には西に正門、名鉄三柿野駅近くに北門があるが、飛行開発実験団司令部からだと北門の方が近い。ゲートの手前にある警衛所で車を止め、雪乃はダッシュボードの上に置いてあった入門証を取って降りた。窓口に入門証を返して戻る。門のわきに立った迷彩服姿の隊員がさっと背筋を伸ばして敬礼し、郷谷が制帽のひさしに指先をあて答礼する。北門を出るとすぐ左に数台分の駐車スペースがあり、空車のランプを灯《とも》したタクシーが二台停まっていた。門を出て数十メートルで国道二十一号線——中山道《なかせんどう》にぶつかる。右にウィンカーを出しながら訊いた。

「下の道を行きますが、かまいませんか。ここからだと高速を使っても所要時間はあまり変わりませんので」

「全然かまいませんが……」郷谷は雪乃に顔を向けた。「どちらに行くんですか」

「ああ」雪乃が車が切れたところで中山道へ乗りいれながら苦笑した。「失礼しました。三菱重工業名古屋航空宇宙システム製作所《めいこう》に向かいます」

「了解」

三菱重工業名古屋航空宇宙システム製作所は名航と略称されることが多い。郷谷にとっても馴染みのある場所だろう。パイロットは定期点検を必要とする機体を飛ばして来ることが多い。

流れに乗って走りながら雪乃は言葉を継いだ。

「早速ですが、郷谷2佐は先進技術実証機《ATD-X》についてどの程度ご存じですか」

「心神のことでしょう？　マスコミで報道されている程度ですね」

「心神は正式名称ではありませんが……」

「そうなんですか。それじゃほとんど知らないといった方がいいですね。博士はATD-Xに関わっていらっしゃるんですか」

「博士はやめてください」雪乃は苦笑した。「同じチームで働くのに他人行儀ですし、名航じゃ、周りは博士ばっかりですから」

「それじゃ雪乃さんと呼ばせてもらいます。それじゃ私の方も階級抜きか、チャンプで」

「タックネームですね。ボクシングでもされてたんですか」

「いえ。最初に配属された先の隊長がゴウタニをゴウヤと読みましてね。それでゴーヤチャンプルーのチャンプだと」

「なるほど」

　雪乃がくすくす笑った。

「ご存じかも知れませんが、タックネームは敬称抜きですよ」

「わかりました。さて、ＡＴＤ－Ｘの研究が正式にスタートしたのは二〇〇九年……、平成二十一年度なのですが、基礎的な研究は次期支援戦闘機《ＦＳ－Ｘ》の開発が始まった平成二年に着手されています。当初は敵討《かたきう》ちみたいな気分があったようです」

　ＦＳ－ＸがのちのＦ－２戦闘機である。

「何となくわかります。アメちゃんがレーダー直径に制限をかけてきたとき、昔の私の上司は統帥権干犯といったくらいですから」

「とうすいけん……、すごいですね」

「まあ、半分は冗談でしょうが、半分は本気でした。いや、あの人なら八割方は本気だったかな」

　郷谷が首をかしげた。

「現場にしてみれば、そんな気分だったかも知れませんね」雪乃はうなずいた。「話を戻しますが、最初のテーマは、やはりステルスでしたが、その後、高運動性能の両立が加わりました」

赤信号で車を止め、雪乃は郷谷に目を向けた。

「私が何をしているかというさきほどの話に戻りますが、実は直接ＡＴＤ‐Ｘに関わっているわけではありません。現在所属しているのはアトラス・シックスです」

「アトラス・シックス？」

「そうです。私たちが取り組んでいるのはＡＴＤ‐Ｘを現実のものとするにあたっての設計、製造であり、さらには実証機《デモンストレーター》ではなく、その先にある戦闘機の研究です」

先進技術実証機《アドバンスド・テクノロジカル・デモンストレーター―Ｘ》の略がＡＴＤ‐Ｘである。郷谷が重ねて訊いた。

「その先にある戦闘機って、どういうものですか」

「ステルスハンター」

雪乃はにっこり頬笑《ほほえ》んで前に向きなおり、車を発進させた。

ＡＴＤ‐Ｘ計画は平成二十一年にスタート、ほぼ一年で基本設計を終え、二年目には実証機製造に向けて詳細設計に入った。設計から製造までを担うのは国内の各メーカーからの出向者で構成された専従チームで先進技術研究航空システム《アドバンスド・テクノロジー・リサーチ・エアクラフト・システム》の頭文字をとってATRAS《アトラス》と称し、胴体および機体全体を統合させる部門が第一部、主翼、尾翼部門が第二部、風防と操縦席部門が第三部、エンジン部門が第四部、機上電子機器部門が第五部、そして雪乃が所属する第六部が各種ソースコードをはじめとするソフトウェア開発を担当している。

「専従チームの第六部なのでアトラス・シックスですか」

郷谷の問いに雪乃はうなずいた。

防空識別圏にATD－Xを飛ばしてレーダーにどのように映るかを検証したあとは、対抗策を研究しなくては意味がない。その対抗策の一つがステルスハンターなのだろう。三菱重工業名古屋航空宇宙システム製作所の正門に近づいたところで雪乃がいった。

「すみません。グローブボックスに郷谷2佐……、チャンプの身分証が入っていますので出していただけますか」

郷谷はグローブボックスを開けた。中に首から提げるストラップのついたカードケースが入っている。ケースに収められた身分証には郷谷の写真が刷りこまれている。

「名航内では見えるところに提げておいてください。身分証であると同時に関係する部署に入るときのカードキーになっています。ドアには読み取り機《リーダー》がついていて、そのカードを通すとロックが解除されるようになっています」

郷谷はカードをしげしげと眺めた。カードは白地でブルーのラインが上下に引かれており、上部に金文字でATRASと刻印されている。郷谷の写真は制服姿で胸から上、無帽のものが使われていたが、名前は単にR・GOHTANIとあるだけだ。

「了解」

制帽を取ってケースを首から提げ、被りなおしているうちに車は正門をくぐって停止した。警備員がのぞきこむ。雪乃と郷谷はそれぞれのカードを持ちあげてみせた。

「ご苦労様です」

警備員が離れると雪乃は車をゆっくりとスタートさせた。郷谷は左右に並ぶ巨大な工場建屋を眺め、へえ、ほおと嘆声を漏らした。

「名航は初めてじゃないですよね？　とくに小牧南《こまきみなみ》は」

名航には小牧南、大江《おおえ》、飛島《とびしま》と三つの工場があった。小牧南工場は県営名古屋空港に隣接しており、滑走路を挟んだ向かい側には航空自衛隊小牧基地があった。

「いつもは空から来て、滑走路に降りて、小牧基地に飛行機を預けるか、受けとって帰るだけなんで、こちら側に入ったことはないです」

「そうでしょうね。この工場では主に航空機の最終組み立てと艤装《ぎそう》、修理などを行っています。実は設計や研究部門は大江の方に集約されているのですが、ＡＴＤ－Ｘがらみは三菱重工以外のメーカーからも人が来てますので……」

「秘密保持のためには大江よりこっちの方が都合がいい」

「いえ、ここは小牧基地が目の前ですし、岐阜基地にも近いです。それに関連施設が置かれていますから……」雪乃がくすっと笑った。「おっしゃる通りですね。他社の技術者が出入りするとなれば、それなりに気を遣います」

やがて左手に地上展示機が見えてきた。海上自衛隊で運用されていた対潜ヘリコプターＨＳＳ２、郷谷自身学生の頃にお世話になったＴ－２ジェット練習機、〝最後の有人戦闘機〟がキャッチフレーズだったＦ－１０４スターファイター、航空自衛隊が初めて運用したジェット戦闘機Ｆ－86セイバーと並んでいて、その奥にある駐車場に雪乃は車を入れた。

「こちらで降りていただきます。私たちの使っている建物はここから少し歩いたところにあります」

郷谷は助手席を降り、雪乃に従って歩きだした。やがて目の前に黄緑色に塗られた二階建ての古ぼけた建物が見えてきた。最新鋭の対ステルス戦闘機研究をやる部署が入っているんだから、まさかアレじゃないよなと思った。しかし、いやな予感ほど的中するものだ。雪乃が立ちどまり、郷谷をふり返った。

「ようこそ、アトラス・シックスへ」

右手で示したのは古ぼけた建物である。

「やっぱり」

「がっかりされているようですね」雪乃が笑みを浮かべた。「我々の研究対象はソフトウエアですから巨大な工場も近代的なビルも必要ないんです。コンピューターは世界中とつながっていますし」

さあ、どうぞという雪乃に従って郷谷は玄関につづく階段を上《のぼ》った。

こりゃ、ちょっとした文化遺産だ——廊下を歩きながら郷谷は胸の内でつぶやいた。

コンクリートの廊下は中央に毛足の短いカーペットが張られ、左右に並ぶドア、窓は重厚な木製だ。もっとも奥の部屋の前で立ちどまった雪乃がノックする。暗褐色のドアは深い光沢を放っており、ゼロ戦を設計した堀越二郎《ほりこしじろう》が今にも出てきそうな雰囲気があった。返事を待たずにドアを開け、雪乃が声をかける。

「失礼します。郷谷2佐をお連れしました」

奥から返事が聞こえ、ドアを押さえた雪乃がいった。

「どうぞ」

廊下に負けず劣らず部屋の中にも昭和の香りが充満していたが、窓を背にした机から立ちあがった男を見て、郷谷は思わず苦笑しそうになった。男は背が高く、痩せていて、ツイードのジャケットを羽織り、丸い縁《ふち》のメガネをかけていた。写真でしか知らない堀越二郎の風貌にどこか似ている気がしたのだ。郷谷を迎えた男は名刺を差しだした。

「アトラス・シックスの責任者をしております、藤田《ふじた》と申します」

「郷谷です。よろしく」

受けとった名刺は雪乃のものと同じデザインで、責任者というものの肩書きはなく、藤田光夫《みつお》とあって携帯電話の番号が添えられているのみだ。

「どうぞおかけください」

大きな執務机の前の応接セットを手で示して、藤田がいった。郷谷が座るとテーブルを挟んで向かい側に藤田と雪乃が並んだ。

藤田が切りだした。

「これからいろいろお世話になります。我々のプロジェクトにはどうしても郷谷さんのお力添えが必要なもので防衛省ならびに航空自衛隊、そして郷谷さんご自身に無理を申しあげました」

「正直なところ、戸惑っているんです」郷谷は率直に答えた。「岐阜から来る車中で雪乃さんに概略はお聞きしたのですが、どうして私が呼ばれたのかわからなくて」

「郷谷さんしかいないと強く推薦した者がおりまして……、のちほどこちらにまいりますが、その前に郷谷さんにご協力願いたいことをお話しした方がよろしいかと思いますが」

「そうですね」

「ずばりといえば我々が現在開発中のシステムのテストパイロットを務めていただきたい」

「ちょっと待ってください」郷谷は手のひらを藤田に向けた。「私はテストパイロットの訓練を受けてませんし、当然資格もありません」

「存じております」藤田は平然としていた。「F－15のパイロットをされて、飛行教導隊での勤務が長い。七年前にF－2に転換されて、その後、第6飛行隊で飛行班長を務められた。そうですよね？」

「はい」

「その技量をもって我々に是非ご協力いただきたいのです。教導隊でも一、二を争う凄腕だったとお聞きしています」

「いや……、多少負けず嫌いなだけで、私よりうまいのはたくさんいますよ」

郷谷の返事に藤田がにっこり頬笑んだ。

「負けず嫌いというのはいいですね。私も負けず嫌いでは人後に落ちない自信があります」

おかしな自慢だと郷谷は肚の底でつぶやいた。

藤田は身を乗りだした。

「さて、雪乃さんから説明を受けられたということですが、あらためてプロジェクトについてお話しします。雪乃さんの話と多少重複するところがあるかも知れませんが、お許しください。我々……、アトラス・シックスはソフトウェアの開発を担当していますが、もう少し具体的にいうとマン・マシン・インターフェース、つまりパイロットと新型戦闘機の関係をより円滑にしようと考えています。現在、F-15はアップデートに次ぐアップデートを行っていて、パイロットにかかる負担が非常に大きなものになっていますね」

郷谷は黙って藤田を見返した。

航空自衛隊がＦ‐15の運用を開始してすでに三十三年になる。その間、つねに日本を取りまく状況の変化に応じて改修をくわえてきたが、とくにここ最近は急速に進化している中国空軍への対応を迫られていた。十年前には海岸線から外へ出ることなどほとんどなかった中国空軍機が今では洋上へどんどん進出していた。配備されている機体もかつてのソ連製戦闘機をデッドコピーしたものからロシアから輸入した正規のＳｕ‐27となり、パイロットの技量も向上している。

Ｓｕ‐27は航続距離と兵装搭載能力、強力なエンジンによる運動性においてＦ‐15を凌駕するといわれる。日本が採れる対抗措置はＦ‐15の近代化改修《アップデート》しかない。装備が更新されれば、パイロットは元より整備、管制などの運用担当者も学習し、訓練を行って実運用まで持っていかなければならない。運用にかかわるすべての部署で使いこなせるようになるまでには、アップデートの内容にもよるが、半年から一年を要する。ところが、ここ数年、ようやく馴染んだときには新たな更新がくわえられ、ふたたび学習と訓練を強いられるといういたちごっこがつづいていた。

たとえば、レーダーロックの操作もその一つだ。かつてＦ‐15では敵機を捕捉《ロックオン》するため、レーダー波を集束するにはスロットルレバーにあるスイッチを左手の中指で操作し、照準指標《レンジ・ゲート・マーカー》――二本のバーで表示され、ゲートと呼ぶことが多かった――を動かし、ゲートの間に標的のシンボルマークを挟んでロックオンしていた。新型機では操縦桿《かん》の頭部がふくらんでゲートを動かすスイッチが取りつけてある。人間の生理からいえば、右の親指でゲートを動かしてロックオンし、人差し指でトリガーを引く方が理にかなっている。しかし、すぐとなりには飛行姿勢を制御するトリムスイッチがあり、慣れないうちはゲートを動かしたつもりが、いきなり機首が上向いてあわてふためく事態も起こった。

すべては慣れの問題だが、激しい空戦機動の最中に間違いなく操作するために錬成は欠かせない。

藤田がつづけた。

「釈迦に説法を百も承知で申しあげますが、現代の戦闘機はあらゆる面でコンピューター化されていて、アップデートといってもソフトウェアを換装するケースが増えています。考えてみると操作するスイッチが増えるより同じスイッチに別の機能が付与される方が厄介といえるかも知れません。そこで我々は少しでも人間……、パイロットの負担を軽くし、その分、戦闘に集中できるような仕組みを作りあげようとしているのです」

藤田は雪乃に顔を向けた。

「あれをお願いします」

「はい」

立ちあがった雪乃は藤田の執務机の後ろに行き、グリーンのヘルメットバッグを手にして戻ってきた。

「そのうちの一つがこれです」

藤田がいい、雪乃がファスナーを開けて中身を取りだし、郷谷の前に置いた。ヘルメットは黒光りしていて、頭頂部からひたいにかけてふくらんでいた。バイザーも前方に突きだすようにふくらんでいる。

「ヘルメット搭載型《マウンテッド》ディスプレイシステム、ＨＭＤＳです。すでに一部導入されているのでそれほど珍しいものではありませんが、これは我々が現在開発中のものです。どうぞお手に取ってご覧ください」

「はい」

郷谷は両手でヘルメットを持ちあげ、はっとした。郷谷の表情を見て、藤田がにやりとする。

「ほんのわずかですが、重い。現在四ポンドちょっとあります。開発中ということもあって、計測器を組みこんでありますので。最終的には三・五ポンドを切るところまで持っていきます」

郷谷は目を上げ、藤田を見た。

「国産ですか」

「いやぁ……」藤田が苦笑いする。「まだ、開発途上なので何とも申しあげられません。試作はアトラス・シックスが行っていますが、できれば、生産は国内メーカーにお願いしたいと思っています。でも、現状はなかなか厳しいものもあります」

藤田は曖昧に答えた。

アメリカとイスラエルのメーカーが合弁で立ちあげたヴィジョン・システム・インターナショナル社製のＪＨＭＣＳ——統合型ヘルメット搭載照準システム《ジョイント・ヘルメット・マウンテッド・キューイング・システム》は、各国空軍が現在使用しているヘルメットに台座を取りつけるだけで装着でき、それゆえ統合型と呼ばれる。ヘッド・アップ・ディスプレイに表示されていたデータをバイザーに映しだす仕組みだ。計器板の上に取りつけられたヘッド・アップ・ディスプレイでは標的に機首を向けないと敵機を捕捉《ロック》できないが、ＪＨＭＣＳが装備されれば、攻撃範囲が飛躍的に広がる可能性がある。あくまでＪＨＭＣＳに連動するミサイルを搭載していればの話だが、敵機が自分の真横を飛んでいたとしても睨みつけるだけでロックオンし、攻撃できる。航空自衛隊においても一部のF‐15部隊には配備されている。

「次世代型ですから照準だけでなく、機体各部に取りつけたカメラやセンサーのデータを統合して映像化してみせる機能もあわせて持っています。ごちゃごちゃ説明するより早速試していただいた方がいいでしょう。ここの二階にシミュレーターがあります」

「今からですか」

「ええ」藤田はうなずいた。「まずは単に飛んでいただくだけですし、シミュレーターも郷谷さんが勝手知ったるF‐2のものですから。その前に着替えていただきますが……」

そのときドアがノックされた。

「ちょうどお迎えが来たようだ。フィッティングルームにご案内します。そして彼があなたを推薦した男です」

藤田はドアに向かって声をかけた。

「どうぞ」

ドアが開き、フライトスーツ姿の男が入ってくる。ふり返った郷谷は男を見て、思わずつぶやいた。

「サトリ……、お前」

郷谷が出ていったあと、雪乃はヘルメットをバッグに戻し、ファスナーを閉じた。

藤田がソファに背をあずけ、天井《てんじょう》を見上げている。

「サトリか。彼らは相変わらず互いをタックネームで呼んでいるんだね」

「彼はいまでもコールサインに使っていますから問題はないでしょう」

藤田が雪乃に目を向けた。

「AiCO《アイコ》はスタンバイしてる？」

「完了してます」

「オーケー」藤田は躰《からだ》を起こした。「それじゃ、我々も二階に行くか。いよいよ名人チャンプのお手並み拝見だな」

「今日はまっすぐ飛んで、まっすぐ降りるだけですよ」

「どうかな」藤田がにやりとする。「シミュレーターを操作するのがサトリだからね。何か仕掛けるんじゃないかな」

「期待されているようですね」

「いやいや、私だって危惧《きぐ》してますよ」

藤田はにやにやしたまま、立ちあがった。

3

「こちらです」

サトリ――佐東理《さとうおさむ》のあとに従い、郷谷は階段を上った。

「辞めたのは聞いてたけど、ここにいるとは知らなかったな」

「ここといっても私はアトラスの臨時雇いで三菱重工にいるわけじゃありませんよ」

「臨時雇いねぇ。だけど、辞めたのは三年くらい前じゃなかったか」

「もうすぐ四年になります」

「それからは？」

「あっちこっちで仕事をしました。日本だけじゃなく、アメリカや、そのほかの国でも」

「そのほかって？」

「東南アジアが多いですね。台湾とか、インドネシアとか、ベトナムとか」

「お前さんならどこでも仕事がありそうだ」

ふり返った佐東が唇をねじ曲げ、皮肉っぽい笑みを浮かべた。

「ファイターパイロット以外なら、ということですね」

「いや、別にそういうわけじゃないが……」

「冗談ですよ。そりゃ、チャンプをはじめ飛行教導隊《ひきょうたい》の皆様に鼻っ柱をへし折られて、お前は戦闘機乗り《ファイター》には向かないって宣告されたときにはショックでしたし、正直恨みもしました」

口を開きかけた郷谷の前に両手で壁を作った。

「でも、今は感謝してます。あの頃、ぼくは戦闘機を飛ばすのが面白くてしようがなかったんです。四機編隊長《フライト・リーダー》になったばかりでF－15が自分の手足のように操れるだけじゃなく、ほかの三機も自在に使えると思いかけてました」

「まだまだ奥があるよ」

郷谷のひと言で佐東の笑みが翳《かげ》る。

「そうでしょうね」

うなずきはしたが、納得しているようには見えなかった。

ひと通り訓練を終え、部隊配属されても一人前のファイターパイロットにはほど遠い。機動飛行、編隊連携、実弾射撃も経験してくるが、戦闘機の運ちゃん――TRに過ぎず、むしろ飛行隊に配属されてから本当の意味で戦闘機乗りの訓練が始まる。二機編隊の僚機《ウイングマン》としてしごき抜かれ、実戦即応可能な操縦士《オペレーション・レディネス》――ORの資格を得なくてはならない。OR資格がないと対領空侵犯措置行動――ロシア機、中国機、そのほか敵味方不明機を相手にする以上、訓練ではなく実戦――ができない。次に二機編隊長錬成訓練《エレメント・リーダー・プラクティス》を受け、試験を通り、僚機を率いて作戦飛行ができるようになってようやく一人前と認められる。だが、その先には四機編隊長《フライト・リーダー》への昇格が待っている。

　自ら僚機を率いて第一編隊として戦いながら第二編隊にも的確に命令を下せるフライト・リーダーになれば、ようやく自らの技量にも自信が持てるようになる。ちょうど部隊に配属されて、十年が経過しようという頃で、誰にも負ける気がしない気にさえなってくる。自信ではなく慢心に他ならないのだが、案外本人は気づいていない。

　飛行教導隊は空中戦の技量を向上させるのを任務としている。そのため全国に点在する基地を巡回したり、根拠地《マザー・ベース》である宮崎県新田原《にゅうたばる》基地にパイロットを呼んで、しごきにしごきまくる。とくになりたてフライト・リーダーが高々とかざしている鼻をへし折るのを得意技としていた。自信に満ちあふれ、ときに傲慢に映るくらいプライドが高くなければ、ファイターパイロットは務まらない。だが、天候をはじめとする自然に対して自分の卑小さ、非力さを知り、謙虚さをも同時に身につけなければならない。そしていざ合戦となれば、命を捨てる覚悟が必要だが、絶対に無駄死にしないという信念も不可欠なのだ。

二階の廊下を歩きながら佐東がつづけた。

「感謝してるといったのは嘘じゃありません。あのときの厳しいご指導のおかげでぼくは自分が本来歩こうとしていた道を思いだすことができたんですから」

航空自衛隊の戦闘機パイロットになるには三つのコースがある。郷谷のように高校を卒業して航空学生になるか、防衛大学校で航空自衛隊を選び、さらに操縦員として適性を認められるか、一般大学を卒業したあと、幹部候補生として入隊し、パイロットを志すか、である。佐東は三番目のコース、しかも東京大学工学部航空宇宙工学科を卒業している。パイロットとしての腕は悪くなかった。むしろうまい方だといえただろう。だが、謙虚さに欠けるところがあった。そこを少しばかりていねいに指導したつもりだったが、通じなかったようで郷谷たちが教導して半年ほどで退職してしまった。

佐東の顔を見返しながら郷谷はしみじみ思った。

変わってない、こいつ……。

サトリというタックネームは佐東理という名前に由来するのだが、悟りからはほど遠かった。結果的に郷谷が佐東に引導を渡した形となったのだ。それじゃ本来歩こうとしていた道とは何なんだと訊ねようとしたとき、佐東は一つのドアの前で足を止め、開けた。

「こちらです」

中はほぼがらんどうでロッカーとベンチが置いてあるだけだった。つかつかと部屋に入ると佐東はロッカーの一つを開けた。中に真っ黒なつなぎが掛かっており、上の棚には手袋、下にはブーツが置いてあったが、いずれも黒だった。

「これは？」

「アトラス・シックスでフライトシミュレーターに乗るときに着用していただく専用のフライトスーツ一式です。センサーが組みこまれてまして、チャンプの生理的反応をすべて記録できるようになっています。下着はパンツだけで、上半身も裸になってもらいます」

「おれはトランクス派なんだが」

「かまいません」佐東が笑みを浮かべ、小さく首を振った。「ブレインギアは、すでに見てますよね？」

「ブレインギアって？」

「さっきのＨＭＤＳですよ。我々は単なる統合戦況ディスプレイとしてだけでなく、いずれはパイロットの意志を汲《く》みとれる装置を開発しようと考えているんです」

「だから頭脳《ブレイン》ギアか」

「制服と貴重品はこのロッカーに入れておいてください。鍵は私がお預かりします。我々のスーツにはポケットがありませんし、センサー類は金属を嫌うんで。そうそう腕時計も外しておいてくださいね」

「了解」

郷谷は手にしていた制帽をロッカーの上に置き、早速上着を脱いだ。

「そういえば、自衛隊川柳にありましたね」

「何の話だ？」

「どこででも、平気で着替える、自衛官」

「それはいえる」

上着をハンガーにかけ、ベルトを外しながらうなずいた。

黒いフライトスーツはあくまでもシミュレーターで使用するものだといわれた。表面は多少ざらついた素材で内側は綿布になっている。郷谷は両足を入れ、上部を担ぎあげるようにして着こむと袖口《そでぐち》、裾《すそ》についたファスナーを閉じた。

「スーツ全体に気嚢《エアバッグ》が縫いこまれてます。エアバッグに圧縮空気を送りこむホースは……」

郷谷は腰の左に出ているホースを持ちあげた。

「これか」

「そうです。Gスーツと同じようにコクピットで接続してください」

Gスーツは戦闘機を機動させている際に強いGがかかると内蔵されているエアバッグが膨らみ、血液が下半身に落ちていくのを防ぐ。郷谷が飛行隊に配属された頃には腹部から下だけに装着していたが、最近は胸元まで圧迫するようになっていた。

「了解」

「圧縮空気が送りこまれるとスーツ全体がふくらんで躰にぴたりとフィットするようになってます。いろいろ計測器がついているもので」

うなずきながら腕を撫《な》でた。たしかにキルティングのような縫い目があった。

「なるほどね」

次いでブーツを履いた。ブーツといっても室内履きのようで底が多少厚くなっているが、素材そのものはフライトスーツと変わらない。足の甲の部分についたファスナーを閉じる。

下から上へと眺めた佐東が訊いた。

「着心地はいかがですか」

郷谷は肘《ひじ》を曲げ、両腕を回してみた。

「良くも悪くもないな。動きやすいってわけじゃないし」

「シミュレーターに座っているだけですからそれほど支障はないでしょう。エアバッグは胸部、腹部、太腿《ふともも》、ふくらはぎの部分がより強化されています。一応、Gスーツを模しているのですが、それほど強く締めつけるわけではありません」

佐東は郷谷の足元にかがみ込んだ。右のふくらはぎの外側に出ているケーブルをブーツにつなぎ、左もおなじようにした。立ちあがると太腿の大きなポケットから黒い手袋を取りだした。

「こちらがグラブです。着けるのはシミュレーターに乗ってからで結構です」

「わかった」

手袋を受けとり、ロッカーの鍵を佐東に差しだした。受けとった佐東はフライトスーツの胸ポケットに入れ、ファスナーを閉じた。佐東が米軍仕様のフライトスーツを着ていることに気がついた。胸や腕にはベルクロが縫いつけてあるが、エンブレムは一切貼っていない。ウィングマークさえなかった。

佐東はポケットをぽんと叩いた。

「ちゃんとお預かりしました。それではシミュレーターにまいりましょう」

部屋を出て、廊下を歩く。郷谷は前後を見渡した。

「この建物にシミュレーターが設置してあるのか」

「モーション機構はついていません。チャンプはF‐35のコクピットデモンストレーターは体験されましたか」

平成二十三年秋、日本にF‐35を売りこむため、ロッキード・マーチン社はコクピットデモンストレーターを持ちこみ、米空軍横田基地と帝国ホテルで防衛関係者とマスコミに公開した。

「帝国ホテルの方に行ったよ。ちょうど築城《ついき》から府中に転勤した直後だったから手間なかったし」

福岡県にある築城基地で第6飛行隊の飛行班長を一年半務め、その後、当時まだ府中市にあった航空総隊司令部勤務を命じられて転勤したときだ。

「そうですか。それなら話は早い。ここに置かれているのは、あのときのコクピットデモンストレーターと似たようなものです」

「さっき藤田さんはF－2用だといっていたが」

「我々は多目的《マルチ・パーパス》シミュレーターといってます。構造が簡単で、操縦桿《スティック》やスロットルレバーなんかを付け替えるだけでF－15、F－2、それにF－35も模擬できるようになっています」

「そんなことができるのか」

「あくまでも実験用です。対象は航空自衛隊のパイロットで、一から操縦訓練をしようというのではありません。これからチャンプにやってもらうように開発中の機器類と飛行状態にあるパイロットの相性を探るためのものですから細かいスイッチ類はすべて省略してありますし、計器板はディスプレイに表示されるようになってます」

「それとブレインギアを組みあわせるわけか」

「そうです。だからHUD《ハッド》も取り外し可能になってます」

ヘッド・アップ・ディスプレイの頭文字をとってHUDと呼ぶことが多い。

「ブレインギアがあれば、HUDは要らないんですが、F－15やF－2のパイロットには違和感があるようで」

「なるほど」

廊下の端まで来たところで止まった佐東がドアをノックする。中からくぐもった返事が聞こえた。

「この部屋は会議室として使われていました」

郷谷をふり返ってひと言告げ、佐東はドアを開けた。

「失礼します」

中はちょっとした講堂ほどで、椅子だけを並べるなら四、五十人は入れそうな広さがあった。窓は暗幕で閉ざされ、高い天井から吊り下がった蛍光灯が点《つ》いている。入口から見て、右奥にシミュレーターと前方にU字形のスクリーンが置かれている。シミュレーターの後ろには細長い机が置かれ、ノートパソコンが並んでいた。藤田、雪乃のほかに二人、ブルーのジャンパーを着た男がいた。そばまで行くと藤田が郷谷の格好を眺めた。

「フライトスーツはうちの自家製なんですが、窮屈ではありませんか」

「それほどでもありません。でも、あとで締めつけられそうですね」

細長い机のわきに置かれているコンプレッサーに目をやった。藤田がうなずく。

「Gスーツほどじゃないですよ。腹部や脚部のように強化されている部分でも血圧をはかるときに腕に巻くベルトくらいなものです。Gがかかるわけじゃありませんからね。それでは、どうぞ」

筐体《きようたい》の左舷側《げんそく》に足をかけるくぼみがあり、舷側から舷側へまたぐようにアーチが取りつけられている。Ｆ－15やＦ－２であれば、風防《キャノピー》のレールがある辺りだ。

「ここに左足をかけて、乗りこえてください。キャノピーレールは……、といっても素通しですけど、手をかけても大丈夫です。シートは踏んでもらってかまいません。その辺はほかのシミュレーターや実機と同じです」

「わかりました」

いわれた通りに乗りこみ、椅子に座った。藤田がわきに立って、中をのぞきこむ。

「シートの位置、高さ、ラダーペダルの前後調整を行うスイッチはシートの右側にあります」

「はい」

シートの右に並んだボタンはいずれもライトが内蔵されていて、シートやペダルの簡素なイラストが描いてあった。シートをわずかに後退させただけでペダルの位置は変える必要がなかった。

郷谷は周囲を見まわした。右側に操縦桿、左側にスロットルレバーがあった。どちらもＦ－２と同型だ。正面には横長のディスプレイ、その下に縦長のディスプレイが設けられている。縦長のディスプレイは両足で挟む位置にあり、正面ディスプレイの左にカバーの付いたトグルスイッチ——主兵装《マスターアーム》スイッチ——があり、ちゃんと黒と黄色に塗り分けられた枠で囲んであった。その下に降着装置《ランディングギア》を上げ下げするレバーが取りつけられていたが、スイッチやレバー類はそれだけであとはのっぺりしている。

藤田が説明をつづけた。

「多少Ｆ－２とはレイアウトが違うと思いますが、それほど違和感はないと思います。正面のディスプレイは八インチ×二十インチ、ちょうど二三型テレビの画面をもう少し平べったくしたくらいですかね。Ｆ－35の計器板に合わせて作ってありますが、今回はＦ－２をシミュレートするので映しだされる計器はＦ－２のものになります。初回ですので離陸から始めます。ご覧のようにスイッチ類がありませんのでエンジンスタート前後の手順《プロシージャ》はすべて割愛します。よろしいですか」

「はい」

「それではグラブをつけてください」

いわれた通りにグラブをつけた。指を二、三度曲げ伸ばしし、手に馴染ませる。手の甲からコードが伸び、その先に小さなプラグが付いていた。

「袖の外側に差込口がありますので、そちらに接続してください」

さきほど佐東がブーツとスーツをつないでいたのと同じだなと思いながらプラグを差しこんだ。藤田が下がり、雪乃が操縦席の横に来てヘルメットを差しだす。

「シミュレーターですので酸素マスクは使いません。右にブームマイクがついていますのでヘルメットを被ったあと、下げて口元に持っていってください」

受けとり、広げるようにして被り、顎紐《チンストラップ》を締めた。手探りでブームマイクを下ろし、口元に持っていく。

「きつくありませんか」

「問題なし《ノースウエット》」

郷谷は答え、右手の親指を突きだしてみせた。

「次はエアバッグ用のホースを」

雪乃にうながされ、スーツから伸びているホースを左舷コンソールのアタッチメントに差しこんで固定した。

「以上です。何かご質問は？」

「いや、ありません」

「それでは」

ちらりと笑みを見せた雪乃が筐体から離れていった。直後、耳元にがさがさ、がさという雑音が聞こえ、佐東の声がつづいた。

〝通話装置《インターコム》、チェック。聞こえますか〟

「ＯＫ」

〝それじゃ、こちらの電源を入れます。いいですか〟

「ちょっと待って」

風防の枠を模したアーチの根元に両手をかけると郷谷は上体を思い切り右にひねった。首筋を充分に伸ばす。次いで左にひねる。会議室の入口が見えた。シミュレーターは後ろを見ると興ざめする。首筋を充分に伸ばす。次いで左にひねる。机にはブルーのジャンパーを着た男性二人と佐東が並んで座り、藤田と雪乃はその後ろに立っていた。

佐東が白い歯を見せた。

〝単に上がって降りるだけですよ〟

「儀式だよ。最低限度のストレッチをしないと落ちつかないんだ」

首を前後、左右、そして時計回り、反時計回りに回す。長年強いＧに痛めつけられた首筋がぎしぎしと軋《きし》んだ。いつも通りである。ブレインギアというヘルメットも最初に手にしたときの印象ほど重くない。シミュレーターでＧがかかるわけではないから頭を動かすのに不自由はないだろう。前に向きなおり、バイザーを下ろすと左手をスロットルレバーに置き、右手で操縦桿をそっと握った。

「よし、始めてくれ」

〝了解〟

会議室の照明が落ち、逆に目の前のスクリーンが明るくなる。同時に耳元にはこもったエンジン音が聞こえてきた。左手に管制塔、その向こうに山頂部が欠けた山があった。空は明るく晴れわたり、滑走路周辺に建物はない。

「硫黄島《いおうとう》か。久しぶりだ」

視線を落とし、目の前のディスプレイを見やって胸の内でつぶやく。

そしてこいつも……。

映像とはいえ、そこにはF－2の計器板が映しだされていた。四年前に府中に転勤してきてからというもの、操縦者資格を更新するために必要な最低限度の飛行時間しか飛んでいない。しかも機種は大半がT－4練習機であり、たまに三沢《みさわ》か築城でF－2に乗ることがあっても前席操縦者の資格は失効しているので複座のB型で後席に乗るしかなかった。

〝ブレインギアはどうしましょう？　最初はないしでいきますか〟

「いや、いいよ。あれだけ話を聞かされたあとだ。是非体験してみたいね」

〝了解しました。HUDはどうしますか。正面を見ているとバイザーの表示と重なりますから見づらいですが〟

「いつもはどうしてるんだ？」

〝HUDはオフにしておきます。表示される内容は変わりませんから〟

「了解。じゃ、切ってくれ」

一瞬、何も起こらなかったように感じた。ヘッド・アップ・ディスプレイには相変わらずグリーンの表示が浮かんでいる。だが、頭をわずかに動かしてはっとする。ヘッド・アップ・ディスプレイの表示が頭の動きに合わせて移動したのだ。

「なるほどねぇ」

F－35のコクピットデモンストレーターを経験したときには、HMDSは使用せず、頭の動きに合わせて外側のスクリーンに表示されるだけだった。

〝離陸許可は出てます。いつでも、どうぞ〟

「了解、了解」

自然と口元がほころんでくる。ラダーペダルの上端を踏みこんでブレーキをかけ、それから一気にスロットルレバーを前進させた。ラダーペダルから両足を下ろした。

F－2が滑走を開始する。

燃料代の心配はないんだな――胸の内でつぶやくとスロットルレバーをわずかに左上に持ちあげ、さらに前進させた。スーツに内蔵されたエアバッグがふくらみ、躰の前面を圧迫することで加速を体感できた。

まあまあの出来だな。

郷谷はバイザーの内側に表示された速度計を見やりながら思った。機速はあっという間に百二十ノットを超える。

F－2だ――郷谷は目を見開いた。

F－15で離陸するときには、強力な二基のエンジンの推力で空気を強引に掻《か》きわけ、突進していく感じだが、F－2では自分の鼻が伸び、異次元の空間に引っ張り込まれるような感覚になる。操縦桿を手前に引き、機首が上がると左手を伸ばしてギアレバーをつかんだ。いったん手前に引っぱり、持ちあげる。ギアを抱きこむごと、ごと、ごとという音を尻の下に感じた。音響装置の出来も悪くない。行く手の左にそそり立つ入道雲の横腹をなめるように郷谷はF－2を上昇させていった。バイザーの内側に表示されている高度計の数値が二万を超え、さらに跳ねあがっていき、水平線を表すバーが横転する機体の動きに連動して右に傾く。

たとえシミュレーターであり、スクリーンに映しだされているコンピューターグラフィックスの雲だったとしても思い通りに雲間をすり抜けるとき、ファイターパイロットであることの喜びが胸中に満ちた。

4

郷谷は操縦桿を引き、天に腹を向ける格好で宙返りをした。空と海とが逆転し、頂点に達すると頭上に小さくなった硫黄島が現れてくる。頭の動きを感知してスクリーン上の映像も連動するのだが、切り替えはスムーズで違和感はなかった。視界の中央にある機体を表すシンボルマーク——ベ《V》ロシティベ《V》クターが動き、硫黄島の周辺で揺れる。本来、機体の進行方向を表すのがＶＶだが、頭の動きに連動しているだけで必ずしも機体の動きに沿っていない。ヘッド・アップ・ディスプレイとの違いがそこにある。

慣れるには少しばかり時間がかかりそうだ。

〝チャンプ、サトリ〟

「何だ？《ゴー・アヘッド》」

〝のんびり飛んでるだけじゃ退屈でしょう。少し遊びましょうか〟

何をするつもりだと訊こうとした瞬間、レーダー警戒装置《RWR》が耳障りな警報を発した。どこにいるとも知れない敵機のレーダーにロックオンされた。

レーダーのスイッチを入れ、郷谷は入道雲が浮かぶ空を見まわし、胸のうちでつぶやいた。

どこだ？　どこにいやがる？　――知らぬ間に舌なめずりしていた。

空中戦の要諦はつまるところ、いかに先に相手を見つけ、ケツに食いつくかにある。百年以上も前、第一次世界大戦で史上初めて複葉戦闘機同士が戦って以来、空中戦の要諦に変わりはない。回りこみ、敵機の後ろにつけて撃つ。違いは使用する兵器が拳銃か、ミサイルかに過ぎず、それゆえ今でも犬の喧嘩《ドッグファイト》と呼ばれている。事情が違ったのは、ベトナム戦争の頃だ。誰もが科学技術の粋を結集したミサイルこそ全能の兵器と信じて、機関砲など絹のマフラー同様、大空の騎士を気取る戦闘機乗りのノスタルジーに過ぎないとされた。遠く離れた敵機をたった一発で木《こ》っ端《ぱ》微塵にふっ飛ばす必殺兵器が登場したのだ。ただし、使用に際して議会が一つだけ注文をつけた。

『撃つ前に敵機であることを肉眼で確認せよ』

どのミサイルにも最低射程《ミニマムレンジ》がある。一定の距離をおかないと、探知装置《シーカー》が敵機をとらえられないからだ。相手の胴体や主翼に記された国籍マークを目で見て確認するには、ミニマムレンジを大幅に割りこまなくてはならない。

北ベトナム軍パイロットが飛ばしていた古くさいミグは、接近してくる米軍機の懐《ふところ》に飛びこみ、時代遅れの機関砲でショートフックを叩きこんでノックダウンを奪った。

現在、航空自衛隊が運用しているミサイルも長射程を誇り、視程外から、つまり目には見えない敵機を撃墜できる。中国であれ、ロシアであれ、政府が交戦相手と正式に認め、撃てと命じることができれば、の話だが。

現状、航空自衛隊の戦闘機部隊にできるのは、目視確認できるまで敵味方識別不明機《アンノウン》に接近し、警告を発するだけだ。もし、警告に従わなかったら？　敵機を圧倒的に凌駕する空戦技法、戦術をもって、敵機の動きを封じ、否が応でも従わせるしかない。

サトリが少し遊びましょうかと声をかけてきたとき、郷谷のF－2は宙返りの頂点で背面飛行に入っていた。上昇にともなって機速は失われていたが、高度は五万フィートに達していた。空戦機動の優劣を決めるのは、運動エネルギーであり、高度は、運動エネルギーは速度と高度の二つの要素に分けられる。

遊びましょうというのは、サトリが操縦する戦闘機をシミュレーターに出現させ、一対一の空中戦をやろうというのである。宙返りから機首を下げつつあった郷谷はすぐにサトリ機を見つけた。ほぼ真下にいて、郷谷の後方へ回りこもうとしている。サトリはＦ‐15を使っていた。

組んずほぐれつの格闘戦は一見派手だが、空中戦闘としては下の下である。襲いかかった方は先に敵機を見つけながら撃墜する前に自分も発見されたのだし、逆に接近された方は格闘戦に持ちこまなくては逃れられない状況に追いこまれたことを意味する。

どちらも間抜けであるには違いない。

今回、先に郷谷を見つけたのはサトリだが、声をかけている。郷谷にしてみれば、シミュレーターの作りだす世界にいきなり出現したＦ‐15を発見することなど不可能なのだが、それでも敗北感はあった。

何とか格闘戦に持ちこんで都合三度切りむすんだが、互いに相手の後方を取り、短射程ミサイル《フォックス・ツー》発射をコールするには至らなかった。

所詮、シミュレーターでの空中戦であり、気象条件もコントロールされ――晴天、無風、適度な雲の配置など自然ではありえない――、パイロットにＧがかかることもない。せいぜいスーツに内蔵されたエアバッグがふくらみ、躰を締めつけられた程度である。しかも会議室内の一気圧の空気を酸素マスクなしで吸っていた。

いわばテレビゲームのようなものだが、郷谷はサトリをつかまえられないことに焦りを感じた。それどころかF－15の動きに不思議な既視感《デジャブー》さえ感じた。

まるで飛行教導隊で内部錬成をしているような気分になったのである。

いつの間にサトリはこんな飛び方を身につけたのか。

もっとショックを受けたのは、シミュレーターから降りたときのことだ。佐東の前にゲーム機のコントローラーがあった。唖然とする郷谷に向かって、苦笑しながら予算の関係がありまして、といったのは藤田である。

そこで今日の顔合わせと実験は終了したと告げられ、着替えて結構といわれた。

玄関まで雪乃が送ってくれた。

「すみません。今日は実験機器に慣れていただくための第一回目ということで、離陸して着陸するだけの予定だったのですが」

玄関前の階段を降りながら雪乃がいった。

「いや、面白かったですよ。勝てなかったのは残念ですが」

つい本音が漏れ、郷谷は苦笑した。

「それにしてもゲーム機のコントローラーにはまいったな」

「ああ」雪乃はうなずいた。「市販のものをベースに改造してますけど、ゲーム世代の手には馴染んでるんです。操作が簡単なので、特別な訓練を受けなくてもすぐに覚えられますし、素早く反応できます。私も使います。アメリカ空軍では初期の無人機操縦訓練に導入しているはずです」

「時代かなぁ」

玄関先には黒いボディのタクシーがつけられ、郷谷たちが近づくと後部ドアを開いた。

「申し訳ありませんが、私はこのあと仕事がありましてお送りできません。我が社と契約しているタクシーで基地までお帰りいただくことになります」

「いえ、お心遣いに感謝します」

「それでは、今後ともよろしくお願いします。スケジュール調整は飛実団と行います」

「わかりました。こちらこそ、よろしく」

郷谷はさっと敬礼し、タクシーに乗りこんだ。

会議室にもどるとシミュレーターのわきに置いたテーブルに藤田と佐東が残ってい

た。雪乃は手近にあった椅子を引きよせて腰を下ろした。

藤田が雪乃に目を向ける。

「ご苦労さん。郷谷氏は何かいってた?」

「面白かったといってましたが……」雪乃は佐東の前にあるゲーム機のコントローラーに目をやった。「それを使っていたのに少なからずショックを受けたようです」

佐東はうっすら笑みを浮かべて、黒いコントローラーをつついた。

「そうでしょうね。チャンプは本物のパイロットですから。でも、ぼくは使ってませんよ」

「それじゃ……」

佐東の代わりに藤田が答えた。

「郷谷氏の相手をしたのは、もちろんAiCOだよ。ところで、彼は昔を思いだしたとはいわなかった?」

雪乃は藤田に目を向け、首を振った。

「いえ」

「そうか」

藤田はテーブルに置いたノートパソコンに目をやった。画面にはスクリーンセーバーがかかっていて、暗い中に明るいピンク色の幾何学模様が浮かび、ゆっくりと回転していた。

「そいつは残念だ。ＡｉＣＯは教導隊のパイロットの動きを再現したはずだけど、まだだってところか」

佐東が目を伏せたまま、いった。

「そういえば、チャンプは四年前にＦ－35のコクピットデモンストレーターに乗ったといってました」

藤田が目を細め、佐東を見る。

「それじゃ、アメリカさんに彼のデータも抜き取られたわけか」

Ｆ－35に乗った郷谷がどのスイッチを、どのタイミングで操作したか、すべて記録されている。また、ヘルメットに装着するディスプレイの働きをスクリーン上で再現するため、頭と視線の動きを感知するセンサーをつけたヘッドギアを装着していただろう。同様に記録は残る。

「Ｆ－35で空中戦をやったかどうかは聞きませんでしたが、たぶん地上攻撃ミッションのデモンストレーションはやったんじゃないですかね。あの飛行機は対地攻撃能力が売りだから」

「だろうね」藤田はうなずいた。「だが、我々が必要としているのは空戦機動《ACM》に関するデータだ。今、AiCOは？」

「チャンプのデータを解析してます。すべてデータベースに蓄積されますよ」

「名人チャンプか。期待は大きいね」

「ええ」佐東はうなずいた。「彼なら例の実験用のデータを採取させてくれると思います。据え物斬りこそ空中戦の極意といってましたから」


岐阜基地北門警衛所の裏手に〈北酒場《きたさかば》〉はあった。酒場とはいっても民間業者が基地の中で営業している食堂であり、夜になると酒も出した。わざわざ基地の外に出るのも面倒なので郷谷は昨夜に引きつづき、〈北酒場〉で夕食を済ませることにした。

中に入るとちょうどテレビの前のテーブルが空いている。注文を取りにきた女性店員に生ビールと鯖《さば》の味噌煮定食を注文した。先に生ビールと柿の種を入れた小皿が運ばれてくる。

「今日も一日ご苦労さん」

自分にいい、ひと息にジョッキ半分ほどを空けた。

テレビからは午後九時のニュースが流れていた。定食が運ばれてきて、目の前に盆が置かれる。郷谷は生ビールのお代わりを注文した。テレビに映しだされた女性アナウンサーがまっすぐにカメラを見つめている。

「今日、午前中に石垣島《いしがきじま》を飛びたった軽飛行機が行方不明となって、半日が経過しましたが、いまだ手がかりは得られていません。軽飛行機は福岡県に本社を置くサウスブルー社に所属しており、乗っていたのは機長の斑目隆一《まだらめりゅういち》さん……」

マダラメリュウイチ？　――ビールを飲みほそうと口にあてていたジョッキが中途半端に止まる。

「フリーカメラマンの伊瀬安弘《いせやすひろ》さんの二人です。軽飛行機は午前九時に石垣島空港を離陸し、島の周辺を撮影したあと、着陸予定の午後二時を過ぎても戻らず、その後もまったく連絡が取れない状態になっているところから沖縄県警石垣島警察署および海上保安庁第十一管区の巡視艇が捜索を開始しています。詳しい情報が入り次第、またお伝えします。つづきましてお天気コーナー……」

郷谷が知る中に斑目隆一という男が一人いる。元航空自衛隊にいて、現在は退職していた。F－4戦闘機のパイロットで、まだ那覇《なは》基地に第302《さんまるに》飛行隊があった頃、沖縄で勤務していた。今は福岡の航空会社に勤めていると聞いていた。航空学生《こうがく》の同期生である。郷谷は席を立ち、ジャージのポケットからスマートフォンを取りだして出入口に向かった。店の外に出て、電話帳から伊賀誉士穂《いがよしお》の名前を選ぶと通話ボタンに触れた。ゆっくりと歩きながらスマートフォンを耳にあてる。断続的につづく呼び出し音を聞きながら腕時計を見た。午後九時二十五分になっていたが、残業中かなと思ったときにつながった。

「はい」

「ああ、しばらく。今、ニュースでコビーのことを聞いた」

コビーは斑目のタックネームだ。斑目という珍しい名字からコブラを希望したが、かなえられるはずはない。コブラは飛行教導隊のシンボルマークというだけでなく、教導隊専属の地上管制官《GCIO》がコールサインとして使っている。仕方なくコブラをもじってコビーとしていた。

「そうか」

伊賀の声は沈んでいた。

「やっぱりあいつなのか」

伊賀も航空学生の同期で、しかも飛行教導隊でいっしょに勤務していた。現在は市《いち》ケ谷《や》の防衛省で情報本部に勤務している。

「ああ」

「ニュースでは軽飛行機といっていたが、ＥＬＴくらい積んでるだろ」

ＥＬＴ——緊急無線標識《エマージエンシー・ロケーター・トランスミッター》は機体が強い衝撃を受けたり、水没した場合に作動し、遭難した飛行機の位置を通報する装置だ。パイロットが救難信号《メイディ》と叫ぶ間もなく墜落しても自動的に作動し、迅速な救助をうながす。

「ああ」

「電波が受信できてないのか」

だが、伊賀はすぐに答えようとしなかった。郷谷は空を見上げ、返事を待った。やがて伊賀が口を開いた。相変わらず沈んだ声だった。

「受信してる」

「それなら、どうして？」

耳元にがさがさという音が聞こえ、伊賀の声がこもった。通話口を手で囲ったのだ。

「魚釣島《うおつりじま》の南……、一マイルもない」

郷谷は生唾《なまつば》を嚥《の》んだ。

中華人民共和国が領有権を主張しているエリアだった。

第二章　ある実験

1

十月二十七日火曜日、午前十一時十五分の便で羽田空港を発ち、石垣島に着陸したときにはまだ午後三時になっていなかった。到着口を出た世良を黒っぽいスーツを着て、頭頂部がやや薄くなった中年男——沖縄県警本部公安部の深水《ふかみ》が出迎えた。公安部局の任務が国家体制に対する脅威の監視と取り締まりである以上、各都道府県警察の枠組みにとらわれない全国的なネットワークが必要不可欠である。もっとも地方自治体警察を建前としているため、公安ネットワークはあくまでも非公式のものだ。日本国政府は尖閣諸島を自国固有の領土とし、国境をめぐる紛争は存在しないとの立場にあるが、現実問題として中国との摩擦はある。そのため世良は今まで何度も沖縄を訪れているし、ベテラン公安要員である深水とも面識があった。

「ご苦労様です。車を用意してあります」

世良はうなずき、深水の後ろを歩きだした。ターミナルビルを出たとたん、かっと太陽が照りつけてくる。

「やっぱり暑いですね」

世良の言葉に深水も空を見上げ、目を細めた。

「石垣ですからね」

「昨日、こちらの天候はどうでしたか」

「ほぼ一日中曇っていて、昼過ぎくらいににわか雨がありましたが、この時間帯の気温は今日とそれほど変わらないでしょう」

「昨日は天気が悪かったんですか」

「いえ、悪いというほどじゃありません」深水が世良に目を向けた。「飛行には差しつかえなかったと聞いています」

歩道に寄せて停めてある黒いフォードアセダンのそばまで来ると深水が後部ドアを開けた。

「どうぞ」

「失礼」

乗りこもうとしたとき、運転席の男がふり返って一礼した。

「ご苦労様です」

背後から深水がいった。

「同じ部署の真栄田《まえだ》です」

「よろしく頼みます」

世良は会釈《えしやく》を返し、シートの奥へと進んだ。となりに乗りこんだ深水がドアを閉めると車はすぐに走りだした。エアコンが効いていて、汗がひいていく。空港を出ると車は左に海を見ながら走った。世良は深水を見やった。

「発見されたのは昨日ですか」

「はい」深水がうなずく。「緊急遭難信号はすぐにとらえられたんですが、何しろ魚釣島のすぐそばでしたから……。提出されたフライトプランでは石垣島から西へ飛んで、竹富《たけとみ》、小浜《こはま》、西表《いりおもて》と島をまわって帰ってくるようになっていたんです」

「尖閣諸島に行くようにはなっていなかったのですね」

「当初は石垣市の依頼があったのですが、環境省からストップがかかってしまいましてね」

「なるほど」

世良はうなずいた。

石垣市は尖閣諸島の環境調査を行おうとしていた。一部の島において群生する野生の山羊《やぎ》が草を食べつくし、崖が崩落しかかっているといわれていたためだ。しかし、環境省が止めた。たとえ民間機といえども尖閣上空を飛ぶことで中国を刺激することを避けたかったのはいうまでもない。

「それで市役所は折れたんですが……」深水は窓の外に目を向けた。「実は機長の斑目とは以前からの知り合いでしてね」

「あげていただいた報告書を読みました。航空自衛隊で戦闘機を飛ばしていたそうですね」

「まだ那覇基地にファントム部隊があった頃です。ホットスクランブルで上がって、帰りに燃料が切れそうになったことがありまして」

「それから穏やかならざる思想を持つようになった」

「思想とまでいえるかどうか」深水は首をかしげた。「真面目《まじめ》というか生一本《きいっぽん》の男で。いっしょに酒を飲んでいるとなかなか気持ちがよかった」

「空母不要論を唱《とな》えていたと報告書にありましたが」

「わが国には百三十前後の空港があると斑目はいってました。すでに廃止された空港やヘリポートを含めて、ですが。さらに戦闘機が離着陸できるとなると数はぐっと減ります。それでも滑走路はあるわけですから、すべてとはいわないまでもいくつかの滑走路を選んで陸海空自衛隊の飛行機が緊急着陸できるよう施設と法律を整備すれば、あえて空母を保有するまでもないということです。この近辺ですと、ここ石垣のほか、西は与那国《よなぐに》、東は多良間《たらま》にも空港がありますし、さらに東に行けば、下地島《しもじしま》に長い滑走路があります。尖閣に向けて緊急発進した戦闘機が那覇まで帰るのではなく、そうした島に緊急避難的に着陸して燃料補給さえできるようになれば……、何といいましたか、尖閣の上空で旋回している時間が延ばせるとか」

「武装空中哨戒《コンバットエアパトロール》していられる時間……、CAP《キャップ》タイムですね」

「それです、そんな言い方でした。斑目は自衛隊内部でもいろいろなところで持論を展開していたようで、それで戦闘機から下ろされることになった」

「自分勝手な正義は組織の中では爪弾《つまはじ》きでしょう。でも、ショックだったでしょうね」

「戦闘機を飛ばすことが生き甲斐といってました」

二十分ほど走ったところで、真栄田は道路の左にある大きな病院の駐車場へ乗りいれた。

「ここは？」

「実は今朝ほど海上保安庁が遺体を引きあげましてね。まあ、こうしたご時世なもので公表するわけにもいかず、この病院に協力を要請したんです」

「今朝……、そうすると運びこまれたのは私が飛行機に乗っている間ですか」

「はい。病院に搬送されたのは、つい一時間ほど前で。県警本部でも我々の部局以外にはまだ知らせていませんし、海上保安庁には情報管理をきつくいってあります。何しろ前科がありますからね」

二〇一〇年九月、尖閣諸島周辺で違法操業していた中国漁船に対し、海上保安庁の巡視艇が停船を命じたところ、漁船が船体をぶつけてくるなどして抵抗する事件が起こった。二隻の巡視艇がくだんの漁船を挟みこむようにして動きを封じ、船長を逮捕、送検した。だが、当時の腰抜け政権はもっともらしく中国に配慮するといって三週間ほど後に船長を釈放してしまう。それでも中国は不当逮捕だと日本政府を批難しつづけ、ついに衆議院予算委員会で巡視艇が撮影した映像を公開し、中国の言い分を検証することになった。このとき公開された映像は二時間分を六分強に編集したものであったため、今度は映像のすべての公開を巡って与野党の攻防がつづいた。こうして国会での審議が停滞し、二ヵ月ほど経った頃、インターネットの動画サイトにくだんの映像がカットされずにアップロードされた。投稿したのは現場にいた海上保安官であることがのちに判明している。

世良はうなずいた。

「遺体が回収されましたからいずれ公表することになるでしょうが、その前にいろいろ根回しが必要になりそうですな」

深水と世良だけが降りて、病院に入った。案内を乞うこともなく、深水はロビーを横切り、さらに地下へ降りた。ひとけのない廊下を進み、突き当たりにあるドアをノックする。鍵を外す音がして、かりゆしを着た男が顔をのぞかせる。深水、世良と見て、一礼した。

「彼も同じ部署の者です」

深水がいい、かりゆしの男が扉を大きく開いた。世良は深水につづいてひんやりとした空気が満ちている霊安室に入った。ステンレス製の解剖台が三台並んでいて、そのうち二つがいびつに盛りあがり、白い布で覆われていた。

かりゆしの男が解剖台のそばに立って布をめくる。

「機長です」

世良は合掌して遺体を見た。正確には遺体の残骸を見たといった方がいい。左腕は残っていたが、右肩から腕、首はなかった。両足も付け根で寸断されている。手を下ろして告げた。

「結構」

かりゆしの男が覆いを元に戻し、深水が世良に顔を向けた。

「カメラマンも似たような状態です。保安庁のダイバーの報告によると飛行機は胴体と主翼がばらばらになっていて、胴体も折れて、尾翼は離れたところに沈んでいるそうです。二人の遺体は機内に残されていましたが、ご覧のような状態で」

「相当な衝撃があったようですね」

世良はもう一つの解剖台に目を向けた。

「それと機内からもう一つ回収されたものがありました」

深水が顎《あご》をしゃくり、かりゆしの男が解剖台から少し離れたところにある台の上からビニール袋に入れた物を持ってきた。

「カメラです。おそらくカメラマンが使っていたものでしょう。機内で見つかったのはボディだけでした。レンズは外したのではなく、根元で折れています」

かりゆしの男が差しだすカメラを世良は受けとった。後部を見る。液晶のディスプレイは割れていたが、記憶媒体を差しこんでおくスロットの蓋はきちんと閉じられていた。

「カードが入っていそうですね」

「我々もまだ開けてはいません。不用意に開いてデータを壊しては元も子もありませんので」

「これはすぐに持ち帰って、科学警察研究所《かけいけん》で調べることにしましょう。あとは中央の指示に従って対処を進めてください」

「わかりました」

深水は機長とカメラマンの遺体に手を合わせ、深いため息を吐《つ》いた。

高度二万八千フィート、機速四百二十ノット、1G、水平線を示すラインは水平――ヘッド・アップ・ディスプレイ《HUD》を郷谷はぼんやりと眺めていた。視線を右に動かす。青い空と眼下に広がる雲が見えた。

やっぱり実機はいいな――酸素マスクの内側でちらりと苦笑する。

ブレインギアを使ったシミュレーター訓練は一昨日一度、昨日午前と午後に一度ずつ経験しているが、つねに視線の先にデータやシンボルマークが浮かんでいるのには、いまだ違和感を拭えなかった。飛行開発実験団飛行隊に赴任してきて三日目、技量回復訓練《リフレッシュ》でようやくF－2を飛ばすことになった。複座のB型で郷谷は前席、後ろには隊長の千田が乗っている。小松《こまつ》沖の日本海洋上に設定されているG《ゴルフ》空域での四十分におよぶ飛行はあっという間に終了し、岐阜基地に向かっていた。ゆっくりと後方へ流れていく雲の城塞を眺めつつ、胸のうちでつぶやく。

あいつが墜ちてからまる二日か……。

一昨日——十月二十六日の夜、テレビのニュースで斑目の軽飛行機が墜落したことを知り、すぐ防衛省情報本部にいる伊賀に電話を入れた。墜ちたのが間違いなく航空学生同期の斑目隆一であること、墜落現場が魚釣島のすぐ南であることを教えてくれた。初めて顔を合わせたとき、伊賀も斑目も郷谷も坊主頭で誰もが子供のような顔をしていた。十八歳なのだから無理もないのだが、あれから四半世紀も経っているのが信じられなかった。

同期というのは特別な存在といえる。クラスで最初にソロフライトをした学生を囲んで、どうだったかと詰問し、答える方は少しばかり反り返って、お前たちとは違う種類の人間だといわんばかりの顔で語る。最初にソロフライトをしたのが斑目だった。

千田がインターコムを通じて話しかけてきた。

〝さすがチャンプだよなぁ。全然ブランクを感じさせないね。何年ぶり？〟

「前席は四年前に乗ったきりですね。昨日、いきなりリフレッシュやるといわれたときはびっくりしましたけど、やっぱり前席はいい」

〝うちのパイロットよりましだよ〟千田が笑いをふくんだ声でいう。〝今まで一度も乗ったことがない飛行機のダッシュワンを渡されて、翌日、飛ばせっていわれるんだから〟

技術仕様書《TO-1》を通常ダッシュワンと呼ぶ。航空機のマニュアルだが、数百ページにおよぶ代物で記載事項の大半を暗記しなくてはならない。郷谷は七年前にF-15からF-2への機種転換を受け、数ヵ月かけて暗記した。その後、築城基地で三年にわたってF-2を飛ばしている。

「そりゃ、厳しい」

〝それくらいできないとテストパイロットは務まらない〟

千田が口にすると、テスパイと聞こえる。郷谷はうなずいた。

「なるほど。でも、今日はエンジンを回して、飛ばすだけですからね。自転車と同じで一度身につけてしまえば、忘れることはないでしょう。でも、指がちゃんと動くかどうか……、以前のレベルに戻すには少し時間がかかるでしょうね」

飛行機を飛ばすだけなら難しくはない。だが、空戦機動をしている最中にゲートを動かして相手機を挟んだり、索敵から攻撃へタイミングよくレーダーを切り替えたりといった繊細な操作は日々訓練をしていないとぴたりと合わない。一日訓練を怠れば回復するのに一日かかり、三日休めば三日、ブランクが一ヵ月ともなると空戦が怖くなるといわれる所以《ゆえん》である。

〝そういえば、今朝のニュース見た？〟

「見ました」

〝斑目ってたしか航空学《こうがく》生だよね。チャンプと期別が近いんじゃない？〟

「同期でした」

昨夜遅く巡視艇が魚釣島のそばに沈んでいる軽飛行機を発見し、ダイバーが機内に残されていた二人の遺体を収容したと報じられた。一昨日のうちに墜落地点はわかっていたのだが、場所が場所だけに外交ルートを通じての根回しが必要だったのだろう。尖閣諸島は間違いなく日本の領土だが、まともに話の通じそうもない相手が武器を抱えてうろついていれば、それなりに警戒するのが常識だ。

〝ところで、明日も名航？〟

「はい。その予定です。明日は午前中に一度シミュレーターに乗ることになってます」

〝午後はとくに予定はないのかな〟

「ええ。基地に戻ろうと思ってました」

〝それならちょうどいい。午後一時に司令部の渉外室に来てくれないかな〟

「わかりました。小牧で何かあるんですか」

〝おれは明日ATD‐Xがらみの調整で朝から小牧に行ってるんだ。実はチャンプにリフレッシュしてもらったのは、いっしょに硫黄島に行ってもらうためでもあるんだ。ATD‐Xも来年の初飛行に向けて、飛行実験をすることになっているんだけど……〟

「ATD‐Xを飛ばすんですか」

〝いや……〟千田が笑った。〝それは来年。その前に模型を飛ばす。平成十八年から十九年にかけて北海道で模型を飛ばしてたのは憶《おぼ》えてるかな？〟

「ニュースで見た程度ですね」

〝そうか。で、そのときに飛ばしたのは五分の一サイズの模型で、飛行実験は四十回行われた。今回はもう少し大きいのを使うらしいんだけど、我々も立ち会うことになったんだ〟

「もう少し大きいの……、ですか。本職のテストパイロットとも思えない物言いですね」

〝詳しいことを聞かされてなくてね。それで明日調整会議がある。実験内容を把握しないとこっちとしても対応しようがない〟

「硫黄島にはいつ行くんです？」

〝それが来月……、あと二週間後だ〟

「大丈夫ですか」

〝飛実団とはいえ、常在戦場は心がけてるから問題なし《ノースウエット》、こっちとしてもたとえ模型とはいってもATD－Xがどの程度のステルス性能を持つか確かめておかなきゃならない〟

「そんな実験に私なんかが行っても役に立ちますかね」

〝あちらさんのご指名でもある。今、チャンプが通ってる部署も参加するらしい〟

マン・マシン・インターフェースを担当しているアトラス・シックスが模型を飛ばす実験にどのように関わってくるのだろうと考えているうちに右に佐渡島《さどがしま》、その先に能登《のと》半島が見えてきた。郷谷は空域管制官を呼びだし、針路変更許可を求めた。

購入してから五年ほどになるブライヤーのパイプにドイツ製の葉を丹念に詰め、世良はマウスピースをくわえてマッチで火を点けた。二、三度吸いこみ、マッチを消して灰皿に捨てる。もう一本マッチを擦り、今度はタバコ全体に火がまわるようゆっくり吸いこんだ。こくのある煙が口中に流れこんで来る。その間に大型テレビに接続したDVDプレーヤーの用意をしていた雉牟田《きじむた》がふり返った。

「準備できました。よろしいですか」

世良はうなずき、煙を吐《は》いた。左前のソファに座った雉牟田がリモコンを操作した。ブルー一色だった画面に人影が映り、スピーカーから凄まじい騒音が流れだしたが、音量がすぐに絞られた。世良は目を細め、マウスピースを噛んだ。

2

魚釣島付近に墜落した軽飛行機の中から回収したカメラのメモリーカードを科学警察研究所が解析した。ほとんどのデータを読みとることができ、静止画七十八枚のほか、四十八秒分の動画が記録されていることがわかった。すでに静止画は確認したが、尖閣諸島の北小島《きたこじま》、南小島《みなみこじま》、そして魚釣島が写っていただけでとくに目新しいものはなかった。

　動画は画面の左側に背を向けた男の肩が映っているところから始まった。それからカメラが動いて軽飛行機の窓、計器板、小さな四角形の操縦舵輪を握る左手が現れる。画面の男が左側の座席に座り、撮影者は右席にいて左方にカメラを向けていることがわかる。

　世良はパイプを口から外した。

「ストップ」

　雉牟田が一時停止操作をする。

「映っているのが機長か」

「はい。斑目隆一です。カメラマンの伊瀬安弘は右側の席にいて、この動画を撮影しています。ちなみに彼らが乗りこんでいるのは高翼の単発機、セスナ182スカイレーンで斑目が勤務する北九州市の航空会社が保有している飛行機です」

「北九州から石垣島まで軽飛行機で飛んだのか」

「飛行記録によると北九州空港から奄美《あまみ》大島まで飛び、奄美大島で燃料を補給したあと、石垣島まで飛んでいます」

「那覇をすっ飛ばした？」

「スカイレーンの航続距離からすれば、問題はありません」

脳裏を深水の面差しがかすめる。斑目は深水を知っていた。それが那覇に着陸しなかった理由だろうかと思った。だが、雉牟田の見立ては違った。

「那覇空港は民間、陸海空自衛隊、海上保安庁が共同使用してますからつねに混みあっていますし、空港使用料が高いんです。ちっぽけな航空会社には負担が大きいでしょう」

雉牟田は部下だが、生え抜きの警察官ではない。元は総合商社に勤めており、主に航空機関係の仕事をしてきた。仕事上の必要もあって、アメリカ駐在中に飛行機の操縦ライセンスを取得していた。軽飛行機、双発のビジネスジェット、ヘリコプターまで自ら飛ばせるが、世良がもっとも買っているのは航空機産業の事情に通じていることだ。石垣島で受けとったカメラを科学警察研究所に持ちこませ、解析作業にも立ち会うよう雉牟田に命じた理由もそこにある。

「なるほど」世良はうなずいた。「つづけて」

ふたたびスピーカーから轟音が溢《あふ》れだし、カメラが動いて騒音の発生源をとらえた刹那《せつな》、世良は目を剝いた。グレーのジェット戦闘機が機首を持ちあげた姿勢でふわふわ上下しながら浮かんでいた。

「ストップ」

世良が声をかけ、雉牟田がすかさず止めた。

「この戦闘機は？」

「カナード翼……」

テレビに近づいた雉牟田が操縦席のわきに突きだしている小さな翼を指した。

「これがついているということはＳｕ－30ＭＫＫ、ロシアが中国向けに生産して輸出した機体です」

「中国が生産したものではない？」

「はい」

「偽物《ぱちもん》じゃないってことか」

世良の言葉に雉牟田がちらりと笑みを浮かべ、椅子に戻った。殺《そ》げた頬に尖《とが》った鼻をした四十男で眼光が鋭い。雉というより猛禽《もうきん》を思わせる顔つきをしていた。世良は目の前のテーブルに置いてある二冊のファイルに目をやった。ファイルは開きっぱなしで、顔写真をクリップで留めた報告書が挟んである。機長の斑目とカメラマンの伊瀬のものだ。

「戦闘機が軽飛行機と並んで飛んでいるわけだよね」

「スカイレーンの左を飛んでます」

「軽飛行機と同じ速度で？　よく失速しないな」

「映像に計器がはっきり映っているわけじゃありませんからあくまでも推測ですが、スカイレーンは巡航速度の百二十ノットくらいで飛んでいたと思います」

「百二十ノットというと？」

「時速二百二十キロくらいですね。戦闘機にとっては失速速度ぎりぎりですが、ご覧のようにSu-30であれば何とか追随できます。スカイレーンはさらに遅く飛ぶこともできますが、戦闘機を刺激したくなかったんでしょう」

「なるほどね。つづけて」

ふたたび画面が動きだした。

戦闘機の機首には27という文字が見てとれ、先端部は白っぽくなっている。レンズが戦闘機の操縦席付近に向けられ、ズームアップしていく。戦闘機パイロットの姿が大きくなった。ヘルメットのひたい部分に赤い星、その上に穴が三つ開いていた。

「ヘルメットの穴は？」

「空気抜きです。脱出する際、前から吹きつけてくる風が上へ抜けるようになっていて、風圧で首を後ろにもっていかれるのを防ぎます」

世良はうなずいた。

パイロットの顔は酸素マスクで半分以上が覆われているが、バイザーを上げているので目元を見ることはできた。細い目がまっすぐにカメラを睨んでいることがわかる。

『どうする気ですかね』

はっとするほどはっきりした声がスピーカーから流れた。カメラを顔の前にかまえたまま、喋《しゃべ》ったのだろう。伊瀬に違いない。

『さあ』

騒音にまぎれ、しかも背を向けているために斑目の声は聞きとりにくかった。雉牟田が音量を上げた。

ふたたび伊瀬の声が聞こえた。

『航空自衛隊の戦闘機が上がってくるでしょう』

質問というより多分に期待がこもっている。だが、斑目の答えはにべもなかった。

『那覇からここまで二百十五マイルある。F－15でも三十分はかかるよ』

『そんな……、だって音速の二倍とかで飛べるんじゃないですか』

カメラが揺れ、下を向いた。計器パネルと小さな操縦舵輪を握っている腕がちらりと映る。すぐにカメラが持ちあげられた。ズームダウンし、機内から窓越しに戦闘機が映しだされる。パイロットはまだ顔を向けていた。なおも伊瀬はいいつのった。

『ここは日本ですよね』

『我々はそう思ってる。奴らがどう思ってるかは別だ』

『これからどうなるんでしょう？』

伊瀬の声はほとんど金切り声のようだ。

『さあ』

斑目の声は落ちついていた。

直後、するすると戦闘機が前進したかと思うと巨大な排気口が眼前に飛びだし、画面が大きく乱れた。ほんの一瞬、排気口から吹きだす白っぽい炎が軽飛行機を包むのが見え、伊瀬の絶叫がかぶさった。

そこで録画は終わっている。画面は暗転し、スピーカーは沈黙したのに絶叫がまだつづいているような錯覚をおぼえた。

「何が起こったんだ？」

「中国機がアフターバーナーに点火し、左上方に機首を向けたんです。頭が左上を向けば、尻は右下を向きます。そこにはスカイレーンが飛んでいる。まともに排気炎を浴びたでしょう。Ｓｕ－30が積んでいるエンジンは大型で推力も大きい。至近距離でしたからスカイレーンなんかひとたまりもありませんよ。空中分解して、海面に叩きつけられたと推測されます」

世良はうなった。

いつの間にかパイプの火が消えている。世良はマッチを擦って、火を点けなおした。煙を吐き、マグカップに手を伸ばした。すっかり冷めていたが、ほんのわずか口に含んだだけで香りが鼻腔《びこう》を満たした。胃袋にずんともたれるほどの濃いコーヒーと、強烈なニコチンを含むパイプタバコを同時に摂取すると頭が冴《さ》えるような気がする。

伊瀬のファイルに目をやった。唇をへの字に曲げ、まっすぐにカメラを睨んでいる目には腹にうずまく不平、不満が表れているように見えた。昭和五十四年神奈川県厚《あつ》木《ぎ》市生まれ、大阪にある芸術大学写真学科を卒業したあと、香川県の新聞社に入社している。もっとも最初の三年はアルバイトで、正社員になったのは四年目からだ。そのときすでに二十七歳になっていた。ところが、四年後に三十一歳で退職し、東京に出てきてフリーランスのカメラマンとなっている。いくつかある伊瀬の肩書きのうち、クリスタルアース協会会員という行に世良は目を留めた。

クリスタルアースは国際的な環境保護団体を標榜しており、各国政府に対し、過激な抗議行動を行っていた。伊瀬自身に逮捕歴はないが、公安部局の監視対象には入っていた。とくにこの二年ほど、ある不動産会社のＰＲ誌の仕事をよく受けており、最近ではほとんど専属のようになっていた。不動産会社の会長は環境保護運動に熱心に取り組んでいる人物で、テレビ、新聞、雑誌に何度も登場しているちょっとした有名人で政治家との接点も多かった。とくに〈閣下《かっか》〉とあだ名される参議院議員とは昵懇《じっこん》の間柄で長年にわたる盟友関係が知られていた。

〈閣下〉は防衛大学校を卒業して航空自衛隊に入り、航空幕僚長まで勤めあげたあと、議員に転じた。保守系議員の中でもタカ派の急先鋒で通っていて、元航空自衛隊の戦闘機パイロットである斑目とも知り合いで、退職後の再就職先である航空会社を紹介したのも〈閣下〉である。

石垣市は環境省の要請で尖閣諸島の環境調査を断念したが、斑目と伊瀬はクリスタルアースの機関誌に掲載する写真を撮影するため、フライトを強行したと考えられる

——深水の報告書にはそう記されていた。

「〈閣下〉の意向はこの映像を撮ることにあったのかな。中国軍の戦闘機が尖閣諸島上空を我が物顔に飛びまわっている決定的な証拠として」

「おそらくは」雉牟田は首をかしげ、肩をすくめた。「でも、やり過ぎましたね」

「こんな結末は予想していなかっただろう」

世良はパイプを吸い、大量の煙を吐いた。ひりひりする咽《のど》に冷めたコーヒーを流しこむ。ふうっと息を吐き、胸のうちでつぶやいた。

こいつを〈閣下〉にぶつけてみるか。


アトラス・シックスのシミュレーターに接続されたディスプレイで右上から斜めに降りてきたブルーのリボンと左下から上昇してきたピンクのリボンが交差した。二本は何度も交差をくり返し、絡みあうようにして伸びつづけ、上昇し、降下した。その動きは優雅とさえいえた。

知らず知らずのうちにリボンが織りなす二重らせんの優雅な舞いに見とれていたことに気がついて雪乃ははっとした。

ブルーは郷谷が仮想空間で操るF－2の軌跡、ピンクは……。

同じディスプレイを前にした佐東が親指の爪を嚙んでいる。手元にはゲーム機のコントローラーが置かれているが、一度も手を触れていない。ピンクのリボンを曳《ひ》く戦闘機を操っているのはＡｉＣＯなのだ。

戦闘機の後方には、円錐《えんすい》形のゾーンが広がっている。高さ千五百メートル、頂角九十度ほどだが、さらにその内側、ほぼ半分の高さで頂角も六十度に狭まると必殺の円錐《リーサルコーン》といわれる。そこで発射されたミサイルはいかなる機動、対抗措置を講じようと避けようがない。最新型の赤外線追尾式ミサイルは戦闘機の機首や主翼前縁が空気を切るときに生じる摩擦熱を感知し、ロックオンできるといわれるが、すれ違うのはほんの一瞬でしかない。確実に撃墜するには相手機のリーサルコーンに飛びこみ、ミサイルを発射するしかない。

二機の戦闘機が格闘戦を演じているときに互いに急旋回を切るのは、敵のリーサルコーンに飛びこもうとし、逆に敵を絶対に入れまいとしているからだ。だが、急旋回は容赦なく運動エネルギーを奪っていき、速度も高度も低下する。低速に陥れば、動翼は空気を噛まず、飛行機はもはや身動きがとれない。速度を稼ごうにも海面が目の前に迫っているのでは手の打ちようがない。

死んだアヒル《レームダック》という言葉を雪乃に教えたのは佐東だ。

高度、速度、気象条件、視界などさまざまな変数を脳裏に置き、パイロットは相手機の後ろを狙う。互いに急旋回を切り、軌跡が交差する様子が雪乃の見とれていたリボンの舞いの正体である。

雪乃は息を詰めた。

ブルーのリボンがわずかながらピンクのリボンの内側に回りこもうとしている。郷谷がAiCOを追いつめようとしているのだ。佐東が身じろぎし、噛みきった爪を床に吐きすてるのを見て、雪乃は眉をひそめた。

そのとき、会議室全体に電子合成音が響きわたった。

〝ビンゴ・フューエル、ビンゴ・フューエル、ビンゴ・フューエル……〟

基地へ戻るために最低限必要な燃料しか残っていないという警告である。二本のリボンが瞬時にして離れ、それぞれ別の方向に伸びていく。やがてディスプレイにGAME OVERの文字が浮かびあがった。

お遊びじゃないっての——雪乃は胸のうちで毒づいた。

シミュレーターを設計したのは、佐東である。本人は遊び心のつもりかも知れないが、実験と郷谷の両方を汚《けが》しているように感じた。

「お疲れさまでした」

佐東がのんびりした声をあげた。雪乃はシミュレーターに近づき、わきに立つと郷谷に声をかけた。

「ヘルメットを外します」

「はい」郷谷の声は屈託がない。「もう少しだったんだけどなぁ」

雪乃はヘルメットの後部に刺さっているプラグを抜いた。その間に郷谷はスーツと手袋の導線を外し、さっさと脱いだ。ついでヘルメットを取り、ひっくり返すと手袋を放りこんで雪乃に差しだした。

「よろしくお願いします」

雪乃がヘルメットを受けとると郷谷は立ちあがり、大きく伸びをした。両手を下ろし、前面のスクリーンに目をやった。スクリーンには斜めになった海が映っていた。ふり返った郷谷がちらりと笑みを浮かべ、シミュレーターを降りた。佐東が近づいてくる。

「さすがチャンプですね。見えてましたか」

「ごく自然に目がいったって感じかな。あんなところまで作り込んであるんだな。感心したよ」

「そういっていただけると嬉しいですね。設計者としてやり甲斐を感じます」

「今日はこれだけだったよな？」

「ええ。明日は大事な実験がありますので、今日はゆっくりと躰を休めてください」

「大事な実験？　何だ？」

「詳しくは明日の飛行前打ち合わせ《プリブリ》で申しあげますが、シミュレーターとはいえ、敵機を撃墜していただきます」

「面白そうだ」

郷谷が笑みを閃《ひらめ》かせ、雪乃に向かって一礼すると会議室を出て行った。

「さて……」笑みを消した佐東がノートパソコンの前に戻った。「我らがＡｉＣＯちゃんは今日はどれくらいお勉強させてもらったかな」

雪乃はヘルメットを抱えたまま、佐東のそばに立った。

「さっき作り込んであるって郷谷さんがいってたけど、何の話？」

「それじゃ、これをご覧いただくことにしましょう」

佐東はノートパソコンのキーを素早く叩いた。先ほどのリボンの映像が再生される。最後に近いところで郷谷がＡｉＣＯの後方に回りこもうとしているところだ。そこで一時停止させると佐東はまたキーを叩いた。

画面が切り替わる。郷谷の視界を表す画面であることはすぐにわかった。佐東が使っているノートパソコンはシミュレーターと別の棟に設置されている大型コンピューターを仲介しているに過ぎない。シミュレーターを動かしているのも、データを取りこんでいるのも大型コンピューターの方だ。ヘルメットに仕込んであるアイカメラが郷谷の視野をとらえている。

「ここです」

郷谷の視野にはAiCOの駆るSu-27が映っていた。

「さらに拡大しますね」

Su-27がぐんぐん迫ってきて、機首上部に取りつけられている赤外線監視装置と風防前面が大写しになった。郷谷の視点を示すV字マークは風防前面に載っていた。

「チャンプは敵機のパイロットがどっちを向いているかを見てたんですよ。一瞬で左に顔を向けているのを見極め、相手の右に飛びこんだ」

風防の内側にはパイロットらしきシルエットはあったが、顔がどちらを向いているかまではわからない。

「真っ黒なだけじゃない」

ふふんと笑った佐東がキーを一つ叩くと真っ黒だった頭部が左半分だけ白くなった。

「時間にすれば、〇・一秒もないいんですけどね。この絵を挟んだんです。やっぱりチャンプは見逃さなかった」

「そんなのが見えるの？」

「チャンプみたいに腕のいいファイターになると敵機のパイロットがどっちを向いているかつねにチェックしています。そして敵が視線を外す瞬間を見逃さない。実はAiCOの視覚は、この○・○何秒の間だけブラックアウトするように設定してあるんです。それでチャンプの機を見失った。あくまでシミュレーター上の想定ですけどね。で、その隙を見逃さなかったチャンプはAiCOの後方へ回りこんだ」

佐東は椅子の背に躰をあずけた。

「いやはや恐るべきファイターですよ。やっぱり奴は本物です」

奴って——雪乃は佐東を見下ろしていた——何だか、偉そう。


「どんなご用件かは知らないが、飛び込みは困るな。人に会う約束をしててね。もうすでに約束の時間を過ぎている」

〈閣下〉は早口にいった。日比谷《ひびや》にあるホテル内の中華料理店で世良は〈閣下〉と向きあっていた。個室にいるのは二人だけで、〈閣下〉の秘書も同室していない。

「お忙しいところ、まことに恐れ入ります」

「鈴木《すずき》君から是非君に会って欲しいといわれてね」

〈閣下〉はさりげなく警視副総監の名前を出した。副総監は公安畑をずっと歩いてきた人物で、世良にとっては先輩であり、同時に最上級の上司でもある。

「三分だけだ。手短に頼むよ」

「四十八秒で済みます」

目を剝く〈閣下〉を尻目に世良は持参した極薄型のノートパソコンを開き、〈閣下〉の前に置いた。すでに電源は入っており、動画再生用のソフトは立ちあげてある。リターンキーを打ち、パソコンを〈閣下〉に向けた。小さなスピーカーからジェット戦闘機の排気音が流れだす。〈閣下〉はまじろぎもしないでパソコンを見つめていた。再生が終了し、音が聞こえなくなると目を上げ、世良を見た。

「これは？」

「先生が撮影を望まれていたシーンです。尖閣上空を飛行する中国人民軍の戦闘機の映像……」

〈閣下〉が目を細め、世良を見た。

「これだけ鮮明に映っているんですから公開できれば、一大センセーションを巻きおこすでしょう。尺も四十八秒しかない。インターネットを通じてたちまち世界中に拡散しますよ」

「馬鹿な」〈閣下〉は吐きすてた。「どうしてこんなものをぼくが撮らせたというのかね。そういうのを言いがかりというんだ」

世良は取りあわずに言葉を継いだ。

「しかし、残念ながら公開はされません。撮影者が乗った軽飛行機は魚釣島付近の海に墜落しましてね、機長ともども死亡しました。これは現場で回収したカメラに入っていたメモリーカードに残されていた映像です。メモリーカードは我々が厳重に管理し、一切外部に漏らさない方針です」

世良はパソコンを引きよせて閉じると小脇にかかえて立ちあがった。

「今のところは」

〈閣下〉は顔を上げ、世良を目で追った。顎の下のたるみが醜《みにく》く垂れさがる。

「お時間を割いていただいて恐縮です。今日は引きあげますが、我々は先生がどのようにして尖閣上空に中国の戦闘機が入るタイミングを知るにいたったか……、その点に関心を寄せております」

それではといって小さく一礼すると世良は個室をあとにした。

仕掛けは済んだ。あとはどんな魚がかかってくるか、浮子《うき》を見ながら待つだけだ。

〈閣下〉という浮子を……。

3

「ふーん、なるほど」

しゃがみ込んでATD−Xの空気採り入れ口《エアインテイク》をのぞきこんでいた郷谷はつぶやいた。

エアインテイクの入口は斜めにかしいだ平行四辺形で、奥には黄緑色の防蝕塗料で塗られた壁が見えた。もちろん空気をエンジンに引きこむのだからふさがれているわけではなく、空気の導入経路を曲げて前方からエンジンのタービンブレードが直接見えないようにしてあるだけだ。毎分数万回転するタービンブレードは金属の板と同じでレーダー波をまともに反射してしまう。

のぞきこんでいるのは左舷のエアインテイクで、採り入れられた空気は右上に導かれるようになっている。二基のエンジンを機体中央に置き、エアインテイクを胴体左右の低い位置に設けて曲がりくねった経路《スネークダクト》でつなぐのはステルス性を確保するための基本と聞いていたが、目《ま》の当たりにするのは初めてだ。

黄緑色の壁にはひだがつけられていた。エアインテイクから入りこんだレーダー波はダクトの壁に何度も反射してエネルギーを失い、たとえエンジンに当たって跳ね返ってもふたたびダクト内で反射することになる。エンジンを外すとエアインテイクから排気口まで一直線に見通すことができるF‐15に比べるとはるかに複雑な造りになっている。さらに躰を低くして、曲がったダクトの先を見た。天井に光が当たっている。組み立て中のATD‐Xはまだエンジンを搭載していない。

　これで必要なエアを採りこめるのか――郷谷は顎を掻いた。

F‐15では機首を上げた姿勢になったとき、空気流量が不足するとエアインテイクが自動的に下向きになり、機体の進行方向に対して開口部を正対するようになっている。水平に飛んでいる分にはいいが、戦闘機は空中で目まぐるしく姿勢を変えるための措置だ。

　また、ATD‐Xのエアインテイクと胴体の間には三センチほどの隙間があった。超音速飛行によって衝撃波が生じ、空気の流れが乱れても採りいれる空気の量に影響を与えないためである。F‐35は最高速マッハ1・6というものの、任務の大半は亜音速領域でこなすので胴体とエアインテイクに隙間はない。しかし、ATD‐Xは超音速飛行を多用する。対領空侵犯措置行動では高速接近してくる敵味方識別不明機《アンノウン》に対し、いち早く、より遠方で捕捉することが求められるからだ。

立ちあがった郷谷は数歩下がり、機体の左前から全体を見渡した。ダクト内部と同様、黄緑色の防蝕塗料が塗られていた。高翼型だが、エンジンの収容スペースを確保するため、背が盛りあがっている。主翼、水平尾翼ともに水平に取りつけられ、垂直尾翼は外側に傾けられている。垂直尾翼の傾きと胴体側面の角度は水平面に対し、同じになるよう設計されている。垂直尾翼、胴体側面のどちらにレーダー波があたっても同じ方向に反射させることでレーダーに映る面積を小さくするための工夫だ。

腕を組んだ郷谷は胸のうちでつぶやいた。

それにしても小さい。

F－2Aが全長十五・五メートル、全幅十一・一メートルに対し、ATD－Xは十四メートルの九メートルである。F－2をひとまわり小さくしたくらいといわれているが、目の当たりにすると練習機T－4とほとんど変わりないような印象を受けた。

操縦席が低く、わきに立つだけでのぞきこめた。

「どう？」

となりに立った千田が訊いた。

「想像していたよりも小さいですね」

「あくまでも高機動性とステルス性を実証するためのデモンストレーターだからね。

武装なし、レーダーなし……」

「エンジンもなし」

郷谷がつづけると千田は苦笑した。

ＡＴＤ－Ｘには国産のアフターバーナー付きＸＦ－５エンジンが搭載されることになっている。推力は国際的な戦闘機エンジンに匹敵し、さらに排気口には三枚のパドルを付け、推力の方向を変える、いわゆるスラストベクター機能を付与されている。スラストベクターは高高度、低速時などあらゆる条件下でもより高い機動性を確保し、機首上げ姿勢のまま飛ぶなど姿勢維持にも役立つ。一方、どうしても複雑な構造となるため、生産だけでなく、メンテナンスも難しいといわれていた。しかもＸＦ－５エンジンはいまだ目標としている推力を発揮していない。

昨日いわれた通り小牧基地司令部渉外室を午後一時に訪ねると千田が先に来て待っていた。そこから岐阜基地のステーションワゴンで名航飛島工場までやって来たのである。ＡＴＤ－Ｘの組み立ては、名古屋港の西側に位置する飛島工場で行われていた。

「まずは飛ばすことを最優先してる」千田はＡＴＤ－Ｘを指さした。「キャノピーに見覚えがあるだろ」

「T－4と同じですね」

「そう。流用してる。モックアップまではT－2のものだったが、その後T－4に変えられた」

「ステルス性能は落ちるでしょう」

「たしかに。T－4のキャノピーではレーダー波は素通しだし、キャノピーレールもレーダー波を反射する。いずれキャノピーにはレーダー波を通さない加工が施され、デザインも変わってキャノピーレールも廃止されるだろう」

千田が郷谷を見た。

「でも、今はこいつを少しでも早く飛べるようにすることが肝心なんだ。飛行隊やレーダーサイトが捕まえる訓練をしなくちゃならない。百聞は一見にしかず、だよ」

その通りだと郷谷は思った。F－22と空戦訓練をしたときに感じた、ウナギがするする逃げていくような感覚は捕まえようとしないかぎりわからない。

千田はのんびりした口調でつづけた。

「ロシアや中国、それに韓国もステルス戦闘機の開発を行っているし、現用戦闘機も改造を加えて一定程度ステルス性を確保するようになってきている。対処するためには、実際にステルス機を相手にしてみなきゃ話は始まらんだろ。同じことは地上のレーダーサイトにもいえる」

ロシアや中国が開発しているステルス戦闘機が能書き通りの性能を持っているのか明らかでない。F－117以降、次々にステルス機を開発しているアメリカに一日《いちじつ》の長があるのはたしかだが、ステルス技術は秘中の秘であり、日本にも情報開示しない。一つだけはっきりしているのは、ステルス性の高い戦闘機や爆撃機が日本領空に飛来してきてから対処しようとしても絶対に間に合わないということだ。

千田はATD－Xに視線を戻した。

「だからまず飛ばすんだ。小さいのはたしかだね。燃料の搭載量もかぎられるだろうし、再燃焼装置《アフターバーナー》なんか使えば、あっという間に帰投限界燃料《ビンゴ》だろ」

アフターバーナーはエンジンから排出される高温の排気に再度燃料を噴射して爆発的に燃焼させる装置で推力を倍増させられるが、燃料消費率は四倍から十倍になる。

「実用戦闘機なんてまだまだ先だし、ひょっとしたら無理かも知れない。だけど我々としてはただ指をくわえてるわけにはいかない」

「そうですね」郷谷はうなずいた。「機体は小さいけど、なかなかセクシーですよ、こいつ」

「そうだろ。デモンストレーターだからこのまま実用機になるわけじゃないにしてもおれも悪くないと思う。セクシー……、いいね。チャンプがいう通りだ」

千田の声が弾《はず》んだ。

　闇の中、右上に四角いシンボルマーク——目標指示ボックスがぽっと浮かびあがるのを郷谷は見た。レーダーが敵機を探知したのだ。しかし、乗機のレーダーはオフになっている。シミュレーターに乗りこむ前のブリーフィングで佐東がいった。

『今日のフライトでは機上《オンボード》レーダーは使用しません。チャンプの後方にはＡＷＡＣＳ《エイワックス》が随伴していて、ＡＷＡＣＳのとらえた敵機の情報がデータリンクを介して送られるという想定になっています』

　オンボードレーダーを使用することは自ら電波を発し、〝ここにいるぞ〟と宣伝しながら飛ぶようなもので敵機に忍びよるためには不都合なのだ。ＡＷＡＣＳ——空中早期警戒管制機は半径二百マイル圏内の航空機を強力なレーダーで捕捉し、戦闘機にリアルタイムでデータを送る。しかもＡＷＡＣＳがどこを飛行していようと、データは戦闘機から見た敵機の方向、距離、高度に自動的に換算してある。つまり戦闘機のディスプレイには自機のレーダーで捕捉しているのと同じように表示されるのだ。

　かつては地上の防空指揮所《ＤＣ》かＡＷＡＣＳから音声で敵機の位置を知らせてきた。相手に注目されているのが自機であることを気づかせにくくするため、任意の一点《ブルズアイ》をあらかじめ決めておき、そこからの方位、距離を伝えてきたため、パイロットは頭の中で描いた地図に敵機と自分の位置を記さなければならなかった。その上、彼我《ひが》の速度、高度といったデータが加わる。煩雑なようだが、瞬時にして敵味方の位置を三次元でイメージできなければ、戦闘機パイロットとしては一人前とはいえなかった。だが、今ではそうした作業はすべてコンピューターが代行し、パイロットは戦闘にのみ集中できるようになった。

　ブレインギアにかぎらずヘルメット搭載型ディスプレイシステム《HMDS》のバイザーは前方に大きくふくらんでいるのが特徴だ。外を見たままでもディスプレイの表示に焦点を合わせられる無限遠投影システムでは眼球との距離をある程度稼ぐ必要があるためだ。郷谷の眼球と投影されているボックスの距離は二センチほどでしかないのだが、無限の闇にぽつんと浮かんでいるように見える。

　想定についてもあらかじめ佐東から説明を受けていた。

『今回は新月の夜を想定しています。現実であれば、星や雲の影を見ることはできますが、そこまでシミュレートする必要はありませんので正面のスクリーンには何も投影しません』

ボックスの中には敵機の姿があるはずだが、スクリーンが真っ暗である以上、いくら目を凝らしても見えはしない。ボックスのわきにはAWACSがとらえたという想定のデータが表示されている。ボックスは一つだが、敵機は二機編隊でアルファと名づけられている。機首方位《ヘディング》は百三十九度、高度二万五千フィート、機速は四百ノット、自機との距離は九十四マイルとなっている。晴れわたった昼間だったとしても肉眼で捉えるには遠すぎる。

郷谷はわずかに視線を下げ、自機の諸元《データ》を確認した。F－2はヘディング二百四十七度、高度一万五千フィートを四百五十ノットで飛行している。アルファとの航跡が交差するまで、時間にして七分半だ。だが、高度差が一万フィートあるので上昇するための余裕をみなくてはならなかった。

ふたたび目を動かし、ボックスを見る。ブレインギアの表示は頭の動きに連動するので目だけ動かせば、飛行諸元やベロシティベクターといったシンボルはそのままの位置に残る。四回目のフライトでHMDSの仕組みにも少し慣れてきた。

ブリーフィングで佐東は淡々といった。

『遭遇地点はとくに設定していません。わが国領空のどこかの洋上ということでお願いします。接近の方法はチャンプにお任せします』

相手が二機編隊であることはわかっている。互いの航跡が交差するタイミングを見て、郷谷は反転上昇し、敵機の後方に下から接近することを決めた。自機のレーダー警戒装置《RWR》は沈黙したままなので敵機のレーダー、もしくはＡＷＡＣＳには捕捉されていないことがわかる。つまり相手の死角から忍びよる格好となり、それこそ佐東が希望したことだった。

『空戦の極意を見せていただきたいと思いまして、今日のミッションを組みました』

『極意？』

郷谷は訊きかえした。

『昔、ゼロ戦パイロットの本を読んだときにあったんです。空戦の極意は据え物斬りにあるって。相手の死角から至近距離まで近づき、撃墜する。敵機のパイロットは何が起こったのかもわからないうちに火だるまになって墜《お》ちていく』

『何も気づかないうちに、というのは無理だろう。昔と違って、今はレーダーで照準する。いやでも相手のＲＷＲが反応する』

『チャンプならレーダー照準なしでも機関砲《ガン》で撃墜できると思うのですが』

『相手が見えるんなら楽勝だよ』

『そして二機ともやっつけちゃってください。期待してます』

佐東はにやりとした。

雪乃はブレインギアと同じ性能のディスプレイを取りつけたヘッドギアをつけ、肘かけ椅子に背を伸ばして腰かけていた。ほぼ正面に魚釣島、北小島、南小島が見えている。ちょうど尖閣諸島の南西沖合、高度六千メートルから見下ろしている格好だ。だが、仮想空間にコンピューターが描いた絵に過ぎない。

向かって右の方から魚釣島の北方に向かってブルーのリボンが刻一刻と伸びていた。高さは座っている雪乃の鳩尾《みずおち》ほどである。左上では、魚釣島上空に向かってピンクのリボンが二本、同様に伸びていた。

雪乃には真昼の洋上を水平線まで見通すことができたが、想定は月のない新月の夜となっていた。そのため別室でシミュレーターに乗りこんでいる郷谷の前にあるスクリーンには何も映っていない。しかも日本領空のどこかというだけで尖閣上空だとは知らされてもいない。ほかにも過去三回の模擬フライトと違う点があった。今回、ピンクの航跡を曳いている二機編隊のSu－27はあらかじめプログラミングされた通りに飛ぶだけでAiCOが操っているわけではない。郷谷がからめば、AiCOは自動的に反撃してしまい、実験の目的であるデータを収集するのが難しくなる。

違いはもう一つあった。郷谷が飛ばしているのはF－2ではないのだが、それも伏せられている。

想定では郷谷機の高度は四千五百メートル、敵編隊は七千五百メートルとなっている。郷谷は東——沖縄本島から、敵編隊は北西——中国大陸から尖閣を目指して飛行していることになる。

二本と一本のリボンが交錯する寸前、郷谷機を表すブルーのリボンが上に向かって伸びた。一方、ピンクのリボンはまっすぐ魚釣島上空に向かって伸びている。ピンクのリボンのうち、雪乃に近い方の先端がわずかに先に出ていた。もう一本のリボンは一本目よりやや高い位置にある。先行しているのが編隊長、やや高い位置に占位しているのが二番機だ。二機編隊が敵性空域に侵入する際の基本的な隊形《フォーメーション》だと佐東はいった。

ブルーのリボンは上に向かって弧を描きながら途中で一度ねじれた。上昇しながら横転したのだ。ねじれから水平に回復したときには、二番機の後方につけ、距離を詰めていた。だが、一番機よりも低い高度を保っている。

いよいよ郷谷が二機のＳｕ－27に襲いかかる。

実験の目的は、郷谷がいかにして忍びより、レーダーを使わずに機関砲だけで二機編隊を撃墜するか、その操作を細大漏らさず記録することにあった。データはＡｉＣＯに移植され、郷谷と同じ戦法を身につけることになる。ＡｉＣＯがまた強くなる——ふっと浮かんだイメージに雪乃はかすかな恐怖を感じていた。

4

ずいぶん長い間、郷谷はたこ踊りをしてきた。

狭苦しいコクピットで左を見るとき、顔を向けただけでは広い視野を確保できない。左手をキャノピーの内側につき、躰を右舷側に押しやって肩越しにふり返ると機体の左側から後方まで見渡せた。空中戦を重視し、最初から制空戦闘機を意図して設計されたＦ－15であれば、平たい胴体の背、二枚の垂直尾翼越しに真後ろを見ることも可能だ。

相手機との位置が目まぐるしく変わり、しかも二機編隊同士となれば、切り返しに次ぐ切り返しで右、左、上、機体をひっくり返して下と目を向けるが、つねに真後ろ《シックス》はチェックしなくてはならない。そのたびにキャノピーに手をつき、躰を押しやった。F－15の操縦桿は足の間にあるので、ときに右手から左手に持ちかえ、右手をキャノピーに押しあてた。ひっきりなしに両手を上げている姿をたこ踊りと称する。だが、それも昼間の格闘戦ならば、だ。夜間戦闘となるとまるで様相は違ってくる。

飛行機には胴体上下、主翼、垂直尾翼にライトが取りつけられている。赤、緑、白色があり、フラッシュして視認しやすくしてある衝突防止灯もある。しかし、敵の領空に侵入するのに派手なイルミネーションを点けっぱなしにする間抜けはいない。月のない夜ともなれば、機体のシルエットを見分けることも不可能だし、さらに主に夜間の作戦をこなす機体は艶《つや》のない黒に塗装されていた。

夜間、接敵するのにはレーダーが頼りとなる。

郷谷は右上に見えている目標指示ボックスがゆっくりと左へ移動していくのを見つめていた。ボックスの左には相手の機首方位、速度、高度、自機との相対距離と速度差がリアルタイムで表示されているが、とりあえずはボックスだけを注視していればいい。

互いの航路が近づくにつれ、ボックスの位置が高くなっていく。顎を上げるだけで目の前には相変わらずボックスが浮かんでいた。いくら高性能のレーダーを積んでいたとしてもほぼ真上にある敵機を捕捉するのは不可能だ。今、見つめているボックスはAWACSのレーダーがつかまえている敵機の機影である。

すでに機速は五百五十ノットまで上げてあった。操縦桿をじわりと引くだけで機首が持ちあがり、真上にあった目標が徐々に下がってくる。目の前まで降り、ほぼ正面に来たとき、操縦桿に右向きの力を加えた。目の前のボックスを中心に機体が素早く半横転する。

ボックスを中央に置いたまま、敵編隊と自機の速度差に注意を払いながら距離を詰めていく。F－2で気をつけなくてはならないのは、スロットルを絞ったからといってすぐにはスピードが落ちないことだ。機種転換訓練を受けた際、もっとも慣れるのに苦労した点でもあった。F－15はF－2に比べれば空気抵抗《ドラッグ》の塊《かたまり》のようなものだが、パワフルな双発エンジンと組み合わせることによってスロットルレバーを前後させるだけで急減速、急加速が思いのままなのだ。その点でF－15こそ史上最強の格闘戦のための戦闘機と郷谷は思っている。

小型で空気抵抗が少なく、翼面荷重も小さなF－2も急加速は得意だが、スロットルを絞り、エアブレーキを開いてもF－15のように減速してくれず、空気の中を滑っていく。その代わり急旋回を切っても速度を失うことが少なく、格闘戦に入れば、F

－15がアフターバーナーを焚《た》きっぱなしなのに対し、F－2ではアフターバーナーを使わずに戦うことができる。

両機の間にある飛行特性の違いは、当然空中戦における戦技、戦法にも違いをもたらすはずであり、開発のベースとされたF－16ともまるで違う戦闘機になっている。F－2はむしろその後開発されたF－22の飛行特性に近いといわれるが、残念ながら郷谷はF－22を飛ばすチャンスにめぐまれなかった。

F－2独自の対戦闘機戦法を構築することが目標であり、飛行隊長になったあかつきには……。

ボックスが二つに分かれ、左右に開いていったことで郷谷の思いは中断された。

ラインアブレストか——二つのボックスのわきに表示された数値を素早く読みとった。ラインアブレストは二機編隊の基本的なフォーメーションの一つで、ウィングマンはリーダーの右方五千フィートほど、やや高い位置につける。リーダーが先行しているが、二機はほとんど真横に並んでいるといってもいい。レーダーホーミングミサイルを使用する中距離での対戦闘機戦闘に用いられることが多い。二機は互いの後方をチェックできるだけでなく、中長射程のミサイルを撃ちこまれても一発で二機ともダメージを受けるリスクを減らせる。また、ゆるい編隊はウィングマンがそれほど神経質に追随しなくてもいいという利点もある。

郷谷は右方に出ているウィングマンの真後ろで、かつリーダーよりも低い高度で接近していった。

ふいに耳元のレシーバーから佐東の声が流れた。

〝ちょっと一時停止《フリーズ》します〟

郷谷は目をしばたたいた。

「何だよ、このタイミングで」

〝最高に集中されているところ、申し訳ありません。実は今回の想定では、チャンプのF‐2には最新鋭の赤外線探知装置《IRST》を搭載していることにしています。レーダーモードの切り替えスイッチなんですが……〟

郷谷は右手の親指で操縦桿の左側にあるボタンを探った。先端が山形になっており、滑り止めのギザギザが刻まれている。スイッチは左右に動かすことができ、さらに真上から押しこむ操作もあった。レーダーのオン、オフや索敵、兵装による照準の切り替えなどを行う。

「レーダーは使わないことになってるだろ」

〝はい、その通りなんですが、そのスイッチを左へ二度押したあと、右へ二秒間押しっぱなしにしてもらえますか〟

　いわれた通りにスイッチを左へ二度押し、右に押しながらいった。

「プリブリで説明すりゃよかったじゃないか」

〝申し訳ありません。接敵まではいつものようにやっていただきたかったものですから。ここから先、チャンプに据え物斬りを見せていただくのに視界を確保しなくてはならないので。それではＩＲＳＴモードになったところからリプレイします〟

　リプレイってテレビゲームじゃないだろうがと吐きすてようとして、郷谷は眼前の光景に息を嚥んだ。

　視界が淡いグレーに染まり、その中に浮かぶ二機のＳｕ－27の姿を見分けることができた。二つのボックスはそれぞれに重なっている。真正面にはウィングマン、左前方にリーダーが見える。

〝再開します。よろしいですか〟

「いいよ」

　目の前の映像が動きはじめたが、すでに相手のウィングマンに機速を合わせているので大きさは変わらずわずかに上下しているだけでしかない。リーダーが動くのを視界の隅にとらえた。右翼をゆっくりと持ちあげている。チェックターンといわれる動作で、これから左旋回に入ることをウィングマンに伝えているのだ。リーダーがゆったりと旋回する内側を突くようにウィングマンが急旋回を切ることで二機はラインアブレストフォーメーションを保ったまま、旋回できる。

マスターアームスイッチを入れ、スロットルレバーの兵装セレクターを機関砲に切り替えたが、レーダーは相変わらずスタンバイのままにしておいた。ヘッド・アップ・ディスプレイの表示が機関砲《ガン》モードに変わり、二十ミリ弾の飛ぶ範囲がグリーンの輝線で示される。

予想通りウィングマンの右翼がすっと立ちあがるのを見て、郷谷はアフターバーナーに点火し、機体をわずかに左に傾けながら一気に距離を詰めた。ウィングマンはリーダーの動きを注視していて郷谷が背後から接近していることにはまるで気づいていない。レーダーを使っていないので警報も鳴らないはずだ。先行するリーダーは旋回の途上にあり、腹を向けている。つまり郷谷はリーダーの死角を飛んでいるのだ。

ウィングマンのＳｕ－27が主翼を垂直に立て、二十ミリ弾の射線を横切ろうとした瞬間、郷谷はためらわずトリガーを引いた。機体の右肩からオレンジ色の輝線が伸び、まるで鞭《むち》のようにしなってウィングマンのコクピット付近を斬った。だが、撃墜を確認している余裕はない。そのまま左へ九十度バンクに入れ、操縦桿を引いた。左上方に見えていたリーダーを真正面にとらえ、二十ミリ弾の射線にとらえる。

急激な機動だったが、アフターバーナーを入れっぱなしにしているのと、F－2の特性によってほとんど速度を失うことはなかった。

ゆったりとした左旋回を終えたリーダーがHUDの中に見る見る大きくなってくる。

射線とリーダーのコクピットが重なる寸前、トリガーを絞った。

オレンジ色に輝く鞭がリーダーを斬り捨て、郷谷はリーダーの後方をすり抜けると垂直に降下していった。シミュレーターとはいえ、敵機から飛びちる破片を回避するための素早い機動は本能となっていた。


シミュレーターが停止し、暗黒の中にぽつんと取り残されてからも雪乃は身じろぎもせず、息さえひそめていた。

郷谷が二機編隊の背後を突いて上昇したあと、佐東がシミュレーターを一旦停止し、赤外線カメラによる映像への切り替え方法について説明した。二機のSu－27への接近を再開したが、雪乃が見ていた世界には何の変化もなかった。リボンの伸びが止まっただけである。

息を嚥んだのは、先行するピンクのリボンがゆるやかにねじ曲がった直後だ。ブルーのリボンがするすると伸び、後続するピンクのリボンがねじれた瞬間、交差した。そこでピンクのリボンが消えた。しかし、ブルーのリボンは伸びつづけ、左へねじれたかと思うと先行するもう一本のピンクのリボンに近づいた。

交差した刹那、二本目のピンクリボンが消えた。

ほどなく佐東が終了を告げ、周囲が闇に沈んだ。

まさに秒殺――脳裏に浮かんだ言葉に雪乃は身震いした。

雪乃はヘッドギアを外し、かたわらのテーブルにそっと置いて立ちあがった。立ちくらみがして、右のこめかみに指をあてる。脳は高度六千メートルに浮かんでいる状態にすっかり慣れている。めまいはすぐに収まり、部屋を出た雪乃はシミュレーターが設置されている会議室に向かった。ドアの前まで来て、手を出しかけたとき、ドアが開き、郷谷が出てきた。

「お疲れさまでした」

「どうも」

「別の部屋でモニターしていたのですが、お見事でした」

一瞬、郷谷の表情が曇ったような気がしたが、思い過ごしかも知れない。ちらりと笑みを浮かべた郷谷が首を振った。

「サトリには悪いけど、所詮よくできたテレビゲームですよ」会議室から出てきた郷谷がドアを押さえ、中を示した。「どうぞ」

「ありがとうございます」

郷谷の前をすり抜けようとしたとき、汗の臭いを感じて顔を上げた。シャワーを浴びた直後のように髪が濡れている。

「どういうわけか午後の実験は中止だとか。おかげで今日……、今週はお役御免です」

「そうですか。お疲れさまでした。来週もよろしくお願いします」

会議室に入った雪乃は後ろ手にドアを閉め、シミュレーターのわきに置かれた長机に陣取っている佐東に近づいた。佐東はノートパソコンのキーを叩きつづけながら眉を上げた。

「見ましたか、チャンプの据え物斬り。秒殺ですよ、秒殺。ウィングマンを撃墜して、リーダーを撃墜するまで二・三秒しかかかっていません」

佐東が雪乃の顔をのぞきこむ。

「どうしました？　何だか顔色が悪いようですが」

「いえ……」否定しかけた雪乃だったが、うなずいた。「そうね。ちょっとシミュレーターで酔ったみたい」

「酔いましたか」佐東がにやにやする。「私も酔いましたし、痺《しび》れました。あれだけの凄技を見せつけられたら酔いますよ。何しろレーダー照準なしで二機とも正確にコクピットを撃ち抜いたんですからね。チャンプの視点の映像を見ます？」

「いえ。あとで結構」

「わかりました。それにしても目視だけですからね。第一次世界大戦の頃から敵機を撃墜するには相手の尾翼にプロペラが噛みつくほど接近しろってのが鉄則ではあります」

佐東の顔はほんのり上気していた。

二人の助手がノートパソコンを手にして会議室を出ていく。その背にご苦労様と声をかけると、雪乃は佐東に向きなおった。

「郷谷さんが飛ばしていた飛行機にプロペラはない」

「たとえですよ、たとえ」

「今日の午後の実験がなくなったって、今、郷谷さんがいってたけど？」

「ああ」佐東はうなずき目の前にあったノートパソコンを閉じた。「ＡＴＤ－ＸⅡ《ツー》の準備ができたので、予定を少し早めてＡｉＣＯを乗せることにしたんです」

「どういうこと？　ＡｉＣＯを乗せるのは来月に予定されている硫黄島での実験からのはずでしょう」

「スポンサーサイドのご意向でしてね」

佐東が立ちあがった。雪乃より十センチ以上も背が高いので自然と見下ろされるようになる。

「そちらの方は我々にお任せください。それじゃ」

佐東が出ていったあとも雪乃はしばらくドアを見ていた。

ＡｉＣＯとは自律式無人機を操縦する人工知能の愛称で、マン・マシン・インターフェースを担当するアトラス・シックスが開発に取り組んでいる。

ＡＴＤ－ＸのⅡ型は別のグループが独自に製造を行っている無人の試験機でリモコン操縦もしくはＡｉＣＯを乗せて自律飛行させられる。佐東は無人試験機を担当するチームにも所属しており、我々とはそちらを指していた。正式名称ではないが、アトラス・ゼロと呼ばれている。雪乃の資格ではアトラス・ゼロの情報にアクセスすることはできなかった。

椅子を引き、腰を下ろすとテーブルに残されていたノートパソコン——雪乃用に割りあてられている一台——を開き、さっそく今日のシミュレーションフライトの記録を見はじめた。昼を過ぎ、食事もとらずに何度も記録を確認したが、何度見ても郷谷が二機を撃墜するシーンでは鳥肌が立った。

「すごい……、だけど、怖い」

首を振った雪乃は、すっかり暗くなった窓に目をやった。

郷谷と伊賀は運ばれてきた生ビールのジョッキを持ち、無言のままに軽く合わせた。間もなく午後九時になろうとしていた。

午後に予定されていたシミュレーターでのフライトが中止になったおかげで、終業直後には岐阜基地を出ることができた。途中、伊賀にメールを打つと新橋駅前にあるビルの居酒屋で会おうと返信が来た。郷谷のメールには生ビールのマークに?と添えてあっただけで、伊賀の返信には居酒屋の名前と2030とあった。了解であれば、再度返信しないのがルールだった。

伊賀が情報本部勤務となったのは二年前で、以来二、三度酒を飲んでいるが、いずれも同じ店だった。伊賀は川崎市の賃貸マンションで大学に通う娘といっしょに暮らしている。郷谷の自宅は世田谷《せたがや》だったが、それでも二時間ほど飲めるはずだ。

黙ってジョッキを合わせたのは、献杯という意味があった。斑目の墜落事故から四日が経っている。お通しの切り干し大根をつまみ、生ビールで流しこんだ伊賀がいった。

「お前は確実に隊長だと思ったんだがな」

「おれもそう思ってたよ。人生、何があるかわからん」

「しかし、岐阜で何やってるんだ？　あそこにお前の仕事なんかないだろ」

「名航に通わされてる。そういえば、サトリに会ったよ」

伊賀が郷谷を見た。ほんの一瞬、目を見開いたが、すぐに納得したようだ。ふたたび切り干し大根をつまみ、つぶやいた。

「そういうことか」

「何がそういうことなんだ？」

「サトリが何をやってるかはだいたいわかってる」

「さすがニンジャ」

ニンジャは伊賀のタックネームで姓からの単純な連想に過ぎない。そこに情報本部勤務をかけていた。だが、伊賀は首を振った。

「今の部署とは関係ない。名航に行った先輩と前に飲んだ。そのときにサトリの話が出ただけだ。お前にいじめられてケツを割るようじゃろくなファイタ―じゃないが」

「人聞きの悪いことというなよ。お前だって、あのときはいっしょにいたろうが」郷谷は声を低くした。「サトリは自分が本来目指していた道に戻ったといっていた。何か聞いてるか」

伊賀は即座に首を振った。

「いや」

生ビールを二杯飲んだところで焼酎に切り替えた。ボトルを取り、ロックで飲む。肴《さかな》はほとんど頼まなかった。とりとめのない話をしながら飲みつづけた。話題は斑目や航空学生教育隊時代のことになる。

「斑目《コピー》は尼崎《あまがさき》の出だったろ」

伊賀がいい、郷谷は首をかしげた。

「そうだっけ」

「そうだよ。それで学生になって初めて納豆が出たときだ。匂いを嗅いで、糸を引いてるのを見たら目の色変えて厨房にふっ飛んでいったっけ」

「これ、腐ってますってか」

二人は大笑いした。三十年近く前の話なのに光景が目に浮かんだ。目尻の涙を指先で拭い、郷谷はグラスを傾けた。伊賀が懐に手を入れ、携帯電話を取りだす。スマートフォンではなく、折り畳み式だ。腕を伸ばし、目を細めて画面を見ている。

「娘さんからメールか」

「いや、会社からだ」

しばらくメールを読んでいた伊賀は携帯電話を折りたたんでワイシャツの胸ポケットに戻した。肩を寄せ、ささやく。

「中国の戦闘機が墜ちたらしい。それも二機いっぺんに……」

「いつだ？」

思わず訊いた。午前中、シミュレーターで二機のSu-27を撃墜したシーンが蘇《よみがえ》ってきたからだ。

「ついさっきみたいだ」

安堵のため息を吐きながらも、一瞬とはいえ、シミュレーターと現実を混同したことが馬鹿馬鹿しくなった。

「衝突かな」

「詳しいことはわからん。場所が……」

伊賀は声には出さず口の動きだけでセ、ン、カ、クと告げた。

第三章　覚醒

1

　更衣室でダークグリーンのフライトスーツに着替え、ブーツを履いた雪乃は廊下を挟んで向かいにある救命装具室に入った。右にはパイロット用の個人装具を掛けた棚があり、正面奥に事務用スチールデスクがあって男女、一人ずつの隊員が待っていた。

「本日はよろしくお願いします」

　中年の男性隊員はにっこり頬笑んでうなずき、女性隊員が立ちあがった。胸の名札には加藤《かとう》とある。

　加藤は雪乃を一瞥《いちべつ》していった。

「一番小さいサイズなら大丈夫でしょう。こちらへどうぞ」

棚の間を歩き、来客用と記された一角に行くと吊《つ》り下がっていたGスーツを手にした。

「両手を上げてください」

いわれるままにすると加藤はGスーツの幅の広いベルトを雪乃の腰に巻き、わきのファスナーを閉めた。次に右足をGスーツで巻き、しゃがみ込んでファスナーを噛ませると引きあげた。左足も同様にするとところどころ引っぱって装着具合を確かめ、アジャスターで調整する。締め付けが思ったよりもきついのに驚いた。機動中にGがかかったとき、内蔵されているエアバッグがふくらんで、ふくらはぎ、太腿、腹部を締めつけ、血液が下半身に集中するのを防ぐ。理屈ではわかっていても装着するのは初めてなのだ。次に浮き袋——水に浸《つ》かると自動的にふくらむ——や照明弾、無線機などがついたサバイバルベストと一体になったハーネスをつける。加藤が胸と腹のバックルを固定し、さらに腰の辺りにあるベルトを股間に通して前に持ってきて留め、アジャスターでぎりぎりと締めつけた。

「少しきついと思いますが、ハーネスを充分に締めつけておくことが大事なんです。パラシュートが開いたとたん、衝撃ですっぽ抜けちゃったら助かりませんからね」

笑みを浮かべてうなずいたが、口元が強《こわ》ばっているのが自分でもわかる。

「ええ、そうですね」

「まあ、そんなことにはなりませんが」加藤は笑って股間のハーネスをいったん外した。「ハーネスは乗機寸前にもう一度留めます。つけたままだとまともに歩けませんから」

次いで棚の上にあるグレーのヘルメットを取った。酸素マスクの留め具を一つ外して差しだす。

「頬にあたる部分を左右に開く感じで被ってください」

「メガネを外した方がいいですか」

「そのままで大丈夫ですよ」


いわれたように左右に広げて被る。ヘルメットは一年前、入間《いるま》基地で航空生理訓練を受けたときに被った経験があった。そのときに酸素マスクも装着している。一日がかりで低酸素症と酸素マスクの使い方の講習を受け、低圧訓練室《チャンバー》に入らなくては戦闘機には乗れない。その後、戦闘機に乗るチャンスがなかったのでGスーツとハーネスを装着したことはなかった。


加藤が右の方を手で示す。

「酸素マスクのチェックをします」

入口付近に置かれた機械の前に来ると加藤が酸素マスクのホースと無線用のラインを機械につないだ。

「それでは酸素マスクをつけてください」

「はい」

雪乃は酸素マスクを左手で顔に押しつけ、右の留め具を差しこんだ。加藤が手を伸ばしてきてマスクを固定しているバンドを調整する。

「これもちょっときついですけど、我慢してください」

戦闘機に乗るための装具をつけるだけでも苦行だ。全身が締めつけられ、おまけに酸素マスクがぎゅっと顔に押しあてられる。強めに息を吐いた。マスクとホースをつなぐバルブには弁がついていて呼気を外へ排出するようになっている。息苦しさと同時に背中に汗が浮かぶのを感じた。スタンドマイクのスイッチを入れ、加藤が口元を寄せた。

〝聞こえますか〟

ヘルメットに内蔵されたイヤレシーバーに加藤の声が響く。雪乃はうなずいた。だが、加藤が首を振った。マイクのテストも兼ねていることに気づいて声を発した。

「はい、聞こえます」

〝ＯＫです〟

加藤が手を伸ばし、ヘルメットの右側にある酸素マスクの留め具を外してくれた。ヘルメットがだらりと垂れさがり、雪乃は思わずため息を吐いて苦笑した。

「二度目じゃ、まだ慣れませんね」

「戦闘機のパイロットは芦屋《あしや》基地で初めて酸素マスクをつけて飛ぶんですけど、うまく呼吸ができなくて罷免《メン》になっちゃう人もいるようです」

「わかるような気がします。これだけ締めつけられたら閉所恐怖症の人は絶対ＮＧでしょうね」

「戦闘機パイロットって、案外マゾが多いかも知れませんね」マスクのホースをテスト用の機械から外しながら加藤がいった。「ヘルメット、脱いでいいですよ」

「はい」

雪乃はヘルメットを取った。それだけでやれやれとつぶやきたくなるほど解放感がある。

加藤が小声でいった。

「今日はＴ－４なんですって？　Ｆ－２Ｂも使えるのに」

「そうです」

「どうせ体験するなら戦闘機の方が絶対面白いと思うんだけどな」

首をかしげてつぶやく加藤のあとから雪乃は救命装具室を出た。

アトラス・シックスでの仕事を受けたときから戦闘機に体験搭乗するという話はあったのだが、目の前に課題が山積していて、なかなか実現しなかった。それが先週金曜日の午後から出張している佐東が週が明けても戻らず、シミュレーターを使った実験が進められずにいた。

祝日明けの水曜日、リーダーの藤田が飛行開発実験団に硫黄島試験の前に一度雪乃を戦闘機に乗せてもらえないかと相談したところ、郷谷が引きうけてくれることになったのである。あっという間に調整が進み、翌日――つまり今日実施することになった。

加藤といっしょに駐機場で離陸準備にかかっているT－4に近づくにつれ、雪乃は興奮と緊張がない交ぜになった甘酸っぱい塊が咽もとにせり上がってくるのを感じた。エンジン排気口をのぞきこんでいた郷谷が顔を上げる。アトラス・シックスで着用している黒いフライトスーツではなく、ダークグリーンのフライトスーツの上に正規の装具をつけていた。

こっちの方がいいなと雪乃は素直に思った。

白い歯を見せた郷谷がコクピットを指す。

「先に乗ってるようにってことですね」

そういって加藤が機体の左側に回った。T－4のキャノピーは右側にヒンジがあり、横に開くようになっている。開閉はパイロットが手動で行った。ほかの戦闘機に比べると二回りは小さい機体は、丸みを帯び、どことなく可愛らしかった。主翼下には左右に一本ずつ増槽が取りつけられ、操縦席の左側にオレンジ色の梯子《ラダー》がかけてある。加藤がふり返った。

「ハーネスを固定しますね。足を少し開いて立っててください」

ヘルメットを抱えたまま、やや足を開き気味にする。加藤は雪乃の股間にハーネスを通し、前で留めた。上体が窮屈になった感じだが、すっぽ抜けちゃうといった加藤の声が脳裏を過《よ》ぎっていく。加藤が手を出した。

「ヘルメットを」

ヘルメットを渡し、ラダーを昇って後部座席に乗りこむ。スイッチやレバーに触れないように気をつけ尻を下ろした。加藤がラダーの中途まで上り、ヘルメットを渡してくれる。

「ヘルメットを被って、チンストラップをかけてください」

「はい」

いわれた通りにヘルメットを被っている間に加藤は座席から出ているベルトとハーネスを留め、Gスーツと酸素マスクのホース、通信用のラインを接続していった。すべてをつなぎ終えると座席にがんじがらめにされたような気がした。加藤が笑みを浮かべた。

「それじゃ、目一杯楽しんじゃってください」

「緊張してます」

「一つだけお教えしましょう」加藤が人差し指を立てた。「米空軍の研究によると男性より女性の方が耐G能力は高いそうです」

「ありがとう」

加藤がラダーを降り、代わりに昇ってきた郷谷が後席をのぞきこみ、ひと渡り見まわした。

「大丈夫ですね」

「はい。よろしくお願いします」

にやっとした郷谷がきちんと折りたたんだ白いポリ袋を取りだす。コンビニエンスストアの名前が透けて見えた。

「緊急事態に陥ったら使ってください」

旅客機の座席前にあるポケットに入っているエチケットバッグ代わりだろう。気分が悪くなって嘔吐《おうと》するなら使えということだ。

「はい」

雪乃は左の太腿についているフックにポリ袋を挟んだ。これならいつでもすぐに取れるなと思った。

前席に郷谷が乗りこみ、ラダーが外されるとエンジンスタートとなった。機体に接続されたインターコムを通じて、郷谷と整備隊員がやり取りしているのを雪乃はぼんやり聞いていた。やがて郷谷が雪乃をふり返る。

「それじゃ、キャノピーを閉めます。手を挟まないように気をつけて」

手を伸ばした郷谷がゆっくりとキャノピーを下ろす。閉める直前、もう一度左右をふり返って点検したあと、キャノピーを閉じ、ロックした。雪乃はキャノピーレールから突きでている左右のバーを握った。

ほどなくエンジン音が高まり、T－4は駐機場を離れた。

雪乃は午前十時に飛行隊に来て、十一時に飛行前打ち合わせ《プリフライトブリーフィング》を行い、離陸は午後一時、岐阜基地から上がったあと、西へ向かい、日本海に設定されたG《ゴルフ》空域に行くといわれた。飛行時間は離陸から着陸まで一時間の予定である。駐機場を出て、タクシーウェイを走ったあと、滑走路の手前で停止した。整備隊員が近づいてきて、機体や翼を点検していく。ラストチャンスチェックといわれ、武装した戦闘機の場合、ミサイルや爆弾に差してある安全ピンを抜く場所でもある。

郷谷が声をかけてきた。

〝それじゃ、射出座席のセイフティを解除してください〟

「はい」

雪乃は躰の右側に出ている黒と黄色のストライプが入ったバーをつかんで一度手前に引きだしたあと、下ろした。後席に座っている者が自らやらなくてはならない操作の一つだと、プリフライトブリーフィングで教えられていた。これで股間にあるDリングを引っぱりあげれば、座席はロケットモーターによって空中高く打ちだされる。リングを引っぱるときには両腕を交差させるようにと郷谷にいわれた。両手をまっすぐに下ろして、そのままリングを引っぱりあげると両肘が躰の外に突きでる場合がある。操縦席の壁にぶつかれば、二の腕から断ち切られると教えられた。さすがは軍用規格《ミルスペック》、容赦ない。

「解除しました」

〝OK〟

整備隊員たちが機体から離れ、郷谷に向かって親指を突きだす。郷谷は左右の隊員に敬礼で応じた。雪乃は頭を下げるのみである。駐機場を出るときも同じだったが、右手をひたいにあてる挙手の礼がどうしてもできない。素人《しろうと》のくせに、と思われてしまいそうで、どうしても気がひける。

滑走路に出て行く。旅客機に乗っているときと違って、視点がぐっと低いT－4から眺めると滑走路は幅が広く、どこまでもつづいているように見える。センターラインの上に機体を載せた郷谷は管制塔と交信する。きびきびしたやり取りの中、離陸許可が下りたあと、郷谷が雪乃にいった。

〝エンジンランナップ〟、行きます〟

「はい」

離陸開始前に左右のエンジンを片方ずつ出力八十パーセントまで上げ、支障がないことを確認する。これも事前に説明を受けていた。躰のすぐ右後ろで高まるエンジン音に雪乃の心拍も上がった。すぐに音は小さくなり、今度は左舷エンジンが回転を上げる。雪乃は息を詰めていた。音が小さくなると大きく息を吐いた。

〝それじゃ、出発します〟

「はい」

〝ブレーキリリース、ナウ〟

直後、両舷エンジンが唸り、T－4は弾かれたように滑走を開始した。躰が射出座席の背に押しつけられるのを感じた。右にある飛実団の建物、格納庫が後方へと流れ去っていくのを視界の隅でとらえる。だが、のんびり眺めている間もなく、機体がふわりと浮かびあがり、機首がせり上がっていく。足元に重い音が響き、ブーツの底にも振動を感じた。メインギアが胴体中央に折りたたまれたのだろう。

〝今日はハイレートクライムをリクエストしましたからね。バックミラーを見てください〟

いわれるままに目を上げ、ひたいの前方に取りつけてあるミラーを見た。滑走路が映っている。

「あれって、もしかして……」

〝そう。たった今我々が上がってきたランウェイですよ。こいつは軽いですからね、エンジンは小さくてもそれなりの動きをします〟

「今、垂直に上昇してるんですか」

イヤレシーバーに郷谷の笑い声が響いた。

〝さすがに垂直上昇は無理です。上昇角はぴったり四十度ですよ〟

なるほどと雪乃は思った。雪乃自身、四輪駆動車で渓流釣りに行く。傾斜が三十度の急坂であれば、垂直の壁をよじ登っている感覚となった。

それからT－4はゆったりとした右旋回に入り、やがて水平飛行に移った。眼下には緑に覆われた山々がつづいている。

〝今、福井県上空を飛んでます。間もなく右に小松空港が見えてきますよ〟

「小松ですか」

まだ離陸して数分しか経っていない。

〝岐阜から小松までなら十五分ですからね。まっすぐ飛べるならもっと早く着けますけど〟

戦闘機パイロットの時間感覚に目が回りそうな気がした。

〝ところで、今さらですけど雪乃さんの元々の専門って何ですか〟

「本当に今さらですね」雪乃は笑った。「ヴァーチャル・リアリティを研究してました。アトラス・シックスでHMDSを作ることになってリーダーの藤田に呼ばれたんです」

〝へえ、ブレインギアは雪乃さんが作ったんですか〟

「私一人で作ったわけではありませんが」

雪乃は酸素マスクの内側で唇を歪《ゆが》めた。

ブレインギアという愛称に抵抗をおぼえているためだ。通常のＨＭＤＳと違い、シミュレーターで郷谷が使用しているものには、目の動きを追うアイカメラや脳波を検出するセンサーが取りつけられている。抜き取ったデータはホストコンピューターに送られる。そのためブレインギアと呼ばれていて、抵抗を感じる理由もそこにあった。

やがて海岸線を越え、洋上に出た。

雪乃は話の矛先を変えた。

「そういえば、加藤さんがどうしてＦ－２にしなかったのかといってました。初めて経験するなら戦闘機の方が面白いって」

〝そんなことといってましたか〟郷谷が笑った。〝たしかに一理ありますが、Ｔ－４を選んだのにはそれなりに理由があるんですよ。それじゃ、早速試してみましょう。まず操縦桿《スティック》とスロットルレバーに手を添えてみてください。がっちり握らず、そっと添える感じで〟

「今、ですか」

〝ええ。さあ、いいですか。添えて〟

「はい」

雪乃は恐る恐る右手で操縦桿をそっと握り、左手をスロットルレバーに置いた。

〝ほんの少しスティックを左右に振ります〟

操縦桿が右に倒れ、機体が傾いた。すぐに中立に戻り、今度は左に傾く。ふたたび中立に戻る。

〝次はスロットルレバー〟

レバーが前進し、エンジン音が高まると引き戻された。

〝F－2はフライ・バイ・ワイヤなんで前後席がつながってません。T－4は今のようにつながってます。学生の頃は後席の教官が手本を示すのを手足で感じたものです。ラダーペダルも同じです。ただ、今は面倒くさいので足は載せないでそのまま。では……〟

スロットルレバーが押しだされ、ぐいと背中が座席に押しつけられたかと思うと操縦桿が股間ぎりぎりにまで引きつけられた。同時にT－4が機首を持ちあげ、さらに天空に向かって腹を向け、頭上一面に海が広がった。機動中、操縦桿はわずかに動きつづけ、機体の姿勢を保った。

宙返り《ループ》を打つT－4の中で雪乃は初めてパイロットの領域を垣間見た気がした。

2

〝さて、せっかく雪乃さんに体験搭乗していただいているんだから飛んで、回って、降りるだけじゃつまらないでしょう〟

郷谷が明るい声で語りかけてくる。

「何があるんですか」

思わず弾んだ声で訊きかえした。

〝そうこなくっちゃ。前方二千フィート……、メートルでいうと五、六百くらい先のやや上方に二機のF－15が並んでいるのが見えますか〟

雪乃は顔を上げ、目を細めた。

郷谷がつづける。

〝左に雲があるでしょう。その雲の天辺《てっぺん》から右斜め下……、二十度くらいのところ、

わかりますか〃
左右に開いた黒い影が見えた。
「はい」
〃あれは小松の第３０３《さん・まる・さん》飛行隊の連中です。リーダーはパロといって私もよく知ってる男なんです。ウィングマンはニコという若手だそうです。今朝、３０３に電話しましてね。昔、いっしょに教導隊にいたパッキーって奴が飛行班長やってて、それで私たちが飛ぶときにＧ《ゴルフ》空域で訓練してる奴がいないか訊いたんです。そうしたらパロとニコが一対一《ワン・バイ・ワン》の空戦機動《ACM》やってるって。それでまぜてもらうことにしました〃
まるでかくれんぼか鬼ごっこでもしている仲間に入れてもらうような口調だ。だが、雪乃はすぐに思いなおした。ＡＣＭは大空を舞台に三次元で行われる鬼ごっこに違いない。
「いいんですか、私がいるのに」
〃かまうことはありません。パッキーがちゃんとセットアップしてくれましたからね。それで同じ電話でパロと時計合わせ《タイム・ハック》もやって、あと一分で私が襲いかかることになってるんです〃
「襲いかかる？」

〝ちゃんと無線で声はかけますよ。実戦じゃないんだから〟

話をしている間にT－4はぐんぐんF－15の二機編隊との距離を縮めていった。機体の形状がはっきり見分けられるほどになっている。

〝飛行隊に行くとよく戦闘機のプラモデルが置いてあって、いい年こいたパイロットたちがプラモデルを持って、あっちこっちから眺めてるんですけど、編隊飛行してるときとかACMに入ったときに二番機や敵機がどんな風に見えるかを確かめてるんです。そうした中に死角の勉強もあるんです。前を行く二機を見てください。どちらのキャノピーも私らから見えんでしょう？〟

たしかにかなり近くまで来たように見えるが、左を飛んでいるF－15の操縦席は右のエアインテイクの陰に入っており、右側の一機は胴体下部をすっかりさらしているのを見て、雪乃ははっとした。先週、郷谷が二機のSu－27を秒殺してみせたシミュレーションとほぼ同じ状況なのだ。

「この間と似てますね」

〝いや、この間のは夜間という設定でしたから何も見えませんでした。私はブレインギアに表示されるボックスを見てただけです〟

雪乃も同じ仮想空間を見ていたが、今と同じように明るかった。しかも郷谷が二機のSu－27を秒殺するのを上空から見下ろしていた。

「そうでしたね」

〝レーダーを使ってない……、というかもともとT－4にはレーダーなんて積んでませんけどね。だから連中のレーダー警戒装置《RWR》は沈黙してます。はい、あと十五秒〟

そのとき、まるで郷谷の声が聞こえたように左を飛ぶF－15が大きく左に機体を傾け、すぐに右へ切り返した。

〝いいよ、パロ。チェックを怠るな〟

直後、イヤレシーバーに声が弾けた。

〝ニコ、右へ急旋回《ブレイク・ライト》〟

二機のF－15が左右に分かれていく。

〝へえ、パロも大人になったな〟

そういいながら郷谷は機体を左に傾け、一機を追跡にかかった。郷谷がのんびりした口調でつづける。

〝パロ……、左を飛んでいたのが一番機《リーダー》ですが、奴はまず二番機《ウイングマン》を逃がして、自分はあえて旋回を遅らせてます〟

「どうしてですか」

声を出すのに力まなくてはならなかった。躰の表面がぴりぴりしている。正座をしていて足が痺れた状態に似ていた。

これがG？

T－4が左の一機を追尾にかかり、急旋回したことでGがかかった。通常の重力が1G、さきほど宙返りをしたときには反転した機体には遠心力で2Gがかかっていた。頭上に広がった海を見上げながら雪乃は地上で単に座っているようにしか感じなかったのは、重力の1Gが打ちけされていたためだ。戦闘機が機動中には3G、4Gがかかり、F－15であれば最大7Gまで耐えられるといった知識はあるが、Gを体感するのは今回が初めてなのだ。躰が座席に押しつけられるだけでなく、Gは躰の内にも外にもかかる。

〝パロは自分を囮《おとり》にしたんです。訓練なんで相手がT－4一機なのはわかってますからね。まあ、こっちがボイスを出す前に気づいたのはほめてあげましょう〟

郷谷の声はいかにも楽しそうだ。

雪乃はまぶたが垂れさがってくるのを我慢しながら左に旋回しているF－15を見つめていた。いつの間にか排気口にはちらちらと炎が見えている。アフターバーナーを使っているのだ。だが、彼我の距離は縮まらない。そのときになって気がついた。練習機であるT－4のエンジンにはアフターバーナーがなく、最高速度だけでなく、瞬発力でもF－15に敵《かな》うわけがないが、郷谷はF－15の航跡の内側にT－4を入れ、より小さな円を描くことで楽々と追随している。

郷谷が右手をキャノピーの内側にあて、躰を左に押しやった。右に向けた顔を素早く上下させた。

〝おお、ニコが回りこんできた。ちゃんとカバーしてるな。よし、いい子だ〟

雪乃も右に顔を向けた。Gがかかっている中、頭が押さえつけられ、頸椎《けいつい》がごりごり音をたてる。だが、右旋回を切った二番機が反転して機首をこちらに向けようとしているのはわかった。

〝タリー、タリー。マージする〟

郷谷がのんびりといった。

〝ニコ……、ウィングマンにやられそうなんで逃げます〟

躰にかかっていたGがふっと抜け、T－4は横向きになったまま、左下へ落下した。押さえつけられていた胃袋が腹の底から急浮上してくるような感じだ。一瞬、左の太腿に挟んだ白いポリ袋に目がいった。

二機のF－15が左右に分かれ、旋回をわざと遅らせた左を行くリーダーを郷谷が追いかけた。F－15がつづける旋回の内側へ切りこむことで追尾をつづけたが、そのときには右へ行ったウィングマンが旋回を終え、T－4を狙えるポジションにつけた。郷谷は横転させた機体を落とすことで逃れたが、その後は何が起こっているのかまるで見当がつかなかった。雪乃に理解できたのは最初の機動だけでしかない。時間にすれば、ほんの数分だったろう。その間に郷谷の操るT－4は宙返りを打ち、横転したかと思うと海に向かってまっすぐ突っこんでいた。

それでも一つだけ雪乃の脳裏に強く焼きつけられているシーンがある。

左手をキャノピーにあて、座席の右側で上体をのけぞらせ、真上を見た郷谷のバイザーに太陽が映って眩《まぶ》しかった。雪乃はGに圧《お》しつぶされそうになりながらも郷谷がつぶやくのをはっきりと聞いた。

〝右見るなよ、こっち見てろ、パロ……、右を見るなって……、ちくしょう、馬鹿野郎〟

そういった直後、郷谷は機体を横転させ、さらに強いGを掛けたので雪乃は顎を引き、歯を食いしばらなくてはならなかった。

直後、上昇するF－15の真後ろにつけた郷谷がコールした。

〝フォックス・ツー……、赤外線追尾式《IR》ミサイルを積んでれば、の話だけど〟

会議室に置いた安楽椅子に躰を伸ばし、ゴーグルで見ているヴァーチャル・リアリティ映像とは違い、空と海とが目まぐるしく入れ替わり、T-4の姿勢すらわからなくなった。つくづく自分が二次元の世界に生きていることを思い知らされた。

すでにF-15は小松基地に向かって空域を離れ、T-4も岐阜基地に針路をとっている。

「一つ、お訊きしてもいいですか」

〝どうぞ〟

「空中戦の最中にパロに右を見るな、こっちを見てろといったように憶えているんですが」

〝いいました。あれは二度目にからんだときです〟

「二度目?」

〝ええ、今日は三回からみました。私がパロ……、リーダーですが、あいつの後ろを取ってフォックス・ツーといったのが二度目です〟

ふいに記憶がつながった。馬鹿野郎といい、きついGをかけたあと、上昇に転じた。頭上に見えていたF-15がだんだんと下がり、ひたいの延長線上から、ついに機首前方に来たとき、郷谷はフォックス・ツーとコールしたのだ。

〝パロは私にかぶってきてたんです。いい位置でした。こっちはあいつの下に潜りこもうと必死だったんですけど、速度を失ってたし、高度も一万二千しかなかった。今日の下限高度は一万フィートですから急降下《ダイブ》して速度を稼ぐこともできなかったんです。だけどニコが少し遅れた。本来ならリーダーであるパロのカバーをして、右につけているはずだった〟

「だけど、そこにはいなかったわけですね」

〝そうです。それでパロはウィングマンの位置を確かめようとした〟

「右を見たんですか」

〝そうです〟

「ACMの真っ最中に相手の顔がどっちを向いているかなんて見えるものなんですか」

〝それが見えなきゃ商売にならない〟

郷谷はあっさりいったあと、笑った。

〝予測して、注目してますからね。パロが右を見そうだ、右を見そうだって。奴が右に顔を向ければ、チャンスが来るわけです〟

「チャンス……、ですか」

〝ええ。パロは一瞬私から目を切らなきゃならないんです。ついてこられないウィングマンがどこにいるかを確認するのはリーダーとして当然の義務なんですが、あのシチュエーションではまず私を仕留めるか、ロックオンして追っぱらうことを優先しなくちゃならない。どうしてもウィングマンのポジションを確認するならあの瞬間より一つ前にしておかなきゃ。そうじゃなきゃ、指示を出せばいいんです。まっすぐ突っこんで右前方に飛びだせとか、上昇して上から見張れとか。やっちゃいけないのは、自らウィングマンを見ようとすること。あわてることはないんです。こっちはとろとろ走ってる原付のスクーターですからね〟

「それってT－4のことですね？」

〝そう。こいつは素直に飛ぶし、操縦が簡単だし。スクーターですよ〟

フライトスーツに下駄履きで小さなスクーターを走らせている郷谷の姿が浮かんで

雪乃はちらりと笑みを浮かべた。

「だけどパロは右を見てしまった」

〝残念ながら。奴も修行が足らん〟

郷谷のひと言に雪乃は笑ってしまった。

「すみません」

〝いいですよ。受ければ、私も嬉しい。だけどあいつは次にもっと大きなミスを犯した〟

「何ですか」

〝私を見失ったあと、まっすぐ飛んだんです。切り結んでいる最中に相手を見失うのは、実はわりにあることなんです。肝心なのは、相手が右に行くか左に行くかを決めておくことなんですね〟

「自分がじゃなく、相手が、ですか。相手がどっちに行くかなんて決められないでしょう」

〝決められません。だけど見失ったら相手は左に行くと決めておいて、即刻機首《ノーズ》を向ける。相手が目の前にいれば追っかけますし、見当たらなきゃ、そのまま急旋回《ハードターン》を継続《コンティニュー》して離脱《バグアウト》する。だけどあいつはまっすぐ飛んだ。ミスしたことに気づいて後ろを見たときには私が回りこんでいた。それであわててフルパワーで上昇しようとしたんですね。あいつも下限高度ぎりぎりまで降りていたし、相手はスクーターですからパワーの差で離せると思った。あいつのバックを取ったときにこっちは溜めてましたから上を向いて……〟

「フォックス・ツー」

〝積んでれば、の話だけど〟

「つねに相手の動きを予測しているんですね」

〝二手先、三手先を読みます。ACMは心理戦です。相手の立場になって……〟

郷谷があとをつづけたが、息を嚥んだ雪乃は聞いていなかった。AiCOのアルゴリズムを書いたのは佐東だが、肝心なのは何手先まで読めるかだといっていたのだ。

〝ところで、雪乃さんは名航のシミュレーターに乗ったことはあるんですか〟

「はい。試験で何度か乗ってます」

〝T－4は？〟

「一度だけ体験させてもらいました。入間基地で航空生理訓練を受けたときに」

〝そりゃいい。せっかくだからこいつを飛ばしてみましょう〟

「無茶ですよ」

〝シミュレーターと同じです。今日を逃すと実機を飛ばす経験なんてなかなかできませんよ。また操縦桿を持ってください。持ったらアイハブとコールして。そうしたら私はユーハブといって手を離します〟

「え？　あ、はい」雪乃はあわてて操縦桿を握った。「アイハブ」

ちゃんと握っていることを確かめるように操縦桿が揺すられた。

〝あまり固く握りしめないで、生玉子を持っている感じで〟

指の力を緩める。

「こうですか」

ふたたび操縦桿が揺すられた。

〝ＯＫです。それじゃ、ユーハブ。今、この飛行機は雪乃さんが操縦してます。さて何をしますか〟

「何って……、どうすれば？」

〝何でもいいですよ。さっきもいいましたが、シミュレーターと同じです。もともと訓練機ですから素直に反応してくれるし、軽いですからね。それに私がいつでもアイハブできるようにしてますからご心配なく。高度を下げないかぎり好きなことをやっていいですよ〟

ふと思いついた。

「横転させてみてもいいですか」

〝ロールですね。スティックを倒せば、くるりと回ります。右？　左？〟

訊かれて雪乃は操縦桿を見た。右手で握っているので右に引いて倒す方が簡単なように思えた。

「それじゃ、右へ」

〝OK。行っちゃってください〟

「行きます」

操縦桿を右に倒したとたん、T‐4の右翼がぐいと下がり、ぽつりぽつりと雲の浮かんでいる水平線がいきなりぐるりと回転した。自分で操作しておきながら自分の躰がひっくり返ったことに驚いてしまい、思わず手を元の位置に戻してしまった。生理的な反応で腕の筋肉が萎縮してしまったのだ。T‐4は進行方向を軸にして二百七十度ほど回転して、背面飛行に近い格好になっている。

元に戻さなきゃ……。

今度は慎重に小刻みに右に操縦桿を倒した。ぎこちない操作にもかかわらずT‐4は的確に反応し、小刻みに機体を横転させていく。何とか水平に戻したところで雪乃はすかさずいった。

「ユーハブ」

〝アイハブ〟

郷谷が落ちついた声で応じ、雪乃は操縦桿から手を離して大きく息を吐いた。

「飛行機って動くんですね」

思わず本音を漏らすと、郷谷が笑った。

〝そりゃ、三百五十ノットで水平飛行してるT－4のスティックを倒したんですからロールしますよ〟

「さっきシミュレーターと同じとおっしゃいましたが……」雪乃はキャノピーの外に目をやった。「シミュレーターはひっくり返りません」

ふたたび郷谷が大声で笑った。

3

元中華民国（台湾）海軍少将楊鴻烈《ヤンホンリエ》は齢《よわい》八十を超えながら短軀《たんく》、肥満の体型から放射されるエネルギーには微塵のかげりもなく、顔の艶もよかった。健啖ぶりも相変わらずで世良が持参した銀座の有名な菓子店のケーキを次々に平らげ、最後の一つ——六個目を頰張ると紅茶で流しこんで満足げに頰笑んだ。

「この店のケーキはやはり美味《おい》しい。いくつでも食べられる」

楊は流暢《りゅうちょう》な日本語でいい、紙ナプキンで口元を拭った。日本の海軍兵学校に入校したが、敗戦のため、卒業はかなわなかった。それでもエリートであるには違いない。戦後、台湾に帰って海軍に入り、一九五〇年代以降は主に近代海軍への改編に携わった。退役後に貿易会社を設立し、台湾と日本を行き来する生活がつづいている。

椅子の背に躰をあずけた楊は丸く突きでた腹の上で両手を組んだ。

「先月末からつづいていた工作機械の国際見本市が昨日で終わってね。今日は後片付けだった」

「それはお疲れさまでございました」

「片付けといってもうちのスタッフがやってくれるし、それも午前中に終わっている」

お台場《だいば》にあるホテルのスイートルームに世良は楊を訪ねた。昨日の午後、知らせたいことがあると連絡があった。楊が経営する会社は昨日まで東京ビッグサイトで開催されていた国際見本市にブースを設けていたのである。世良は単刀直入に切りだした。

「何か教えていただけることがあるそうでございますが」

ふむとうなずいた楊だったが、目を伏せ、床をじっと見つめた。世良は何もいわず待った。やがて楊が穏やかに切りだした。

「九日前、アメリカの駆逐艦が永暑島から十二カイリの海域を通過した」

航行の自由作戦のことだ。九日前——日本時間の十月二十七日午前中にアメリカ第七艦隊に所属する駆逐艦ラッセンは中国名永暑島、ファイアリー・クロス礁をかすめるように航行した。その間、中国人民軍は艦船、航空機による監視をつづけ、再三警告を発した。楊が目を上げ、世良を見た。

「その結果、何が起こった？」

世良は首をかしげ、肩をすくめて首を振った。

「何にも」

「そう。何も起こらなかった。南シナ海で米中の軍事衝突が発生し、ひょっとしたら第三次世界大戦に発展するのではないかと危惧する声もあったが、ものの見事に何も起こらなかった。なぜか……」

楊は問いかけているが、答えを求めているようには聞こえなかったので、世良は口を閉ざしたまま見つめ返した。楊が小さくうなずく。

「そもそもこの作戦はアメリカの議会向けのパフォーマンスだったし、大統領が引きこもりと批判されないためにポーズをとってみせたに過ぎない。中国が南下政策によって南シナ海で実効支配する島を増やそうとアメリカには関係ない……、とまではいわないものの、アメリカにはアジア情勢に取り組む余裕はない。イラクとアフガニスタンでの戦争は終わっていないし、世界中のテロリストがアメリカ一国を標的にしている。いくら唯一の超大国でも手にあまる。正確に定義すればアメリカは帝国ではないが、一国で世界中を相手に喧嘩している点では実質的に帝国だ。ローマ、モンゴル、オスマントルコ……、それぞれの時代で超大国といわれたが、結果はどうなったか」

楊は肘かけに右肘をのせ、右手を顔にあてた。

「南シナ海の安定のため、アメリカは国内向けパフォーマンス以上のことをやれるか。やらないのではなく、やれないんだ。それでは日本が代わりに立つか」

「わが国には……」

世良がいいかけ、楊がさえぎるようにあとを引き取った。

「平和憲法がある。ありがたい平和憲法の陰に隠れて舌を出してる。この国には、子供たちを戦場に送るなと平気で口にしている連中がいる。他国の子供の命であれば、犠牲になってもかまわないと聞こえるんだよ、私にはね」

楊は顔の前で手を振った。

「まあ、いい。火が点いているのは我々台湾人の尻なんだ。自分たちで消すしかない。そんなことはわかってる。さて、六日前の金曜日、午後八時過ぎだが、中国人民軍の戦闘機が二機墜落した件をご存じか」

「ええ……、マスコミが報じている範囲ですが」

「昔の知り合いから連絡があってね。ちょうどその頃、基隆《キールン》のレーダーサイトが奇妙な機影をとらえたというんだ」

「奇妙な、といわれますと？」

「断続的にというか、映ったのは二度でしかない。しかも洋上をパトロール中だった海軍の哨戒艇《しょうかいてい》が照射したレーダー波を地上にある空軍のレーダーサイトがとらえたという不思議な現象だった」

「ほう」世良は右のアームレストに肘を載せた。「それは間違いありませんか」

「台湾の海軍と空軍が使用しているレーダーだから固有の識別信号は互いにわかっているし……、それ以上はいえないが、いずれにしても発信と受信の時刻もぴったり一致していた」

「そのとき哨戒艇はどこにいたのですか」

「鼻頭角沖《ピトウチヤオ》……、これまた詳細は話せないが、いずれにせよわが国領海内だよ」

「機影はどの辺りに映ったのでしょうか」

「基隆から東北東へ約百マイル……、といえばわかるかな」

「尖閣諸島の付近ですね」

「そう」楊はにやっとして短い足を組んだ。「大陸の戦闘機が消息を絶った地点だ。時間的に一致している。何を意味するか、わかるかね」

「いえ」世良は首を振った。「お教えいただけますでしょうか」

「あくまでも仮説だが、その前に訊いておきたい。君はステルス戦闘機について、どの程度の知識がある？」

「レーダーに映りにくい戦闘機という程度ですね」

「映りにくいのは電波吸収材を機体に貼りつけてあるのと、機体の形状を工夫してレーダー波をアンテナに向けて跳ね返さないようにしてあるからだというのは？」

「だいたいはわかります」

「結構。さてその独特の形状のおかげでA地点で照射したレーダー波が逸らされ、B地点のレーダーで受信されるという現象が起こる場合がある」

世良は航空自衛隊岐阜基地で受けたレクチャーを思いうかべた。領土内にレーダーをびっしり並べ、ネットワークにしなくてはならないといわれた。

「コストがかかりすぎて実用的ではないそうですが」

「恒常的な防空システムとしたいならね。私がいってるのはあくまでも偶然ということだ」

「先ほどいわれた哨戒艇が発したレーダー波を基隆のレーダーサイトがとらえたというのは？」

「そう。偶然だろう」

「二度とらえたといわれましたが」

「だが、どちらも一秒もなかった」楊は人差し指を立てた。「その前にもう一つ。万が一、あのとき、あの場所にステルス機がいたとしてもどこの国が飛ばしていたか。わが国は保有していないし、おそらく米軍でもないだろう」

「考えられるとしたら中国空軍ですか。たしかステルス機の実験を……」はっとして世良は顔を上げた。「それじゃ、中国空軍が尖閣諸島付近でステルス戦闘機の実験をしていたということですか。夜間ですし、何らかの支障があってほかの二機と衝突したとか」

「戦闘機同士であれば、ほんのわずかかすっただけでも重大な事故になる可能性はある」

「共産中国は事故の可能性を示唆しただけで原因については言及してません。まあ、公表するとも思えませんが」

世良は身を乗りだした。

「基隆のレーダーサイトは墜落した二機の戦闘機をレーダーで捕捉していたのでしょうか」

「さあね」楊がにやりとする。「知り合いに訊いてみようか」

「是非」

楊は世良にとっては有力な情報源《エス》の一つである。元海軍少将でもあり、いまだOBとして軍関係者とのつながりも強い。それだけに確度の高い情報を得られるのだが、問題は非常に高価につく点だ。

世良は脳裏で予算のやりくりを考えはじめたが、あとでいいと思いなおした。

「それともう一つ」

楊は足を下ろし、上着の内ポケットに手を入れると一枚の写真を取り、世良に渡した。どこかの街角で撮影したスナップで、男が四人写っている。中央に立つ一人を見て、世良は口角を下げた。

「わかるね？」

楊の問いに世良はうなずいた。

「〈閣下〉です」

「ちょうど中国人民解放軍戦闘機の墜落事故があった日の夜だ。彼はずいぶんご機嫌で台北《タイペイ》市内のクラブをはしごしていたらしい。有名人だからね。台湾政府当局も注目している」

「いっしょに写っている男たちは？」

「それを突きとめるのは君たちの仕事だろう」

楊は立ちあがり、電話機のそばへ行った。世良も立ちあがり、写真を内ポケットに収める。

「おっしゃる通りです」

楊は受話器を耳にあてると次の客について北京語で訊きはじめた。

アトラス・シックスの研究棟に戻った雪乃はまっすぐ藤田の執務室に向かった。ノックし、返事を待って部屋に入った。

「失礼します」

執務机を前に座っていた藤田がノートパソコンから顔を上げ、雪乃を見る。

「ただいま帰りました」

「ご苦労さま」

藤田は目の前の椅子を手で示した。椅子に腰かけると藤田が早速訊いてきた。

「どうでした?」

「打ち合わせ通り郷谷さんの操縦する飛行機に同乗させてもらいました。ただ戦闘機ではなく、練習機のT－4でしたけど」

「そうですか」藤田が眉を上げる。「私は戦闘機をリクエストしたんですけどね」

「それにはわけがありました」

G空域に出るまでの間、郷谷が操縦桿とスロットルレバーを動かして、なぜT－4を選んだのか説明してくれたことを話した。ハイバックチェアの背もたれに躰をあずけた藤田がうなずく。

「なるほど。T－4じゃないとその感覚は体感できませんね」

「それだけではありませんでした。郷谷さんが単にまっすぐ飛んで降りてくるだけじゃつまらないだろうって、スペシャル企画を用意してくれていました」

「スペシャルですか」藤田は身を乗りだし、机に両肘をついた。「何だか楽しそうですね」

「楽しいというか……、正直にいうと何が起こったのかよくわからないうちに終わってしまいました」

「へえ」藤田が苦笑する。「それで何だったんです？」

「G空域で第303飛行隊のF-15二機との空中戦」

ほんの一瞬だが、藤田の表情が歪んだ。まぎれもなく嫉妬の色である。雪乃は体験搭乗の内容をざっくりと話した。

「でも、私に理解できたのは最初だけでした。二分もするとどっちが空でどっちが海だかもわからなくなってしまいました」

「空間識失調《バーティゴ》ですね」

藤田が満足そうにうなずき、雪乃は苦笑して言葉を継いだ。

「ところで、佐東さんはまだ戻らないんですか」

「さっき連絡があって……」藤田は腕時計に目をやった。「そろそろ帰ってくるころだと思うんですがね」

「出張ですよね？」

雪乃の問いに藤田が困ったように笑みを浮かべた。

「今回はアトラス・ゼロの件で動いているようなので、私も何をしているかは把握できていません。アトラス全体でできるだけ情報の共有をしようとしてますが、各部門ごとに派遣されているメーカーが違うのでなかなかうまくいきませんし、とくにゼロは特殊ですからね」

ちょうどそのとき、ドアがノックされ、藤田がにやりとした。

「噂をすれば、何とやらじゃないですか」

藤田が返事をすると、失礼しますといって佐東が入ってきた。紙袋を提げている。

まず藤田に一礼し、雪乃に気がつくと笑顔になった。

「雪乃さんもいらっしゃるとは都合がいい」

応接セットに来ると紙袋をテーブルに載せた。

「出張中のことはご報告できません。あちらがらみですから。あらかじめお詫びします」

あちらとはアトラス・ゼロを指している。

「わかってるよ」藤田が応じた。「紙袋は何？　おみやげかな」

「よくぞ訊いてくださいました。秋葉原《あきはばら》に行きましてね、イメージにぴったりというのがあったんで買ってきたんです」

佐東は喜々として紙袋から細長い箱を取りだした。藤田が膝を乗りだす。箱は表が透明になっていて青い人形が入っているのが見えたが、佐東が開けようとしているので印刷された文字は読みとれない。雪乃は背筋を伸ばしたまま、眺めていた。佐東が箱から取りだしたのは頭のてっぺんから爪先までブルーメタリックに輝く女性の人形である。高さは二十センチほど、腰は細く、足が長い。恐ろしいほどスタイルがよかった。アンドロイドにも見えたし、スチール製の鎧《よろい》をつけているようにも見えた。

「何、それ？」

雪乃が訊ねる。眉間に深い皺《しわ》を刻んでいるのが自分でもわかった。

「昔流行《はや》ったアニメのキャラクターのフィギュアなんですけどね。ひと目見て、惚《ほ》れちゃいました。どうです？　イメージにぴったりだと思いません？　スマートだし、強そうでしょ。アニメでも主人公を助けて大暴れしてました」

「何がぴったりだというの？」

佐東がにやりとした。

「ＡｉＣＯですよ。前々からＡｉＣＯに顔を与えたいと思っていたんです」

何がＡｉＣＯに顔か、お遊びじゃないでしょといおうとしたが、藤田が先んじて口を開いた。

「いいね。実は私も同じことを考えてたんだ」

藤田は雪乃に顔を向ける。

「雪乃さん、ぜひお願いしますよ」

「お願いって……」

戸惑っていると佐東が人形を雪乃の前に置いた。

「最終的なデザインは雪乃さんのセンスにお任せします」

「ちょっと待ってください」雪乃は佐東と藤田を交互に見やった。「アニメのキャラクターなんか使ったら著作権の問題とか……」

「いやだなぁ」佐東が笑った。「別に我々がうちうちで眺めるだけですから著作権なんて問題になるはずがないでしょう」

「でも、どんな意味があるんですか」

佐東が身を乗りだす。

「大いなる意味があります。人工知能ではありますが、顔を持つことでＡｉＣＯは個性を確立させられるんです」

藤田が重ねていう。

「私も同意見ですね。重要なことですよ。雪乃さんが作られたイメージをＡｉＣＯに接続していただければ、あとは自動で動くようになります。くり返しますが、マン・マシン・インターフェースには顔が必要なんです」

その日のうちに佐東は人形を3Dスキャナーにかけ、基本的なデータを入れたフラッシュメモリーと人形そのものを雪乃に渡し、お願いしますといって頭を下げた。コンピューターグラフィックスは雪乃の専門分野であり、アニメーションにして動かすのはそれほど難しいことではない。

急ぎませんからと佐東は申し訳なさそうに付けくわえた。

マウスピースから流れこんでくる、とろりと感じる煙を口中に溜めたまま、世良はパソコンのディスプレイを見やっていた。煙は咽に付着し、タールとなって食道の壁を伝い、胃袋へと落ちていくような気がした。すっかり冷めたコーヒーで流しこむ。

ネット上をさまよいつづけたが、先週金曜日の夜、中国空軍の戦闘機が消息を絶った事件とステルス機を結びつけるような記載は一切なく、さまざまにキーワードを変えてみたが、台湾のレーダーサイトが不可思議な信号をとらえたことも書かれていなかった。手元には楊から渡されたスナップ写真がある。すでにスキャンして雉牟田が調査にかかっていた。夜は更けていったが、濃いコーヒーとパイプタバコの濃密なニコチンのおかげで眠気はなく、むしろ頭の中が隅々まで晴れわたっているように感じていた。

ステルス機に関する記事はネット上にいくらでもあった。各国で開発が進められており、すでに試験機、実証機が飛んでいて一部は実戦部隊に配備されている。歴史は前世紀から始まっていた。

「前世紀か」

世良はつぶやいた。二十一世紀に入って十数年しか経っていないのに自分がすっかり前世紀の遺物になってしまったような居心地の悪さを感じた。次々にウェブサイトを開きながら世良が考えていたのは三点だ。

一つ目、中国軍機の墜落にステルス機が関係しているのか。二つ目、関係しているとすればどこの国のステルス機か。三つ目、なぜ楊はレーダーサイトの情報を世良にもたらしたのか。

楊もいっていたようにレーダーの誤作動ということもあり得るし、楊が虚偽の情報をもたらした可能性もあった。では、なぜ楊がわざわざ世良に接触してきたのか。楊を利するか、楊の敵を害するか、煎じ詰めれば理由はその二つに一つしかない。

ドアがノックされた。

「どうぞ」

「失礼します」

雉牟田が入ってきて、世良の前にファイルを置くと椅子を引いて腰を下ろした。世良はファイルには手を触れようともせず訊いた。

「わかったか」

「一人は〈閣下〉の秘書。外国に出るときには必ず随伴している男です。台湾の財界人が一人、あと一人は佐東理という男です。にんべん付きの佐、とうは藤ではなく東、理系の理ひと文字でおさむ、元航空自衛隊の戦闘機パイロットで現在はＡＴＤ－Ｘという次世代戦闘機の製造プロジェクトに加わっています。製造といっても試作機を作るだけですが。データはファイルにも入っています。東大工学部航空宇宙工学科から航空自衛隊に入ったという変わり種です」

「東大を出て戦闘機のパイロット……、そんな奴がいるのかね」

「今までにも何件か事例はあるようです」

「〈閣下〉と佐東のつながりは？」

「あくまで一つのきっかけに過ぎませんが、将棋があります。〈閣下〉は将棋連盟の名誉理事として名を連ねていて、佐東という男は小学生の頃までプロ棋士を目指していました」

「プロ棋士を諦めて東大に行った、と？」

世良のつぶやきに雉牟田がうなずいた。

「もう一人、〈閣下〉と佐東を結びつける人物がいます。人工知能の研究者なのですが、現在はＡＴＤ‐Ｘにも関わっています」

わずかに間をおいて、雉牟田がいった。

「藤田光夫といいまして、こちらも将棋と関わっています。かつて将棋の人工知能を開発していたとか。でも、現在は戦闘機に取り組んでいます」

「佐東との関わりは？」

世良の問いに雉牟田がうなずいた。

「実は藤田が戦闘機に関わるようになるのが佐東と出会ってからなんです。現在、藤田は先ほど申しあげた製造プロジェクトチーム……、略称でアトラスと呼ばれていますが、その一部門のリーダーで、佐東も同じ部門に所属しています」

「二人の出会いはいつだ？」

「四年ほど前ですね。佐東が航空自衛隊を辞める直前です」

「ふーん」

世良は小さくうなずき、パイプタバコの上面を覆う炭を削り落とすとマッチを取りあげた。人工知能の研究者が戦闘機パイロットと出会い、今では次世代戦闘機の開発に取り組んでいる。

一瞬、脳裏を浮遊していたいくつもの断片《フラグメント》が集まり、何かの形をあらわしたように感じた。世良はあわててつかまえようとはしなかった。結論を急がず全体像を眺めている内に物語が見えてくることがある。筋の通った物語こそ、世良にとっては重要なのだ。それは一つの仮説といってもよかった。世良自身が納得できる仮説が組みたてられれば、あとは検証していくことで真相が見えてくる。

まずは藤田について調べてみることだな……。

「ご苦労さん。引きつづき〈閣下〉と佐東の関係について調査をつづけてくれ」

「了解しました。それでは、私はこれで」

雉牟田が立ちあがる。世良はうなずき、タバコに火を移すと吸いこみながらファイルを引きよせた。最初の一服を吐きだす前に雉牟田は執務室を出て行った。パイプタバコの愉《たの》しみが愛好家以外に理解されない状況にはすっかり慣れていた。

4

小牧基地第401飛行隊の格納庫前で一機のC-130H輸送機が後部カーゴドア

を降ろしていた。カーゴドアはそのまま貨物を積みこむための傾斜路《ランプ》となる。今、数人の隊員の手によって黒いシートに覆われた細長い物体がランプの半ばまで慎重に押しあげられていた。物体の下から突きだした三本のランディングギアのタイアが見えている。ランプのわきには佐東が立ってのぞきこんでおり、少し離れて郷谷、雪乃、藤田が見守っていた。

「意外と小さいんで驚いたんじゃないですか」

となりに立った藤田が郷谷に訊いた。

「だいたいATD－Xの八掛けと聞いてますが」

「大雑把にいえば、そのくらいの大きさです。それでも全幅が七メートルちょっとになるので主翼、尾翼を外さなくてはなりませんでした。週末を返上して硫黄島で組みたて、九日の月曜日にはテスト滑走させて十日からの試験飛行に間に合わせます」

藤田はつづけた。

「昨日、エンジン四基と主翼、尾翼を運んでもらいました」

「エンジンが四基ですか」

「ええ。開発中のXF5－2型を二基、それと万が一に備えてT－4用のIHI－17を二基です。IHI－17ならサイズがXF5とほぼ同じですから。でも、たぶん必要ないでしょう。私はXF5がきちんと働いてくれると思っています」

午前九時の離陸を予定していた。小牧基地から硫黄島までは約六百七十マイル、C－130なら三時間ほどでたどり着ける。昨日エンジンなどを運んだ便は午前中に出発し、夕方には基地に戻っていた。今日も同じように午前中に出て、夕方には戻ってくる予定になっていた。

郷谷は空を見上げた。秋空が晴れわたっており、風もほとんどない。陽射しが温かく感じられるほどだ。最高気温は二十度を上回るとされていたが、硫黄島は常夏《とこなつ》、おそらく十度以上高いだろう。駐機場《エプロン》で積み込み作業が始まる前に第401飛行隊の指揮所《オペレーション》に寄り、穏やかな天候が終日つづくことを確認していた。

郷谷は週明け月曜日に岐阜基地から二人乗りのF－15DJで飛ぶことになっている。試験機の随伴任務をこなすためで、前席に乗り、往路を飛ぶことであわせて技量回復を行ってしまうことにしていた。後席には隊長の千田が乗る。同じく月曜には岐阜基地からC－1輸送機が飛ぶ予定で、それに雪乃ほかアトラスのメンバーが乗っていくことになっていた。

硫黄島では試験機の飛行実験とステルス性能の確認を行う。郷谷と千田は随伴して飛行状態を確認するだけでなく、F－15のレーダーでロックオンを試みることにしていた。

「我々はあの機体をATD－XⅡと呼んでます」藤田がにやりとして付けくわえた。「あくまでも内々での識別符丁に過ぎませんが」

藤田に目を向けた郷谷は雪乃がはっとしたように藤田を見ているのに気がついた。

だが、藤田は気にする様子もなく言葉を継いだ。

「目指しているのは万能……、いや、全能の戦闘機ですよ」

自信に満ちた口振りだが、全能は大げさだろうと郷谷は思った。

多重任務戦闘機《マルチロールファイター》という呼称もあるが、一つの機種であらゆる任務をこなすのは不可能で、機種によって一長一短がある。だが、あえて異を唱えようとはしなかった。

「そうですか」

郷谷はC－130に視線を戻した。ATD－XⅡはC－130の胴体に収まり、固縛作業に移っていた。しばらくして佐東が貨物室を出て、ランプを降り、駆けよってきた。

「積み込みは完了しました。予定通り九時に出発できそうです」

藤田がうなずいた。

「それじゃ、しっかり頼むよ」

「お任せください」佐東が郷谷に目を向ける。「一足先に硫黄島で待ってます。久しぶりなんで懐かしいですよ」

「向こうは暑いだろうね」

「ええ。でも、ATD－XⅡがもっとホットにしてくれるでしょう」

にやりとした佐東は郷谷と雪乃に一礼し、C－130に戻っていった。郷谷、藤田、雪乃は離陸を見届けるため、第401飛行隊のオペレーションに上がった。

午前九時——四発の輸送機は硫黄島を目指して小牧基地を飛びたっていった。


東急東横線日吉《ひよし》駅を出た世良は足を止め、ふり返った。駅舎の上部はデパートとなっている。

「かれこれ四半世紀だもんなぁ」

大学一年生のとき、一年間だけ日吉駅を利用していた。ちょうど駅の上にデパートを建設している最中で工事用シートの間を歩いた記憶しかない。綱島《つなしま》街道を横断し、ベージュの巨大な建物に近づきながら、こいつもなかったと胸の内でつぶやいた。どちらかといえば田園風景という言葉が似合いそうな中にかつて通った校舎はあったが、今は街道沿いにビルが並んでいる。街道を渡って目の前にある建物のわきにまわり、玄関ロビーに入った。左手に受付とプレートを貼った窓口があった。世良は近づいて、窓口の前に座っている女性に声をかけた。

「すみません」

「はい、いらっしゃいませ」

清楚な雰囲気の若い女性が頬笑む。

「世良と申しますが、桜井《さくらい》先生をお訪ねしました。午後三時のお約束をいただいております」

「世良様ですね。少々お待ちください」

女性は目の前の電話に手を伸ばすと受話器を耳にあて、内線番号の一覧に指をあてた。目当ての番号を見つけ、ボタンを押す。

「正面受付ですが、午後三時のお約束ということで世良様がいらっしゃってます」

世良は腕時計を見た。午後二時五十五分になっている。女性が受話器を置いた。

「ただいま研究室の者がこちらに降りてきますので、もう少々お待ちいただけますでしょうか」

「わかりました。ありがとうございます」

ホールのあちこちに目をやりながら待っているとエレベーターのドアが開き、ジーンズにトレーナー、スニーカー履きの若い男がやって来た。リムレスのメガネをかけている。

「世良さんですか」

「はい」

「お迎えにあがりました。ご案内します」

にこりともしないで、ぶっきらぼうにいう。マニュアル通りの対応をするコンビニエンスストアの店員を連想させた。

「よろしくお願いします」

エレベーターで六階に上がり、廊下を歩く間も若い男はひと言も発しなかった。グレーに塗られたスチールドアを引きあける。ドアのわきには桜井聖太郎《せいたろう》研究室というプレートが貼られていた。

スチール製の書棚の間を抜け、奥にあるドアの前に立つとノックした。

「世良さんをお連れしました」

「入ってもらって」

奥から声が聞こえると若い男は世良を見てうなずき、戻っていった。ひと言礼をいう間もない。世良は眉を上げ、ドアを開けた。

「失礼します」

「散らかってますが、どうぞ」

窓を背にした机から立ちあがった桜井はずんぐりとしていた。元々それほど広い部屋ではないが、壁一面にスチール製の棚が置いてある。棚に並ぶ書物の背表紙には英語もしくはそのほかの外国語の文字が印字されていた。真新しく、現代的な建物の中だというのに研究室は埃《ほこり》っぽい。桜井は向かい合わせに置いた古びたソファを手で示し、自分はさっさと奥に腰を下ろした。間のテーブルには雑誌が数十冊積みあげてある。

「お時間をいただきまして、ありがとうございます」

「いえ」桜井はソファの背に片腕を載せ、足を組んだ。「で、藤田について何かご質問があるとか」

「はい。先生は藤田先生とは昔からのお知り合いだそうで」

「昔……、そうですな。かれこれ四半世紀になりますか」

「それは奇遇ですね。四半世紀前といえば、ちょうど私もこちらのキャンパスに通っていた頃です」

「本校のご出身なんですか」

「そうです」

世良は満面に笑みを浮かべてうなずいたが、桜井はまるで興味を示さなかった。右手の人差し指で耳の穴をほじりながらいう。

「私は八年前に客員教授で来ただけでしてね。出身は東京工業大学《とうこうだい》なんです。ちなみに藤田は東大工学部で、彼とは趣味の研究会でいっしょだったんです」

「承《うけたまわ》っております」世良はうなずいた。「将棋用の人工知能を研究されていたんですよね」

「ええ、まあ、そうですね。現在のように人工知能がプロ棋士と互角に戦うなんて夢のまた夢だった頃です。あくまでも人工知能の研究の一環として将棋ソフトに取り組んだだけです」

桜井は耳から抜いた人差し指の先端を親指とこすり合わせたあと、ふっと吹いた。

世良は気にせず質問をつづけた。

「どのようなタイプの人工知能を作られようとしていたんですか」

「そうですねぇ。誤解を恐れず大胆にいえば、人間のように学習し、考えられるソフトということになりますかね。その対象として将棋というゲームを選んだんですが、私と藤田が手を着けた頃は、ちょうど電脳将棋の黎明《れいめい》期にあたりまして、いろいろなタイプが登場しては消えていきました。まあ、我々のソフトも消えていった内の一つですが」

桜井は具体的に説明した。

ある局面で考えられる指し手はだいたい八十手くらいだという。それぞれの手について先を読むと、さらに各個に八十の指し手が考えられ、合計六千四百もの選択肢となる。もう一つ先では五十一万二千に跳ねあがる。

「そうして増えていく手の一つひとつについて評価……、たとえば、駒の価値や位置、その先の手の広がりなどを点数で評価するようにして、もっとも得点の高い手を選んでいくといった方法が主流になっていきました。ハードウェアの能力が飛躍的に向上したという背景もありましたが、いわばコンピューターの計算速度と膨大な記憶容量に頼った力技です。一方、トップクラスのプロ棋士になると瞬間瞬間に考え、先を読むのはせいぜい三手から十手先だというんですね。むしろ盤面を一つの絵としてとらえ、いい絵かそうではないかを勘で判断するといわれます。我々が目指したのはそちらの方でした。時期尚早ということもあって実現には結びつきませんでしたが、基本的な考え方はその後、私と藤田それぞれの研究に役立ってくれました」

「桜井先生の研究というと、人間の脳をコンピューターで再現することだとお聞きしましたが。脳型コンピューターというか」

　桜井がにやりとし、世良は背中にじわりと汗が浮かぶのを感じた。数時間前にインターネットで検索し、いくつかのウェブサイトを見たに過ぎない。

「まあね」桜井はうなずいた。「だけど、興味がおありになるのは私じゃなく、藤田のことでしょう。あいつはネットワーク上に知能を存在させられるかを研究していました。いや、現在進行形だから研究していますといった方がいいか。人間の脳にしたところで神経細胞の塊で、細胞を取りだしてもそこには知能も感情も存在しない。脳の活動はすべて神経細胞のネットワーク上で電子が流れることなわけです。誤解を恐れずにいえば。藤田はそれを研究した」

　躰を起こした桜井が前のめりになった。

「藤田が考えていた知能は、自己という枠組みを持つことで防衛本能を宿し、自動的に増殖するソフトウェアのことだったんです。現存するコンピューターネットワークを脳の神経細胞に見立て、その上で自由に走る……」

　桜井が言葉を切って唇を嘗《な》め、世良はなぜか生唾を嚥んだ。

「ネットワークのどこにでも存在して、どこにも存在しない融通無碍の知性体といったソフトウェアを構築しようとしているのです」

窓の外がすっかり暗くなるまで世良は桜井の話を夢中になって聞いていた。

両手を絡みあわせた雪乃は大きく伸びをした。目を閉じ、胸のうちでゆっくりと二十まで数える。一気に脱力して腕を下ろした。肩の筋肉に血がめぐり、じんじんした。

目を開けた。ノートパソコンのわきに立っているブルーメタリックの人形が雪乃を見返している。視線を動かした。ノートパソコンのディスプレイにも同じような人形が映しだされ、ゆっくりと回転していた。

オリジナルの人形のデザインにいくつか変更を加えてあった。まず鎧をつけているようにも見える躰のデザインをやわらかく、しなやかな感じにした。両肩や二の腕に突きでていた棘《スパイク》を取りのぞき、頭部をすっぽり覆うマスクからブーツまで継ぎ目をすべて消したのである。さらに体表はメタリックブルーのままだが、水銀のような光沢を持ち、見る角度によっては虹色に輝くようにした。

『最終的なデザインは雪乃さんのセンスにお任せします』

そういったのは佐東だ。

あなたが責任を持つってことね——雪乃は胸のうちで佐東に語りかけた。

元々、顔は面のようなデザインで目、鼻、口がはっきりと表現されていたわけではなく、シャープでありながら優雅なラインで構成されていた。顔に関しては、ほぼそのままを踏襲し、3Dスキャナーでとりこんだデータに多少変更をくわえるだけとした。でき上がった立体的なコンピューターグラフィックスモデルを回転させ、あらゆる角度から細部をチェックしたので意外と時間がかかった。すでに日付が変わり、土曜日になっている。

目がしょぼしょぼして、あくびが出る。

小牧基地からアトラス・シックスの研究室《ラボ》に戻ってから作業に取りかかり、かれこれすでに十四時間ほど経っている。佐東が硫黄島に向けて出発し、郷谷も岐阜基地に戻っているため、シミュレーターでの実験はない。佐東は急がないといっていたが、週明けには雪乃も硫黄島に行かなくてはならない。ＡｉＣＯに顔を与える作業をするなら今週末しか時間が取れそうになかった。そしていったん作業に取りかかると雪乃本来の凝り性が顔を出し、細かな修整をくわえた。

すでにＣＧモデルにはアニメーションにして動かすソフトウェアも組みこんである。あとはメインコンピューターに送り、ＡｉＣＯと接続して思った通りに動くか確かめればいい。それに顔を持ったＡｉＣＯがどのような表情を見せるか興味もあった。

「それじゃ、行きますか」

ＡｉＣＯを設計し、作りあげたのは藤田である。雪乃はパソコンの画面上で動く、ＣＧモデルを制作したに過ぎない。

ふと思いついて、ヴァーチャル《V》・リアリティ《R》用のゴーグルをパソコンに接続した。郷谷がシミュレーターでＳｕ－27二機を撃墜してみせたときに使っていたもので、ブレインギアと同じ視覚効果をもたらす。ヘッドギアを頭にのせ、できたばかりのＣＧモデルをＡｉＣＯにつなぐと椅子の背に躰をあずけてゴーグルで目元を覆った。

設定は郷谷が行ったシミュレーションのままになっていたので魚釣島の南西沖、高度六千メートルから見下ろすようになっている。しかも陽光がさんさんと降りそそぐ状況で眩しいほどだ。

そこにＡｉＣＯが現れた。自分が作ったＣＧモデルが表示されたに過ぎないのだが、雪乃には海面に立つＡｉＣＯが突如出現したようにしか見えなかった。

さっきまで苦心して作ってたんじゃない、馬鹿みたい——どきっとした自分を胸のうちで叱る。

ＡｉＣＯは人形と同じように右足をわずかに前に出し、左足を後ろに引いた格好で右腕を垂らし、左腕を腰の辺りに添えていた。躰全体でS字を描き、女性らしい体型を強調する姿勢はいかにもアニメ好きな男の子が制作したという感じがする。さっそくＡｉＣＯがＣＧモデルを動かしはじめ、顔が動いて雪乃を見た。

正確にいえば、ヴァーチャル・リアリティの世界を眺めている視点と、ＡｉＣＯの視線とが合ったに過ぎず、すべてはデータなのだ。だが、ＡｉＣＯが自ら動きだしたようにしか見えず、背筋がぞっとした。のっぺりしているだけのＡｉＣＯの口元が動き、頬笑んだように見えたからだ。

アルカイック・スマイル？

古代ギリシアの彫刻や東洋の仏像に見られる表情で穏やかに頬笑んでいるように見える。実際の表情としては不自然なのだが、無表情であるためにかえって見る者の感情が投影されやすい。

ＡｉＣＯがわずかにあごを引いた。今度は頬笑みが一転、厳しい表情で睨んでいるように感じる。まったく動かない能面を前や後ろに傾けたときに穏やかに頬笑んでいるようにも恨みがましい表情をしているようにも見えるのと同じ効果である。雪乃は３Ｄデータの表面をなだらかにしただけで表情に変更は加えていない。原型としたフィギュアをデザインした人間の技とセンスが生みだしたものである。自律して動きはじめたＡｉＣＯに驚かされたことがふいに馬鹿馬鹿しくなった。所詮は自分が作ったＣＧモデルに過ぎない。

そのとき、ＡｉＣＯのあごの右側にわずかながらへこみがあるのに気がついた。くり返し点検したつもりだったが、見落としたのだろう。

あとで修整しなくちゃと思いながら雪乃はゴーグルを外した。

十一月九日月曜日、岐阜基地の駐機場《エプロン》に引きだされたＦ－15ＤＪの外部点検を終えると郷谷は前席に乗りこんだ。機付長がハーネスの固縛を手伝ってくれ、射出座席の安全ピンを抜いて降りたあと、梯子《ラダー》を外した。

郷谷は両手の指をからませ、手首を柔軟に動かしながらつぶやいた。

「さて、と」

まず右コンソールにそれぞれ二つずつあるトグルスイッチ――エンジンのマスタースイッチと発電機――をすべてオンにし、スターターを右に入れた。すでにつながれているインターコムを通じて機付長が声をかけてくる。

〝エアインテイク周り、ノズル周り、クリアです〟

「了解。それじゃ、回すよ」

〝はい〟

インスツルメントパネル中央右下にあるT字形ハンドルに手を伸ばした。ハンドルは黄色と黒のタイガーストライプが描かれている。ハンドルを引くとジ《J》ェット・フ《F》ューエル・ス《S》ターターが機内ボトルに詰まっている高圧空気で回転しはじめた。しばらくするとエンジンマスタースイッチの間にあるグリーンランプが点灯し、エンジン始動状態に入ったことを知らせた。

「よし、いい子だ」

独りごち、正面計器板左上にある火災警報スイッチを入れた。女性の声が警報を伝えるが、テストに過ぎない。むしろ沈黙していれば、故障だ。警報装置のスイッチをテストからオンに入れると警報は止まった。

右エンジンのスロットルレバーに手を置き、前面にあるフィンガーリフトを左手の中指、薬指で持ちあげ、ＪＦＳの動力を右エンジンに連結させた。エンジン回転計に目をやる。主発電機が電力を供給し、計器が息を吹きかえすと右エンジンの回転は十から十六へ飛び、左エンジンの指針はゼロを指す。右エンジンの回転が十八パーセントに達したところでスロットルレバーをアイドルポジションに押しだし、燃料供給を開始した。

エンジン回転計、燃料流用計、排気温度計と見ていく。それぞれの数値を歌うように読みあげていると後席の千田が声をかけてきた。

「楽しそうだな」

「やっぱりＦ－15《ジュウゴ》が合ってるんですかねぇ」

エンジン回転計の指針が五十パーセントを超えたところで右舷のエアダクトが音を立てて下がり、ＪＦＳとエンジンの連結が解除された。

左エンジンもスタートさせ、機内の点検、スイッチ類のセットアップを終わらせると郷谷と千田は両手をコクピットの外に出した。スイッチ類に触れていないという合図である。整備隊員が胴体や主翼の下に潜りこんでチェックを始める。

郷谷はエプロンの端に止まっている銀色のＣ－１に目をやった。郷谷たちより一時間あとに離陸する。間もなく機外点検が始まるだろう。

ふたたび千田が声をかけてきた。

「あの機体に積んであるシステムを見たらちょっとびっくりすると思うよ」

「何ですか」

「硫黄島までの道中、のんびり教えるよ」

「了解、まっすぐ飛んでるだけでほかにすることもありませんからね」

やがて整備隊員が下回りチェックを終えたと告げてきた。インターコムを外せば、いよいよ駐機場を出る。

何年ぶりだろう――胸の内でつぶやいた。

F－2部隊の隊長にはなりそこねたが、F－15をふたたび自分の手で飛ばせるのは悪くなかった。

第四章　硫黄島

1

鑿《のみ》を岩盤にあてがい、金槌で力いっぱい打つ。二度、三度、四度……、ようやく数センチ大の欠片《かけら》がぽろりと落ちたときには、顎の先から大粒の汗がとめどなくしたたり落ち、トンネル内にこもった熱い空気を吸っているせいで咽と鼻の粘膜が痛くなっている。作業は十五分が限界だった。這いずるようにトンネルを出て、一時間の休憩を取らなくてはならなかった。トンネル内の温度は摂氏六十度、場所によってはそれ以上あった。島内でもっとも涼しいとされ、傷病者を収容した病院壕でも五十度を上回った。

外に出たところで吹きつけてくる風は体温を越えたが、それすら涼しく感じられたという。島全体が火山岩であり、高熱を帯びていた。自然にできた洞窟でも温度は変わらず蛇は一匹も棲息していない。また、川も泉もないため、水は雨水を溜め、少しずつ飲むしかなかった。

硫黄島は東京都心から南南東へ千キロ以上離れていた。

太平洋を東から攻めよせてくる米軍を食い止めるため、落とされてはならない防御拠点とされ、昭和十九年、日本軍はマリアナ、小笠原《おがさわら》両諸島の防備強化を目的に陸海軍部隊を増派し、さらに六月以降、島の南西端にそそり立つ摺鉢山《すりばちやま》を始め島全体を堅牢な要塞とすべく天然の洞窟などを人手で掘りつなぐ作業に着手した。

それから約九ヵ月、来る日も来る日も日本兵は飲み水すら満足にない中、炎熱の地底で岩盤を掘り、渇きに苦しめられた。ゆえに戦後設けられた慰霊碑は、天蓋《てんがい》が外から内に向かって傾斜し、真ん中がぽっかりと開いている。わずかな雨でも降れば、穴の真下に置かれた石造りの骨箱に注ぐようにするためだ。

硫黄島を訪れた者は誰であれ、一度は慰霊碑に向かい手を合わせる。

岐阜基地から飛来するC－1輸送機より一足先に到着した郷谷と千田は硫黄島分屯《ぶんとん》基地のステーションワゴンを借り、慰霊碑までやって来た。

手を合わせ、瞑目した郷谷は、島を死守せんとした日本軍将兵に思いをはせた。

硫黄島にやって来て、北面の砂浜に立てば、見渡すかぎり広がる海に日本を遠く離れていることを実感する。はるばる輸送船でやって来た守備隊員たちの多くが二度と戻れないと覚悟を決めただろう。

昭和二十年二月、米軍は数百隻の艦艇を擁して押しよせ、まずは鉄の嵐と形容されるほど凄まじい艦砲射撃を行った。降りそそぐ砲弾に擂鉢山の天辺は吹き飛ばされ、山の形はすっかり変わってしまった。しかし、岩盤をくり抜き、縦横につながった堅牢な地下要塞は日本軍将兵を守った。

当初米軍は艦砲射撃をふくめ、数日で陥落させられると考えていたが、上陸したあと、日本軍守備隊との間で四十日にわたる死闘を強いられることになる。米軍の戦死傷者は二万八千六百八十六名にのぼり、日本軍の二万九百三十三人を大きく上回った。しかし、戦死者は米軍六千八百二十一名、日本軍は実に二万百二十九名にのぼった。

それでも岩盤掘りから解放され、ようやく一人の兵士として本来の任務を果たせると誰もが勇躍突進していったという。耐えがたいほどに蒸し暑く、息苦しいトンネルを一度でも歩けば、今でも実感できる。

手を下ろした郷谷は慰霊碑の上にぽっかり開いた穴から南国特有の濃密なブルーの空を見上げた。

「戻ろうか」

千田が声をかけ、郷谷は無言でうなずいた。

ステーションワゴンに戻り、郷谷は運転席、千田が助手席に乗りこんだ。駐車場を出たところで千田が切りだす。

「もうそろそろC－1が着く頃だと思うけど、今回のフライトではEO－DAS《イオダス》ポッドを積んでるんだ。正確にいえば、右翼の下に吊りさげてるんだけどね」

EO－DAS――電子光学分配開口《エレクトロ・オプティカル・ディストリビューテッド・アパチュア》システムは赤外線や可視光線を探知するセンサーを主体とする。レーダーなど電波を利用する探知装置に対し、光学式というのだが、感知する部分が電子部品であり、赤外線や可視光線を信号に変え、コンピューターが映像に変換しているため電子光学式と呼ばれた。可視光線も昼間はもちろん、夜間でもごく微量の光を増幅させる暗視機能を持っていた。

弱点は気象条件に左右される点で、可視光線は雲を透過しにくく、赤外線は空気中では拡散しやすいため、どうしても探知距離が短くなる。そのため視程外の敵機をとらえるのはレーダーが主流とされてきたのだが、ステルス機の登場によって状況が変わってきた。

ステーションワゴンを時速百キロほどで走らせながら郷谷はうなずいた。

「ＥＯ‐ＤＡＳって、Ｆ‐35のセールスポイントでしたよね」

何より秘匿性を重視するステルス機が自ら電波を発したのでは発見される恐れが大きくなるため、受動型のセンサーやカメラを搭載したＥＯ‐ＤＡＳをＦ‐35の耳目としたのだ。さらにデータリンクにより地上のレーダーサイトや、空中早期警戒管制機《AWACS》、後方の友軍戦闘機の情報をリアルタイムで受けとることにより、自機のレーダーは一切使わずに空域内の敵機を見つけることができる。

ステルス性にくわえ、自らは一切電波を発することなく敵に接近し、その後は電子光学センサーで目標を識別、照準、撃破できるようになるわけだ。

「たしかにＦ‐35の売りではあるんだけど」

千田が顔をしかめた。

Ｆ‐35にはノースロップ・グラマンが開発した電子光学分配開口システムＡＮ／ＡＡＱ‐37が搭載され、センサーは機首上面と左右、胴体上部、胴体下部左右の合計六ヵ所に設置されることになっていた。これによりＦ‐35は自機をすっぽり包む球形の視野を得られるとしている。ヘルメット・マウンテッド・ディスプレイ・システム《HMDS》と組みあわせることで、パイロットは機体を透かして自機の真下すら見ることができるというのだ。

またEO–DASは混戦となった空中戦において敵味方を識別するのにも大きな力を発揮するという。HMDSを装着していれば、敵と味方が色分けされるらしいが、郷谷は効果のほどについては疑わしいと思っていた。

混乱した空中戦に巻きこまれるような間抜けが落ちついて色を見分けられるのか……。

千田が唸るようにいった。

「だけど、一番の売りだけに頭が痛い。例によってアメリカはEO–DASに関する情報を一切公開しない可能性があるから」

航空自衛隊の戦闘機は、国産のF–1、F–2をのぞけば、創設時からアメリカ製ばかりだ。だが、アメリカが渡すのはつねに機体《ドンガラ》だけである。F–15にしても大半の各種電子機器は日本が独自に開発してきた。国産のF–2にしたところで、アメリカはF–16をベースとする共同開発を強要しておきながらフライ・バイ・ワイヤのソースコードは国家機密に関わるとして提供を拒否した。F–2の操縦システムも日本が独自に開発したものである。

おそらくF–35にしても機体だけがやってきて、実戦配備できるように仕上げるまでには日本独自の技術を盛りこまなくてはならないと千田はいう。千田だけでなく、航空自衛隊、防衛省全体の見方でもあるだろう。

統帥権干犯であると叫んだ重森の面差しがちらりと脳裏を過ぎった。

「すでに実験を始めてるわけですか」

「そう」千田はあっさり認めた。「赤外線《IR》センサーにしろ、高解像度のCCDカメラにしろまったく新たな技術というわけじゃない。すでに飛実団《うち》でも研究、実験に取り組んでいる。問題は情報統合なんだな」

各種センサーの発達、データリンクの搭載によって一機の戦闘機が得られる情報は格段に増えたが、パイロットは個々の情報をディスプレイ上で見て、頭の中で整理、統合しなくてはならなくなった。この負荷の増大を解決するため、情報統合という考えが出てきた。必要なときに、必要とする情報のみをパイロットに提供する取捨選択を機上コンピューターに行わせようというのである。

「私が通っているアトラス・シックスという部署はマン・マシン・インタフェース部門を担当してるんですが、そこではブレインギアというヘルメット搭載型のディスプレイの開発に取り組んでますよ」

「ある程度の話は聞いてるよ。統合された情報を表示するシステムも装置も結局は自分たちで作らなくちゃならないってわけだ」

「ＥＯ－ＤＡＳを使えば、ステルス機も見えるわけですか」

郷谷の問いに千田は唸り、首をかしげてつぶやいた。

「やってみなくちゃわからん」

雪乃はパイプやワイヤが剝きだしになったＣ－１輸送機の機内を見まわしていた。硫黄島に着陸し、駐機場に来るとすぐに電源車がつながれ、エアコンが回しっぱなしにされていた。強い陽射しに機体は灼かれているはずだが、内部はスーツを着ていてさえ肌寒いほどに冷やされている。人間用ではなく、機内に積みこまれている電子機器を保護するためだった。

岐阜基地から雪乃が乗ってきたＣ－１は試作第一号機で通称００１《ゼロ・ゼロ・ワン》。初飛行は今から四十五年前、雪乃が生まれる十年以上も前になる。試作機ながらそのまま納入初号機として制式採用され、今なおフライング《F》・テスト《T》・ベッド《B》の略号を付され、飛行開発実験団で飛んでいるという。

今回のフライトではデータリンクを介してＡＴＤ－ＸⅡをリモートコントロールする装置とＥＯ－ＤＡＳポッドが搭載されていた。駐機場に停められると同時に佐束をはじめ、先週のうちに硫黄島に乗りこんでいたメンバーがやって来て、早速チェックをはじめた。

「いいですねぇ」

となりに座り、ヴァーチャル《V》・リアリティ《R》ゴーグルを装着した佐東がいった。

「何？」

「ＡｉＣＯですよ」

ＡＴＤ‐ＸⅡのコントロールシステムの中にはＡｉＣＯのプログラムも組みこまれていた。リモコンで操縦するだけでなく、ＡｉＣＯによる自律飛行も実験科目に入っている。佐東は雪乃が金曜日から日付が変わるまでかかって作ったＣＧアニメを呼びだして見ているのだろう。

「せっかくの週末を潰させてしまったんじゃないですか」

「まあね。時間が取れそうなのはそこしかなかったから」

硫黄島でのテストが終われば、さらにＡＴＤ‐ＸⅡの開発は急速となり、雪乃も忙しくなる。

「でも、実物を作るのは難しいでしょうね」

「実物って？」雪乃は苦笑した。「単なるイメージということだったでしょ」

「でも、これを見せられたら現実にＡｉＣＯが存在してるって感じですよ。でも、透きとおったボディなんてよく発想しましたね」

「えっ？」

雪乃は目の前に置いてあったゴーグルを取りあげ、装着した。

息を嚥む。

AiCOは相変わらず尖閣諸島をまたいで立っていた。その躰を透かして、向こう側の景色が見えている。

雪乃は3Dスキャナーで取りこんだ人形のデータを元にAiCOのイメージを作ったが、そのときには躰の表面を水銀のようにすべらかにしただけで躰そのものがガラスのように透きとおるようには設定していない。

藤田さんが手を加えたのかしら……。

AiCOの顎の右を見てはっとする。かすかなへこみがあったはずだが、それもきれいに修復されていた。

「チャンプたちが戻ってきたようです」

佐東がいい、雪乃はゴーグルを外した。いつの間にか佐東は席を立ち、左舷ドアの小さな窓から外を見ている。

「ぼくはこれからチャンプたちにATD－XⅡを見せてきます」

「それじゃ、私も……」
立ちあがろうとした雪乃を佐東が制した。
「そっちはぼく一人でも大丈夫ですよ。それより雪乃さんには大事な儀式がありま
す」
「儀式？」
「硫黄島に来たら一度慰霊碑に行かなくちゃなりません。そうしないと真夜中に来る
んですよ」
「真夜中に？　何が？」
「硫黄島で亡くなった兵隊さんの霊です。水のない島でしたし、灼熱地獄で苦しめら
れましたからね。水をくれって、枕元に現れるんですよ」
佐東はにやにやしながらいった。からかわれているのかと思ったが、C－1のクル
ーが行くというので雪乃も同行させてもらうことにした。

分屯基地司令部庁舎一階のラウンジで郷谷と千田がコーヒーを飲んでいると佐東が
やって来た。
「お疲れさまでした。それではこれからATD－XⅡをご覧いただきます」

佐東が先頭に立って、二人を司令部庁舎の裏手にある整備格納庫に案内した。誘導路につづく出入口のシャッターは開放されていたが、奥に建設工事現場で見られるブルーシートに囲われた一角があった。がらんとした格納庫を横切り、シートをめくった佐東が中を手で示す。

「どうぞ」

千田につづいて郷谷は入った。ＡＴＤ－ＸⅡを前にした二人は言葉を発することなく、しばらくの間、その姿に見入った。

沈黙の理由は今まで目にしてきたＡＴＤ－Ｘとまるで違う姿に驚かされたためだ。ＡＴＤ－ＸⅡにはコクピットはなく、機首の後方がわずかに盛りあがっているだけなのだ。塗装は試験機としては標準といえるだろう。機体上面は白、下面は赤、主翼、尾翼の先端がオレンジ色に塗られている。空中で目につきやすく、また挙動がわかりやすいように工夫されているのだ。通常であれば防眩《ぼうげん》塗装としてコクピットの前方は艶消しの黒に塗られているが、ＡＴＤ－ＸⅡでは機首から胴体後部にかけてブルーのラインが描かれていた。

胴体後部上面に二つの盛り上がりがあり、エンジンが二基搭載されていることがわかる。本来コクピットがある部分と合わせて三つの山になっているが、いずれも上部は平らで高さがそろえられていた。

千田が佐東に顔を向け、胴体後部を指さした。

「あれ、垂直尾翼？　水平尾翼？」

同じ疑問を郷谷も抱いていた。大きく外側に傾けた垂直尾翼ともいえたし、上反角をつけた水平尾翼ともいえた。

「兼用です」

佐東が答える。

ふたたびＡＴＤ‐ＸⅡに視線を戻した千田が腕組みする。

「ＹＦ‐23に似てるような気がするね。サイズはずいぶん違うけど」

大きさとしてはＴ‐４とさほどかわらないだろう。機首が長く突きでているように見えるのでＴ‐４よりほっそりとしている。一方、ＹＦ‐23は先進戦術戦闘機《ＡＴＦ》計画に応じて出されたノースロップ社の案でロッキード社の案とともに論理実証機段階まで進み、一九九〇年には初飛行を行ったが、ロッキード案――のちのＦ‐22に敗れている。

双発で菱形の主翼を持ち、目の前にあるＡＴＤ‐ＸⅡ同様、尾翼が二枚しかなかった。

佐東が肩をすくめ、あっさり認めた。

「そうですね。でも、真似たわけではありません。今はデザインにコンピューターは欠かせません。条件を次々に入力していけば、おのずと似通った解答がはじき出されます。自動車のデザインでも似たようなことがいえるでしょう？　空力的にもっとも抵抗が少なく、燃費のいい車を作ろうとすると個性的な車はなかなか作れなくなります。四輪駆動《よんく》車にしても世界中のメーカーが派手なスニーカーみたいなのを作ってるじゃないですか」

千田は首をかしげ、唸った。

「ATD‐Xともずいぶん違う」

「基本は踏襲してますよ。それにATD‐XⅡは実験機だし、ATD‐Xによって蓄積したノウハウを加味して、さらに大胆な設計を試みたんです。ATD‐Xの方はすでに北海道で実際に模型を飛ばしたり、ほかにもいろいろ試験をしてますからまったく同じデザインにするより得るところが大きいと判断されました」

佐東が千田に向きなおる。

「論理実証機の競争試作を行った段階では、ステルス性能ではYF‐23の方が上回っていたともいわれています。エンジンレイアウトにしても下方からの赤外線探知がしにくいようにエアインテイクは中心より下に置きながら排気口《ノズル》は胴体の上面にありました。もっともYF‐23のエアインテイクは半円形でしたけど、ATD‐XⅡではATD‐Xのような平行四辺形になっています」

郷谷はATD‐XⅡのエアインテイクに目をやった。縦が狭い平行四辺形のエアインテイクと胴体の間にはわずかに隙間が開いている。超音速飛行を想定している機体の特徴だ。

「後ろに回りましょう」

佐東が先にたって機体の右側を回りこんだ。ノズルが二つ並んでいるが、エアインテイクが胴体の左右に分かれていたのに対し、隣接している。下部が長く突きでていた。

「XF5エンジンには本来三枚のパドルがついていて、上下だけでなく、左右にも推力方向が変えられるようになっていましたが、この2型ではあえて上下のみ、二次元スラストベクターにしてあります。コンピューターシミュレーションをくり返した結果、あえて三次元にしなくても充分な運動性能が得られることがわかりましたし、下辺を長くすることで下からの赤外線探知にも強みを発揮できます。それに構造がシンプルになれば、それだけ生産性、整備性も向上するわけですし」

千田がうなずいたのを見て、佐東が付け足した。

「それとATD－XⅡはFBLを採用しています」

千田が佐東を見返す。

フライ・バイ・ライト《FBL》は、F－2にも採用されているフライ・バイ・ワイヤと同様パイロットの操作を電気信号に変えて、機上コンピューターが動翼を動かすのだが、導線に光ファイバーが使われている。光ファイバーの方が電磁波の影響を受けにくいというメリットがあった。

「大胆に採り入れたねぇ」

千田が感心してつぶやくと佐東はにやりとした。

「予算の関係がありますからね。試験機を飛ばすにも金はかかります。できるだけ数多くの実証試験を行いたいんですよ。だから飛実団で実験中のEO－DASも搭載して、F－35と同様、機体の六ヵ所にセンサーを取りつけてあります」

機体の周りをゆっくりと一周しながら佐東はセンサーの取り付け位置を説明していった。

「今回は試験飛行用の塗装をしていますが、ステルス性の試験の際には電波吸収材《RAM》を貼りつけますので機体全体が艶のない黒になる予定です」

コクピットがなく、尾翼も二枚だけ、平べったいＡＴＤ－ＸⅡがさらに艶のない真っ黒となるとかなり迫力が増しそうだ。

千田がいった。

「悪くない」

郷谷も千田と同じことを感じていた。

悪くない、と。

佐東が破顔する。

「見た目が美しくない兵器はなかなか実用化につながらないですよ」

実用化？——郷谷は思わず佐東を睨んだ——実証機だろ、これ？

佐東が格納庫の入口を手で示す。

「ＡＴＤ－ＸⅡは基本的にリモコン操縦ですが、今回はＡｉＣＯによる操縦も実験します」

「あいこ？」

千田が訊きかえす。

「これからご紹介しますよ。Ｃ－１の方へどうぞ。会うとちょっとびっくりしますよ」

佐東は先に立って歩きだした。郷谷と千田は互いを見交わす。千田は首をかしげ、肩をすくめて見せた。

2

目の前に置かれた二枚の写真を世良は交互に見ていた。一枚にはコンクリートの床に置かれた黒く塗られた金属製の縦長の箱が写っており、もう一枚はその一部を拡大したもので箱にうがたれた穴が赤い丸で囲んであった。今朝方、直属の上司である係長から午後一時に本庁へ来るように命じられた。訪ねるとすぐに会議室に案内され、ほどなく課内庶務を担当する第一係の理事官がやって来て二枚の写真を提示したのである。世良は顔を上げ、理事官を見た。

「これは？」

理事官が係長を見やる。うなずいた係長が答えた。

「今朝早く、尖閣諸島の北西で操業していた漁船の網に引っかかったそうだ。Ｓｕ－27戦闘機の座席の一部らしい」

世良は目を剝いた。係長がうなずく。

「十日前に墜落したとされる機体のものだろうということだ。私信の電子メールに添付されていた写真で、実際に添付されていたのは一カットだけだ。拡大写真の方はうちで作成した」

係長が理事官に目を向けた。今度は理事官は机の上に置いた自分の右手を見つめたまま話しはじめた。

「発信者は中国人民解放軍の海軍東海艦隊福州《フーチヨウ》基地情報部の一人だ。宛先は党軍事委員会の重鎮……、ただし、今は政治局に転じている」

なるほど——世良は胸のうちでつぶやいた——それで私信か。

世良はふたたび写真に目をやった。係長が身を乗りだし、拡大写真の赤丸を指さす。

「ここに穴が開いているのはわかるだろ。向こう側が見えているから貫通しているとわかる。軍事に詳しい者に見てもらったが、Su－27に使用されている座席の一部に間違いないと確認した。しかし、そんなところに穴なんか開いてないそうだ」

係長が指先で写真をとんとんと叩いた。

「穴の周囲の塗料が剝げて……」

たしかに黒い塗料が剝がれ、灰色の地肌がのぞいていた。世良がうなずくと係長が言葉を継いだ。

「ちょっとわかりにくいが、溶けているように見える」

世良は目を上げ、係長を見た。わずかの間世良を見返した係長だが、小さく首を振って椅子に背をあずけた。今度は理事官が口を開いた。

「福州基地の人間はメールにはっきりと墜落したSu‐27のものだと書いている。もし、そうだとすれば、穴の開いた座席を取りつけていたか、そうでなければ、飛んでいる最中に開けられたことになる」

口を開きかけると、理事官が人差し指を立てて制した。

「レーザービームなんてアニメ映画みたいなことをいってくれるなよ。たしかに研究はされているようだが、実用兵器にはなっていない。それと穴の位置からすると機体ではなく、風防から入ったもののようだ。しかし、風防にしたところで安物のプラスチックというわけじゃない」

アメリカから提供を受けた情報かと世良は思った。福州基地に勤務する情報部員が私信に添付したのは点数稼ぎだろう。相手が元軍事委員会の重鎮で今は政治局員ならご注進には何らかの見返りが期待できる。

アメリカ国家安全保障局《NSA》はインターネット上を飛びかう通信を傍受し、監視している。日本にこの写真を提供してきたのは私信であるためだ。もし、軍内部の通信であれば、間違っても傍受、解読していることを日本に知らせはしない。送りつけてきた目的はＳｕ－27墜落事故について日本の捜査当局にも調査をさせようというのだろう。

世良は唇を嘗め、声を圧しだした。

「二機同時ですから空中衝突が疑われていましたが、この穴が原因となると話は変わってきますね。見たところ座席を構成している金属板の厚さは二センチほどありそうです。何であれ、貫通したのだとすれば、中に座っていた人間はひとたまりもなかったでしょう」

「そう」理事官が引き取った。「こいつが漁網に引っかかった周辺に金属反応があるようだ。このメールが送られたあと、海洋監視船が三隻、尖閣周辺に入っている。そのうちの一隻は船尾に大きなクレーンを備えている」

「海底を引っかき回すわけですね」

「たぶんね。まずはパイロットの遺体、それから機体を回収しようというんだろう。風防を撃ち抜き、さらに二センチの鋼板を貫通するとなると武器としては強力だし、しかも二機となると何らかの意図が働いていたとしか考えられない」

理事官がテーブルに両肘をつき、両手の指をからませた。

「ところで、墜落事件があった夜だが、〈閣下〉が台湾にいたそうだね」

「はい」

「〈閣下〉が戻るのは？」

「今夜です。台湾、タイ、インドネシア、ベトナムと歴訪しまして、今夜の便で羽田に到着する予定です」

「君の報告によれば、あの日の夜は台北市で日本人と会っていたようだが」

「はい。佐東理という男で……」

世良はこれまでにわかったことだけを話しはじめたが、とても充実した報告とはいえそうもなかった。


台湾やほかの東南アジア各国関係者と会うのに便利なように世良は神谷町《かみやちょう》にある貿易会社の顧問という肩書きを使っており、専用のオフィスまで同じ会社内に持っていた。古びた八階建てのビルの一室だが、間もなく引っ越す予定になっている。次は虎《とら》ノ門《もん》に四ヵ月前に竣工したばかりの高層ビルに入る予定になっているが、少々気鬱ではあった。新品であるだけでなく、病的といいたくなるほどの清潔さを要求され、おそらく全館禁煙になるだろう。

パイプタバコと濃いコーヒーの組みあわせなくして、どのように脳を刺激したものか……。

火の点いていないパイプをくわえ、机の上に広げた二冊のファイルを眺めていた。一冊は藤田、もう一冊は佐東のものだ。藤田、佐東、そして〈閣下〉を結びつけるきっかけとなったのは将棋である。もっともプロ棋士になれそうだったのは佐東だけだ。

小学校低学年で将棋を始めた佐東は一年で地元の将棋クラブに相手がいなくなるほど強くなり、四年生のときには小学生の全国大会に出場してベスト十六になっている。翌年、ベスト八となり、六年生のときは優勝候補と見られるようになった。だが、その年——平成六年は大会史上初めて小学四年生が優勝し、佐東はベスト十六にも入れなかった。この年の優勝者はその後、中学生でプロ棋士になっている。佐東はプロ棋士の夢をあっさり捨て、七年後、現役で東京大学に合格している。

『ちなみに藤田は東大工学部で、彼とは趣味の研究会でいっしょだったんです』

桜井の言葉が脳裏を過ぎっていく。趣味の研究会では将棋用ソフトを開発しようとしていた。人工知能による将棋ソフトの分野では成功しなかったが、桜井、藤田ともにその後の研究には役立ったようだ。

　本庁で一係の理事官に報告をしたが、我ながら要領を得なかったと思っている。藤田、佐東、そして将棋、人工知能がどのように結びつくのか、まるで見当がつかないからだ。

　タブレット端末に目をやった世良は画面に触れ、音量を上げた。テレビのニュース番組を見られるようにしてあった。ディスプレイに〈閣下〉が大写しになっている。羽田空港午後八時というテロップが出ている。記者たちに囲まれた〈閣下〉は不機嫌そうな顔をしていた。垂れさがった両頬、たるんだまぶた、表情に乏しい顔といずれも高齢を感じさせた。記者の一人が訊いた。

「先生がふだんいわれていることは、戦前の大東亜共栄圏構想に似ていると批判が集まっていますが」

「誰が批判してるのかね。馬鹿なことをいっちゃいかんよ。それに大東亜共栄圏の何が悪いのかね。今、わが国の国民はイスラム系のテロリストばかりに気を取られているようだがね、本当に危険なのは中国だよ。それを忘れちゃいかん。ぼくは近隣諸国との友好関係を深めてだね、もって中国の横暴を抑えこむ方策がないかと模索してるんだ。だいたい総理にしても、与党にしても、外務省にしてもアメリカさんの顔色をうかがうことばかりに腐心してでだね、現実に目の前にある危険を直視しようとしない。だからぼくのような老兵が出しゃばっていかなきゃならないんじゃないか」

「しかし、戦前のですね……」

なおも食いさがろうとする記者に向きなおると〈閣下〉は声を荒らげた。

「君はどこの記者かね。戦前、戦前って、君は戦前の何を知ってるというんだ」

画面が切り替わり、深刻そうな顔をしたキャスターが映しだされた。かつてでためな日本語をばらまいて、お笑い芸人のような中継をしていた男で、世良ははっきり嫌っている。端末に手を伸ばして音量を絞った。

世良は次の一手に思いを巡らしながらマッチを取り、パイプの点火作業に取りかかった。


「わざわざ警視庁の方がいらっしゃるとは……、ちょっと驚きました」

藤田光夫は穏やかな表情でいった。

「事案の内容にもよりますが、着手した警察官が捜査や被疑者確保のために全国を飛びまわるのはよくあることです。たとえば、北海道の稚内市《わっかない》で児童ポルノを所持していた者が逮捕された場合、提供した者が東京在住であれば、稚内署が東京に出向いていって被疑者を逮捕します。その後、被疑者の身柄は稚内署に運ばれ、取り調べとなります」

「東京から稚内ですか。冬だと往生しそうですね」

「そうでしょう」うなずいた世良は周囲を見まわした。「こちらで話をうかがえるとは思っておりませんでした」

佐東理について話を聞きたいと藤田に連絡を入れると三菱重工業名古屋航空宇宙システム製作所小牧南工場内にあるアトラス・シックスまで来て欲しいといわれた。正門の警衛所で来意を告げると迎えが来て、古びた建物へ案内された。一階のもっとも奥まったところに藤田の執務室があった。

「わざわざご足労いただいて恐縮です」

「いえ、先ほども申しあげたように必要があれば、全国どこへでも出向くのが私どもの仕事ですから。それにしてもびっくりしました。どこか工場内の会議室ででもお会いすることになると思っていましたので」

世良がいわんとしていることを察した藤田がにやりとする。

「この部屋に機密はありません。工場や実験室であれば、出入りが規制されているところもありますが」

「そうですか。それにしてもゼロ戦の設計者が闊歩《かっぽ》していたといわれても不思議はないくらい歴史のありそうな建物ですね」

「あの方は一九六〇年代の初めまでこちらで勤務をしていたので、この建物も歩いているでしょう。もっともその頃はできたばかりだったでしょうが……。さて、お電話では、うちの佐東について聞きたいことがおありだとか」

「まずこちらをご覧ください」

世良は内ポケットから写真を抜き、藤田の前に置いた。藤田が身を乗りだし、写真を取った。メガネを持ちあげ、目を細めてしげしげと眺めている。

「先月の三十日に台北市内で撮影されたものです。佐東さんが写っているのはおわかりになりますね？」

「ええ」

「いっしょに写っている人物もご存じですか」

藤田は写真を世良の前に置いた。

「存じてます。先生は有名人ですから私が知っていても不思議はないですが、実は面識があります。将棋連盟の名誉理事をされているので、その関係で直接お目にかかったことがあります」

世良は写真を取り、内ポケットに戻した。

「同じ日、尖閣諸島付近で中国空軍の戦闘機が墜落する事故がありました」

「はあ」

藤田が怪訝そうな顔をする。

「ご存じありませんか」

「ニュースは見ましたが……、それが佐東と何か関係があるのでしょうか」

わずかの間、世良は藤田の表情を観察したが、とくに変化は見いだせなかった。

「いえ」世良は首を振った。「佐東さんは台北には仕事がらみで行かれたんでしょうか」

「いやぁ、それが」

今度ははっきり困惑の表情を見せている。世良は何もいわずに待った。藤田は目を伏せ、ぼそぼそと話しはじめた。

「実は佐東は私のところとは別のセクションにも所属していまして。彼ほど優秀で、しかも戦闘機パイロットでもあった人材はなかなかいないんですよ。私とすれば、うちの部門専属で働いてもらいたいところです」

藤田が目を上げ、世良をうかがった。

「アトラスという名称は聞いてますか」

「はい。心神を実際に製造する組織の略称ですよね」

「ええ」藤田がちらりと苦笑する。「心神というニックネームは正式なものじゃなく、我々はあくまでもＡＴＤ－Ｘ……、先進技術実証機と呼んでいます」

「失礼しました」

「かまいませんよ。心神という名前があまりに一般化しちゃったんで、我々も時おり使ってるくらいですから。ＡＴＤ－Ｘより通りもいいですし。さて、アトラスの話に戻りますが、いくつかの部門に分かれているんです。胴体、主翼、エンジン、電子機器《アビオニクス》といったように。それで各々の部門が詳細設計に取り組んでいるんですが、実際に作るとなると参加する各メーカーの協力を仰がなくてはならないんです。ともにわが国の航空産業を支えるメーカーですが、ビジネス面ではライバル関係にもあります」

ふたたびうかがうような目で世良を見たので、うなずいてみせた。

「部門ごとの情報が公開されていないというわけですね」

「まったくというわけではありませんが、正直に申しあげると情報共有は必要最低限ということになりますね。先月末というと、佐東は別のセクションの関係で出張しておりました。しかし、何のために出張したのか、何をしてきたのか、私は知ることのできる立場にありません」

「そうですか」世良はうなずいた。「事情はわかります。警視庁《ワガシャ》にもセクショナリズムの弊害は見られますので。そのセクションの責任者の方もこちらの工場におられますか」

「実はセクションとは申しあげたものの、そこはかっちりと組織になっているわけじゃないんです。各部門を横断的に見て、製造の進捗を調整しているような存在なんです。強いていえば、実体は技本……、防衛省の技術研究本部のＡＴＤ－Ｘ担当部署ということになります。ただそちらに行かれてもどこまで話が聞けるか」

藤田がちらりと笑みを見せた。

「警察の方に僭越ですね」

「いえ」世良は首を振った。「防衛省が相手となるとしがない警察官では歯が立ちません。警視庁ではなく、警察庁のマターになるでしょうね」

藤田が明らかにほっとした様子を見せたところで世良は切り返すことにした。

「これはあくまでもご内聞にお願いしたいのですが……、何しろまだ捜査ともいえないような段階なもので」

「はあ」

生返事をした藤田の表情が翳る。

「あの日、中国軍機が墜落する直前なんですが、台湾の防空レーダーが不可思議な信号をキャッチしたんです。レーダー波を発信したのは台湾東岸沖をパトロールしていた艦艇で、受信したのは基隆近郊にある地上レーダーだというんです。しかもごく短時間……、先生なら私のいわんとしていることをご理解いただけると思いますが」

「その付近にステルス機がいたということですか」

「はっきりそうだとはいえません。だいたいどこの国のステルス機がそんな時間に飛んでいたのか。しかもよりによって尖閣諸島の上空なんです」

「可能性があるのは中国軍機ですかね。何らかの試験飛行をしていたとか」

「そうでしょうね。アメリカやロシアというのは考えにくい。でも、墜落したのは中国軍の戦闘機なんです。まさか味方の戦闘機を撃墜するわけがないですから」

「それじゃ、二機が空中衝突したのではなく、三機がからんだということですか」

「夜間ですからね。秘密裏にテスト飛行をしていて、接触してしまったということは考えられなくもないですが……」

世良は藤田を見やった。藤田が生唾を嚥むのがわかった。

「つい先日中国の漁船が墜落機の一部を引きあげたようなんです。これもはっきりとした情報が入っているわけじゃなく、あるルートを通じてもたらされたんですが。引きあげられたのは座席の一部でして、そこに直径二センチほどの穴が開いてました。穴の周囲が溶けていたそうです」

いつの間にか藤田の顔からはすっかり血の気が引き、白っぽくなっていた。世良は藤田の目をのぞきこんだまま言葉を継いだ。

「ご内聞にお願いします。警察官というのは因果な性分でちょっとしたつながりが見つかると俄然ファイトを燃やして食らいつくんですよ」

「つながり？」

「ＡＴＤ－Ｘもステルス機ですよね。その開発担当者がたまたま墜落事故のあった日に台湾にいたとなると、なぜなんだろうと……」

「いや、まだ試験飛行もできていませんから……」

藤田は目を上げ、わずかの間、世良を見据えた。

「私の方も申しあげます。こちらの話も世良さんの腹だけにおさめておいてください」

「はい」

「実は今硫黄島で行っているのはATD－Xの飛行試験なんです。といっても飛んでいるのは実機の八十パーセントサイズの模型でリモコンで操作しています。ステルス性、飛行特性を試験するためのものでもちろん武装はしていません」

「八十パーセントサイズとなると具体的に大きさは？」

「全長が十一メートルほどですが、エンジン、制御用と計測用の電子機器、燃料でいっぱいで兵器を積むスペースなどありません」

「そうですか」

「あくまでもご内密にお願いします」

「承知しました。ご協力、ありがとうございます」

ふたたび正門まで送ってもらい、外に出た世良に一台のセダンが近づいてきて止まった。運転席、助手席、それに後部座席に一人が乗りこんでいる。

世良は自らドアを開け、乗りこんだ。ドアを閉める。

「お疲れさまでした」

後部座席にいた雉牟田が声をかけてきた。世良はうなずき、次いで助手席の男に声をかけた。

「藤田に圧力をかけた。何らかの動きがあるかも知れないんで監視をよろしく頼む」

助手席の男が躰を起こしてふり返る。

「お任せください」

愛知県警本部公安部の車輛であり、運転席と助手席の二人は捜査員だった。地方自治体警察を建前としているが、公安部局は全国的に協働する体制ができ上がっている。助手席の男がつづけていった。

「それでは予定通りセントレア空港に向かいますが、よろしいですか」

「ああ、よろしく頼む」

午後四時に発つ便で世良は台北に向かう。情報源の楊から連絡があり、直接話したいといってきたのだ。

ネットや電話回線に載せたくない情報であれば、聞く価値が大きいだろう。シートに背を預け、世良は目の間を強く揉みはじめた。

3

ヘルメットの内側に満ちた甲高く、周期の短い電子音《トーン》がこめかみをびんびん締めつけてくる。郷谷は顔をしかめて、前方、約二千フィート先を並んで飛行しているC－

1とＡＴＤ－ⅩⅡを見つめていた。トーンはＦ－15ＤＪの右主翼下に吊りさげた赤外線ミサイル模擬弾《キャプティブ》の弾頭に取りつけられた赤外線探知機《ＩＲシーカー》が目標を捕捉《ロック》していることを告げていた。反対側の左主翼下には空戦機動計測評価装置《ＡＣＭＩ》ポッドを吊っていた。ＡＣＭＩポッドは地上のレーダーと連動して空戦機動中の軌跡をすべて記録するためのもので、飛行教導隊ではいち早く採り入れ、部内錬成時に使用している。ＡＣＭＩポッドが発する信号は固有のものであるため、個々の機体の動きを解析することで組んずほぐれつの空戦を外側から眺められる。

郷谷は左手の親指でスロットルレバーの側面にある兵装セレクタースイッチを短射程から長射程に切り替えた。トーンはやみ、代わって機首のＡＰＧ63－Ｖ3レーダーが目標を探知、ヘッド・アップ・ディスプレイに正方形の標的指示ボックスが現れ、目標機までの距離、速度、高度といった諸元《データ》がたちまち表示される。ただし、Ｃ－1に重なる一個でしかない。ＡＴＤ－ⅩⅡの上にはちらちらボックスが現れるものの、すぐに消え、データは表示されていなかった。知らず知らずのうちに唇を嘗めていた。

もし、肉眼で見えてなければ、どうなるのか……。

晴れわたった空を背景にし、白とオレンジに塗り分けられたＡＴＤ－ⅩⅡを視認するのは容易だ。二千フィートは至近距離といってもいい。しかし、レーダーで捕捉することはできなかった。レーダー波は一部が吸収され、そのほかは逸らされるため、機首に収められたアンテナにまともに跳ね返ってこない。

〝見えてるんだがなぁ〟

後席で千田がつぶやく。ATD-XⅡと後席のレーダーディスプレイを交互に眺めつつ郷谷と同じ思いを味わっているに違いなかった。

〝赤外線《IR》でもつかまえられるし〟

「この位置に入りこめれば、の話ですけどね」

真後ろ、二千フィートであれば必殺圏《リーサルコーン》にいるのは間違いなく、IRミサイルを発射すれば機器の故障でもないかぎり命中する。あるいはレーダーを使わなくても照準点《ピパー》を目視で重ね、機関砲《ガン》で撃ち墜とすことも不可能ではない。

「でも、レーダーを使えば……」

郷谷がつぶやいたあとを千田が引き取った。

〝逃亡《ランナウエイ》モードね〟

昨日、ATD-XⅡを見学したあと、佐東がAiCOを見せるといい、駐機場のC-1に移動した。機内にあるATD-XⅡ遠隔操縦システムのコンソールの前で佐東は鼻をふくらませ、ふんぞり返って説明したものである。少なくとも郷谷にはそう見えた。

『現時点においてATD-XIIはレーダーを搭載していません。積んでいるのはIRセンサーとレーダー警戒装置《RWR》のみです。いずれも受動型《パッシブ》ですが、AiCOがランナウエイモードを選択して敵性レーダーを感知すれば……』

千田がすかさず訊いた。

『あいこって何だ？』

『失礼しました。ATD-XIIに組みこまれている人工知能のことです。戦闘用人工知能《アーティフィシャル・インテリジェンス・フォア・コンバット》を縮めてA、i、C、O……、AiCOと称しています』

郷谷が口を挟んだ。

『戦闘《コンバット》？　空戦《エア・コンバット》じゃなく？』

『AiCO《アイコ》の方が響きがいいんで』佐東はちらりと苦笑した。『エア・コンバットだとアイアコですからね』

どことなく納得できないまま見返したが、佐東は悪びれる様子もなく言葉を継いだ。

『ATD-XIIはリモコンで操縦することも可能ですが、AiCOが自律操縦させることもできます』

佐東はそこからＡｉＣＯについて説明を始めた。

『ずいぶん昔になりますが……』

いきなり佐東が昭和五十二年に公開されたＳＦ映画のタイトルを口にしたときには少なからず面食らった。くだんの映画はアメリカ製で宇宙を舞台とした大活劇であり、世界的な大ヒットを記録している。

『あの映画の中では個々の戦闘機にロボットが積みこまれていました。ロボットはレーダーの操作、通信、航法を担当し、いってみれば、Ｆ－４の後席員のような働きをしていました。しかし、生身の人間、それもプロが乗っているわけですから戦闘力は倍増どころじゃない。チャンプならよくおわかりだと思いますが』

もともと米海軍機として開発されたＦ－４の後部座席には操縦桿もスロットルレバーもなく、海軍ではレーダー管制士官《RIO》と呼ばれた。機動力と兵装搭載量の多さから米空軍でも制式採用することになったのだが、そのとき、空軍タイプは後席でも操縦できるようにした。海軍型で前席のパイロットが負傷もしくは死亡すれば、後席員は脱出するしかない。しかし、空軍型であれば、後席員が操縦して基地まで帰ることができる。航空自衛隊が導入したのは空軍型である。だが、ＲＩＯであれ、パイロットであれ、戦闘経験のある生身の人間が後ろに乗っているアドバンテージは大きい。前席のパイロットが敵機を追いかけている間、後席員は周囲を見張ることができる。それだけでなく、侵入、索敵、あらゆる状況において後席員はもう一つの眼となって背後をかためてくれる。

コンピューターの発達によって通信、航法、レーダーの自動化が進み、パイロットが一人ですべて行えるようになったとしてF－15は単座機となった。佐東があえて郷谷《チャンプ》ならよくおわかりだと思うといったのは、飛行教導隊出身者であるためだ。教導隊では、前後に座席が配置されたタンデム型二人乗りのF－15DJを運用している。経験豊富なパイロットが二人で空中戦の状況を把握することによって目まぐるしい変化の一つひとつを見逃さず、フライト後のブリーフィングで的確に指導できる。

実戦ではさらに大きな優位性を持つ。イスラエル空軍は主力がF－4からF－15、F－16に移行してもあえて複座型を運用しつづけた。狭い国土の上に四囲が敵という状況下、離陸すれば、即敵地なのだ。見張りは何より重要であり、また、経験の浅いパイロットもベテランの後ろに乗せることで実戦を生き延び、貴重な経験を積める。ただし、撃墜されれば、一度に二人の命を失うというリスクは決して小さくない。

郷谷がうなずくと佐東は得々としてつづけた。

『かの映画に登場したロボットはときにパイロットの相談相手にもなりました。この点も生身の後席員と同じでしょう。ひょっとしたら制作サイドにF－4の搭乗員がいて、アイデアを出したのかも知れませんね。ＡｉＣＯは、あの映画に登場したロボットを目指しているんです。さすがに恋愛相談には乗ってくれませんが、データリンクを介して送られてくる情報を処理し、パイロットに標的を指示したり、ときには操縦を代わることもできるレベルになっています』

佐東は例として基地から基地へ移動するだけの運搬飛行《フェリー》を挙げた。

『自動操縦モードでも計器はモニターしていなきゃなりませんが、ＡｉＣＯなら航法、操縦の両方を担当し、パイロットが居眠りしていても安全、確実に目的地まで飛びます。また、先ほど申しあげたランナウェイモードを選択しておけば、脅威の度合いを自動的に判定し、パイロットに危険を知らせるか、自らいち早く回避行動に移ります』

『どういうことだ？』

『ＡＴＤ－ＸⅡをレーダーでとらえようとすれば、自動的に退避するということです。それでなくてもつるつる滑ってつかまりにくいのにちょっとでもレーダー波をあてられれば、敵機の方向、距離によって安全な空域を探しだし、そこに逃げこむわけです』

つるつる滑ってというのはたしかにその通りだと郷谷は思った。F－22を追いかけながらウナギをつかまえようとしているみたいだと感じた。

『AiCOはパイロットの負担を軽減し、戦闘に傾注できるよう手助けをするシステムです。それではご覧にいれましょう』

コンソールの前にあったディスプレイ付きのヘッドセット二個を郷谷と千田に差しだした。

『ヴァーチャル・リアリティ用のゴーグル……、VRゴーグルです。これでAiCOに会えますよ』

装着すると目の前にAiCOが立っていた。すらりとした女性の姿をしているが、その躰は青いガラスでできているようだった。目元はマスクのようなもので覆われ、鼻筋が通っていたが、口はのっぺりしていた。

AiCOか——郷谷は目をすぼめ、ATD－XIIを見つめた——便利そうではあるが、どこまで役に立つのか。

視線をC－1に移した。ATD－XIIの左を飛んでいるのには意味があった。右主翼下のエンジンの外側に流線型をしたEO－DASポッドが吊りさげられている。慰霊碑に参拝したあと、千田が説明してくれたものだ。

EO－DASポッドならATD－XⅡを見ることができるのだろうか……。

C－1の機内で進行方向に対して右向きに座る雪乃は、ATD－XⅡを左側に見ていた。もっとも見ているといってもあくまでもVRゴーグルに映しだされるコンピュータグラフィックス映像に過ぎない。照度を調整してあるので明るすぎないグレーを背景に、モノクロームのATD－XⅡが浮かびあがっていた。後方に目をやると、やや低い位置で追尾しているF－15が見える。

EO－DASポッドには前後、左右と下方の五ヵ所にセンサーが取りつけられているが、ポッドの左側面に取りつけたセンサーがとらえているのはC－1の胴体だけでしかない。

「うへぇ」

左舷でATD－XⅡを遠隔操縦している佐東の声が聞こえた。もっともATD－XⅡは決められたコースをなぞっているに過ぎず、すでに自動操縦モードに入っている。

「チャンプの奴、必死でATD－XⅡをつかまえようとしてますよ」

ＡｉＣＯは起動させていない。ＡＴＤ－Ⅹ Ⅱにはレーダー警戒装置も搭載されていて、敵性レーダー波を照射されれば、ＡｉＣＯはすぐに敵機の位置を割りだし、必要に応じて回避機動に入ってしまう。今日のところは、まっすぐ飛んで、降りるだけの予定なのだ。ほどなくＣ－１の機長が着陸すると告げ、佐東は先にＡＴＤ－Ⅹ Ⅱを着陸させた。つづいてＣ－１、郷谷と千田が乗ったＦ－15が降りた。

ヘルメットを脱ぎ、棚に置いた郷谷は両手で髪を掻きむしった。汗が飛びちる。次いでハーネスを外し、サバイバルベストとともにフックに掛け、Ｇスーツを脱ぐ。入口のわきにかけてある帽子を取り、救命装具室を出たところで声をかけられた。

「チャンプ」

ふり返った郷谷の口許に笑みが浮かんだ。フライトスーツを着た長身の男が立っている。武藤広義《むとうひろよし》――第３０４飛行隊の隊長だ。

「ブギ、お久しぶり」

ファイナルアプローチに入ったときから駐機場《エプロン》に八機のＦ－15が並んでいるのは見えていた。着陸し、降機チェックを済ませて隊舎に戻る途中、垂直尾翼に描かれた英彦山《ひこさん》の天狗のイラスト――福岡県築城基地を本拠とする第３０４飛行隊のシンボルマーク——を見ている。第３０４飛行隊は郷谷にとって特別の意味がある。最初に配属された部隊であり、以降、Ｆ－２に転換するまでは飛行教導隊と第３０４飛行隊の間を行ったり来たりしていた。

また、武藤その人も特別な存在といえた。航空学生の一期先輩であるだけでなく、たがいに同期のリーダーとして部屋長、部屋子の関係にあった。配属された部隊こそ違ったが、飛行教導隊ではともに勤務している。ただし、飛行教導隊においては先輩、後輩が逆転し、郷谷の方が二年早く配属されている。

「小松じゃなく、築城でしたね」

「紙切れ一枚でどこでも飛ばされるよ。人事だけはガラガラポンだから」

「何すか、それ」

「福引き。ガラガラ回して、ポンと出る玉の色は誰にもわからない」

武藤は石川県小松基地第３０３飛行隊勤務が長く、教導隊を出たあと、飛行班長を務めていた。その後航空総隊で幕僚を務め、ふたたび小松に戻るものとみなされていたが、発令されたのは第３０４飛行隊長である。武藤の笑みがすっと消えた。

「おれのあとはお前だと思ってたんだがな」

「たしかに何色の玉が出るかわかりませんね」郷谷は苦笑してうなずいた。「それよりどうしたんですか。指揮所の予定表に３０４の名前はなかったのにエプロンで天狗さんに会ったときにはちょっとびっくりしました」

「硫黄島は来週の予定だったんだが、急遽《きゅうきょ》早まった。例によって例のごとく、命令だけ下りてきて説明はなし。こっちは調整に大汗かいた」

そのとき、救命装具室のドアが開いて千田が出てきた。

「ブギ、久しぶり」

「お久しぶりです」

「ちょうどよかった。これからブギのところに行こうと思ってたんだ」

「うちらの予定が早まったのも飛行開発実験団《ひじっ》がらみって聞かされて来たんですけど、何をするかは教えてもらってないんですよ。その件ですか」

「そう、そのこと」千田はうなずいた。「実はおれが聞かされたのも今朝になってからなんだけど、うちの司令部からＡＴＤ－ＸⅡの試験科目を一つ増やせって命令が来てね。ただし、実施にあたってはおれとブギ、チャンプの三人で可否を検討せよということになっている」

武藤が手を上げ、千田を制した。

「ＡＴＤ－ＸⅡって何です？」

「まずそこから説明しなきゃならないな。そもそもはＡＴＤ－Ｘから派生しているんだが、ＡＴＤ－Ｘについて、ブギはどの程度知ってる」

武藤は肩をすくめた。

「来年度試験飛行が始まるってことくらいですね」

「了解」

それから千田はＡＴＤ－Ｘの現状とＡＴＤ－ＸⅡ誕生の経緯、今回の硫黄島実験の意義について説明した。

「今日の午前中、一度目の試験飛行をやった。おれとチャンプがＦ－15ＤＪで後ろにつけたんだが、レーダーではつかまえられなかった」

「赤外線《ＩＲ》では？」

すかさず武藤が訊きかえし、千田はちらりと郷谷を見て、すぐに視線を戻した。

「そっちはばっちり」

「リーサルコーンに入ってましたからね」郷谷がつけくわえる。「相手は試験機塗装だし、Ｃ－１が随伴してましたから」

「なるほど」

武藤がうなずいた。レーダーを使えない状態で大空のどこかにいる敵機を発見するのは容易ではない。まして闇夜となれば、ほぼ絶望的だ。武藤が郷谷を見た。

「レーダーでつかまえられないって、ウ、ナ、ギって感じか」

郷谷はうなずき返した。武藤も教導隊の一員としてF-22を相手の空戦訓練を経験している。

「あれ以上かも」

「本当《マジ》かよ」

眉根を寄せた武藤が首を振る。

千田が言い添えた。

「それにATD-XⅡはあらかじめ決められたトラックパターンを周回するだけで我々は後ろをついていっただけだ。ATD-XⅡのノズルは下辺を長くして下方から探知しにくいように工夫はしてあるが、それでも排気温度を考えれば、キャプティブの感知部《シーカー》でとらえるのは難しくない」

「ATD-XⅡってのを視認できて、IRシーカーが捕捉できる距離まで近づければ、の話ですね」

武藤がいい、千田がうなずいた。

「それで何をやろうっていうんです?」

「ATD－XⅡが開発された経緯は先ほどもいったが、一番の目的はステルス機対策の研究にある。ブギも知ってると思うけど、ロシア、中国もステルス性を重視した戦闘機の開発を進めているだろ」

「一番進んでるのはアメリカですけどね」

武藤のひと言が郷谷の胸にひやりと刺さる。今日の友が明日も友とはかぎらない。その思いは平和な日本よりもずっと戦争をつづけているアメリカの方が強いだろう。

「ステルス機に対する対抗策はいろいろと研究されているが、なかなか有効な手段は見つかっていない。そうした中、こちらもステルス機で邀撃《ようげき》し、相手に気づかれずに接近して探知する」

「まず目視識別《ヴィジュアル・アイディ》を求められるでしょうけどね」

多少皮肉っぽく武藤がいう。三人とも暗夜のホットスクランブルの経験がある。すべての標識灯を消して闇の中を飛ぶ敵味方不明機《アンノウン》を目視せよと命令されるのだ。千田がつづけた。

「さっきの話に戻るが、ようは二対二《ツー・バイ・ツー》の空戦機動《ACM》をやれということだ。こっちはおれがATD－XⅡと組む。佐東がC－1でATD－XⅡを……」

「佐東って」

「サトリですよ」郷谷が答えた。「東大出の。ほら、おれたちがいじめて辞めちゃった」

「ああ、あれか」

二人のやり取りを聞いて千田が苦笑する。

「そっちはブギとチャンプ。ついてはお宅の機体を借りうけたい。話は一応ついてると思うが」

「築城を出るときに群司令にいわれました。詳細は硫黄島で聞けってことでしたけど、二機対二機《ツー・バイ・ツー》をやろうってわけですね。なるほど。そういうことか」

うなずく武藤に郷谷は目を向けた。

「そういうことって?」

「実は今回の硫黄島はおれじゃなく、飛行班長が来ることになってたんだ。ところが、直前になってお前が行けっていわれた」

「そうっすか」

「どうだ?」

「ブギとの編隊は久しぶりですね。面白そうだ」

「だな」武藤はあっさりうなずき、千田に顔を向けた。「やりましょう」

「あとで佐東もまじえて打ち合わせをするけど、ミッションそのものはかなり限定されるだろう」

司令部庁舎に入り、ラウンジを通りかかったとき、奇声があがった。

「うっそぉ、飛車角落ちで負けるのかよ」

声の主は分屯基地司令だ。ラウンジの一角で佐東と将棋盤を挟んで相対している。すでに昼食時間になっている。

「自信があったんだがなぁ」腕組みした司令が佐東を見やる。「どう、もう一番?」

「一番だけっていわれたんですけどね」

佐東は苦笑いしながら頭を掻いた。

4

硫黄島は、島の直上もふくめ周囲すべてが訓練空域となっているため、離陸直後からでも空中戦が行える。そのためF－15は増槽を使わず、三機とも赤外線ミサイルの模擬弾を一発ずつ積んだ軽い状態で上がった。二機編隊同士の空中戦演習は、昨日のATD－XⅡ試験飛行と同じく硫黄島西方十マイル沖で実施することになっている。

午前中に予定されていた離発着はすべて終わり、半径二百マイル以内に航空機はない。離陸直後から郷谷は三万五千フィートで周回軌道を描く銀色のC－1を視認していた。だが、随伴しているはずのATD－XⅡが見当たらない。

『お前が一番機《リーダー》だ』

武藤が郷谷にいい、千田も同意した。郷谷、武藤、千田の順にF－15で離陸し、ゆるく編隊を組んで西方に進出する。進出といっても数分で演習空域に入った。

空域は、硫黄島西方十マイルを東端として五十マイル四方、高度は上限を三万フィート、下限を一万フィートとした。演習を監視し、記録すると同時にATD－XⅡを操る佐東が乗りこんだC－1は演習空域上空三万五千フィートの西寄りでトラックパターンを描きながら周回する。硫黄島レーダーも空域を監視していた。

先にC－1とATD－XⅡが離陸していくのを郷谷はラストチャンスエリアで見守っていた。つづいて離陸し、ギアをたたんだ直後からC－1を目視しつづけているのだが、機体の小さなATD－XⅡはすぐに見えなくなった。だが、接近しても視認できない。白地にオレンジ色を配した派手なATD－XⅡを発見できないはずはなかった。

スロットルレバーについた無線機のスイッチを入れ、編隊内通信周波数でC－1の佐東を呼んだ。

「サトリ、チャンプ」

〝どうぞ《ゴー・アヘッド》〟

「ATD－XⅡが見えないぞ」

〝もう四番機のポジションについてますよ〟

佐東が笑いをふくんだ声でいう。左を見やった郷谷は下唇を噛んだ。郷谷機の左に武藤、千田のF－15が並び、千田のさらに左にいつの間にかATD－XⅡがつけていた。郷谷は胃袋がきゅっと縮むのを感じた。

教導隊に勤務していた頃、飛びぬけてうまいパイロットがいた。その男が時おり仕掛けてきたいたずらによく似ている。その男は十二年前、小松基地からホットスクランブルで上がって行方不明となり、その後死亡宣告を受け、飛行教導隊における伝説のパイロットとなっている。思いをふり払い、無線機のスイッチを入れる。

「了解。それじゃ、始める。準備はいいか」

〝武藤《ブギ》〟

〝千田《ドク》〟

千田のタックネームの由来は落ちついた操縦ぶりが冷静な外科医のようだといわれ

たためと聞いた。

〝サトリ。こちらも準備オーケーです〟

郷谷はC－1をひと睨みするとふたたび無線のスイッチを押しだした。

「ライト、レフト、ターン……、ナウ」

コールと同時に第一編隊の郷谷、武藤が右、第二編隊の千田、ATD－XⅡが左とそれぞれ九十度の旋回に入る。二個の編隊が数マイル離れたところで郷谷はふたたびコールした。

「逆進《リバース》、ナウ」

操縦桿を倒し、機体を横倒しにすると郷谷は真上を見やった。同じように機体を九十度バンクに入れ、旋回している千田とATD－XⅡが見えた。F－15の後方を飛ぶATD－XⅡはいかにも小さく、四分の一ほどの大きさにしか見えなかった。

二個編隊は互いに機体を立て直し、正対した。レーダーが千田機とATD－XⅡをとらえる。安全性確保のため、ATD－XⅡにはレーダー波の反射板が取りつけられている。

キャノピーフレームに取りつけられた右のミラーに目をやった。武藤のF－15は右後方、やや高い位置で六百フィートの距離を保っていた。

左前方の千田機とＡＴＤ‐ＸⅡが見る見るうちに大きくなってくる。接近速度は八百ノットを超え、すれ違うまでに数秒とかからない。無線機のスイッチに指を置き、交差する刹那、コールした。

「戦闘開始《ファイツ・オン》」

操縦桿を左に払い、機体を横転させると同時にスロットルレバーを前進させ、アフターバーナーに点火した。操縦桿を引きつけ、腹筋に力をこめる。瞬間的に7を超えたGに逆らって顔を上げ、高い位置を旋回するＡＴＤ‐ＸⅡを目で追った。あらかじめ武藤にはＡＴＤ‐ＸⅡを追わせて欲しいといってある。

スロットルレバーから左手を離し、キャノピーの内側につけて肘を伸ばした。躰を右寄りにしたまま、ＡＴＤ‐ＸⅡを見つめつづけた。空戦機動《ACM》に入るとアフターバーナーは入れっぱなしにしておく。

垂れさがってくるまぶたを何とか支え、顎をあげる。

呻《うめ》きが漏れた。

ＡＴＤ‐ＸⅡがひたいの上からヘルメットの前面につけてあるバイザーカバーの端に隠れようとしていた。郷谷よりきつい旋回を切り、後方に回りこもうとしているのだ。

無人機か、クソッ――腹の底で毒づく。

生身の人間が耐えられるのは、Gスーツを装着して7から8G、瞬間的なら9Gに耐えても一秒と持たない。だが、無人機であれば、耐G性能を左右するのは機体の強度だけでしかない。空の色が消え、灰色になってきた。Gに耐えきれなくなった血液が下がっていき、酸欠に陥った脳があっぷあっぷしはじめている証拠だ。視界がモノトーンになれば、次は望遠鏡を逆さまにのぞいているように視野の狭窄《きょうさく》が起こってくる。

郷谷はATD-XⅡを追いつづけた。顎が持ちあがり、首筋が軋む。だが、ATD-XⅡはGに苦しめられている郷谷を尻目にバイザーカバーの陰にするすると入っていった。郷谷はGを抜き、左のラダーペダルを踏みこんで息を吐いた。操縦桿を左手に持ちかえ、右手をキャノピーの内側について右後方、上空をふり返った。だが、そこにATD-XⅡの姿はなかった。

そのとき、女性の声が耳を打った。

〝短射程ミサイル《フォックス・ツー》、発射〟

〝離脱する《ノック・イット・オフ》〟

つづいて武藤の罵声が聞こえ、コールした。

ATD-XⅡは、郷谷の視線を振りきるとすぐに武藤――何もいわなくとも千田を追いかけまわしているのはわかっていた――に向かい、後方につけていたのだろう。抜け目のないファイターパイロットであることは認めなくてはならない。それとフォックス・ツーのコールだ。電子合成音とはいえ、女に負かされたような気がして面白くなかった。

なるほどあいこか、と郷谷は思った。

戦域を離脱するという武藤のコールに従い、郷谷と武藤は空域の南、千田とＡＴＤ－ＸⅡは北に機首を向けた。

「やった」

佐東が奇声を上げるのが聞こえ、雪乃はＶＲゴーグルをずらした。同様にＶＲゴーグルをつけた佐東が左手を突きあげていた。右手にはコントローラーを持っているが、操作していないのはわかっている。

今、ＡＴＤ－ＸⅡを駆っているのはＡｉＣＯなのだ。

雪乃は見ていた。二機編隊が交差した直後、郷谷がＡＴＤ－ＸⅡを追い、武藤は千田と巴の旋回に入った。武藤と千田が互いの位置を変えずに円を描きかけていたが、完成しないうちにＡＴＤ－ＸⅡは郷谷から離れ、武藤の後ろへ回りこんでいた。雪乃が見たコンピューターグラフィックス映像には、第一編隊はブルー、第二編隊はピンクと色分けされたリボンで航跡が表示されていたので見分けるのは難しくなかった。それにF－15を表す三角形のシンボルマークは白、ATD－XⅡだけが赤に設定されている。

郷谷機の旋回の内側へATD－XⅡは楽々と入っていった。郷谷はATD－XⅡの追尾から逃れようと機首を下げたが、そのときすでにATD－XⅡは武藤機に向かっていたのである。最初から郷谷を引きはがしたあと、武藤を狙うつもりだったようだ。

フォックス・ツーというAiCOのコールは落ちついていた。全身の筋肉を緊張させ、血液が下半身に溜まるのを阻止しようとしている生身のパイロットと違い、AiCOはGの影響をまったく受けない。

佐東がコントローラーのボタンを押し、リップマイクに声を吹きこんで郷谷を呼んだ。

「チャンプ、サトリ」

VRゴーグルのイヤレシーバーに郷谷の声が流れる。

〝ゴー・アヘッド〟

「もう一回、お願いできませんか。できれば、二度目はATD-XⅡがテイクリードする形で」

〝ドク、チャンプ……、どうします？〟

〝オーケー、かまわないよ〟

千田が答える。ふたたび郷谷が訊く。

〝ブギ？〟

無線機のスイッチを動かす擦過音が二度聞こえた。武藤が了解した旨を伝えたのだ。雪乃はゴーグルを下ろし、目を覆った。ふたたび眼前に空域が広がり、北と南に分かれた二個の編隊の姿が見え、郷谷が答えるのが聞こえた。

〝了解。もう一回だ〟

ブルーとピンク、二本ずつのリボンが急速に接近していく。


救命装具室を出た郷谷は隊舎の裏庭に向かった。開けっ放しのドアを出て、左手にドラム缶が置いてあり、武藤がタバコをくわえている。近づいて声をかけた。

「先輩」

武藤は壁にもたれたまま、目だけ動かした。

「お前に先輩と呼ばれるとぞっとしないな」

「タバコ、めぐんでください」

手を出すと武藤がタバコのパッケージと使い捨てライターを重ねてよこした。受けとり、一本抜いて火を点けた。タバコとライターを返すと、武藤が訊いた。

「やめたのか」

「自分で買うのを」

「何じゃ、そりゃ」

武藤が小さく首を振る。しばらく黙ってタバコを吹かした。

二度目の交戦《エンゲージ》もすれ違いざまから始まった。佐東が手加減したのか、随伴する千田のF‐15に合わせたのか、初回ほどにはきつい旋回を切らなかった。互いに密集編隊を組んだまま、巴の旋回戦に入ったのだが、佐東が矢継ぎ早に指示を出した。Gがかかっていて声を出すどころか、呼吸すらままならない郷谷、武藤、千田と違い、佐東の声は落ちついていた。郷谷と武藤の位置を的確に伝え、千田にどこを見ろ、どこへ入れと指示した。

見事といっていい指揮だった。

「サトリって、あんなにうまかったっけ?」

武藤はそういって天に向かって煙を吐いた。

「いや、全然。知ってるでしょ、いっしょに飛んでたんだから」

郷谷が佐東を厳しく指導したとき、武藤が郷谷のウィングマンを務めていた。

「そうだよな。でも、今日は状況がよく見えていた」

状況が見えるというのは教導隊のパイロットにとっては重要だ。四機対四機、最大八機が入り乱れる空中機動戦において教導隊の編隊長はすべての機の動きをリアルタイムで把握しなくてはならない。そうでなければ、とても教導などできないからだ。状況がよく見えるという言い方は教導隊内部にあっても最上級の褒め言葉に入る。教導の相手となった戦術戦闘飛行隊《ＴＡＣ》のパイロットに使われることは滅多にない。

二度目の模擬空戦は二回旋回したところで唐突に終了した。佐東が訓練中止を告げ、旋回の輪を外れたＡＴＤ－ＸⅡがいきなり急上昇したのだ。郷谷はただちにＡＴＤ－ＸⅡを追尾し、二千フィートの距離を保ったまま上昇した。高度四万フィートに達したところでＡＴＤ－ＸⅡは急減速し、機首を下に向けたかと思うと降下に入った。

燃料切れだと佐東はいい、ＡＴＤ－ＸⅡが降下に入ったときには、すでにエンジンが止まっていたらしい。

位置エネルギーを速度に変換しながら硫黄島に向かったATD－XⅡは高度六千フィートで徐々に引きおこし、滑走路直前でギアを下ろした。無事滑走路にたどり着いたもののタイアが白煙を上げ、機体が大きく沈むほどの激しい着陸《ハードランディング》となった。何とか減速したが、停止したときには滑走路を外れていた。

「フレームアウトはいただけなかったがな」

どれほど性能のよいエンジンでも燃料がなくなれば、燃焼停止《フレームアウト》に陥ってしまう。武藤がドラム缶の上に並んでいる空き缶の一つにタバコを捨てたとき、佐東が姿を見せた。

「こちらにおられましたか」

「ATD－XⅡはどうだ？」

郷谷の問いに佐東は苦笑し、首を振った。

「目に見えるひび《クラック》はありませんけど、精密検査をしなくちゃもう一度飛ばすわけにはいきません。あれでテスト飛行は終了です。始末書ものですね」

武藤が二本目のタバコに火を点けていう。

「見事な指揮だったたな」

佐東がぱっと顔を輝かせる。

「武藤隊長に褒めていただくなんて光栄です。でも、傍目八目《おかめはちもく》なんですよ」

武藤と郷谷が黙って見返すと、佐東が言葉を継いだ。

「ＥＯ‐ＤＡＳが二セットとデータリンクで硫黄島のレーダーサイトとつながってましたから」

二セットのＥＯ‐ＤＡＳという意味はわかった。Ｃ‐１が吊りさげていたポッドとＡＴＤ‐ＸⅡに搭載されていた。

「データリンク？」郷谷は訊きかえした。「Ｃ‐１にそんなものまで積んでたのか」

「正規のデータリンクはＡＴＤ‐ＸⅡだけに積んでました。一応、Ｃ‐１とＡＴＤ‐ＸⅡはリモコン操縦で結ばれてましたが、ＡＴＤ‐ＸⅡが受けとった情報はすべてＣ‐１でモニターできるようになってました」

「ＥＯ‐ＤＡＳが二つに地上レーダーの情報か」郷谷は唸った。「頭ん中がごちゃごちゃになりそうだ」

佐東がにっこり頬笑んだ。

「その点はＡｉＣＯが情報統合してくれてますから大丈夫です。私に提示されるのは、つねに必要最低限の情報だけです。それも映像で」

郷谷が首をかしげると佐東がつづけた。

「簡単ですよ。私はブレインギアを使ってましたが、目の前に現れるのは何もない空間に四機のシンボルマークだけなんです。空中戦を見下ろす格好ですね。しかもそれぞれ色分けされてますから誰の乗機かはわかっています。その上でA i COが指示を出してくるんです。武藤隊長やチャンプの動きを予測して、千田隊長がどの位置について、自分はどこへ向かうかって。私はA i COの指示を千田隊長に伝えていただけですよ」

「なるほどそれで傍目八目か」武藤が感心していう。「まあ、飛行機を壊したのは残念だったけど」

「ええ」佐東はあっさりうなずいた。「でも、誰も怪我をしたわけじゃありませんからね。無人機は死兵と同じです。古今東西あらゆる戦場で死を恐れない兵士ほど厄介な敵はありません」

きっぱりと言い切ったが、すぐに苦笑いを浮かべた。

「そもそも無人機ですから死を恐れるパイロットは乗っていませんし、それ以前にATD－XⅡはテスト用の模型飛行機ですからね」

たしかに佐東のいう通りなのだが、後ろに回られた身にすると自分まで馬鹿にされたような気がして、郷谷は不快に感じた。

「テストも中止になりましたし、明日の入間行きの定期便に座席が確保できたんで私は一足先に戻ります。武藤隊長が来てくれたおかげで望外の資料まで入手できましたのですぐにも解析にかかりたいんです」

その後、千田から戻るのは佐東一人で残りのメンバーは予定通り明後日まで硫黄島にいると告げられた。ＡＴＤ－ＸⅡの機体、エンジンを運ぶためのＣ－１３０が予定通りにしか飛ばず、送りだす作業があるためだ。自衛隊もなかなか融通が利かない。

「どうして台北くんだりまで来て馬鹿高いフランス料理を食わなきゃならないんだと思ってるでしょう」

テーブルの向こうでグラスを手にした楊がいった。

「いえ」

世良は頬笑んで首を振り、コニャックをひと口飲んだ。昨夜台北に到着し、さっそく楊に連絡を入れたのだが、市内にあるフランス料理店を指示された。台湾でも一、二を争う高級店で支払いはもちろん警視庁もちになる。高額の接待は情報源として重視しているというサインであり、諜報の世界ではもっとも初歩的ながら重要な手法である。約束の時間に店に来ると個室に案内された。楊はすでに来ていて、座ったまま手を上げた。すぐに食前酒が運ばれてきて、食事が始まった。コース料理を味わい、食後のコニャックが出されたところだ。

ドアがノックされる。楊が応じるとドアが開いて、若い男が入ってきた。世良は思わず息を嚥んだ。中国軍機が墜落した夜、〈閣下〉といっしょにいた男の一人なのだ。つかつかと歩みより、テーブルのわきに立った男を手で示して楊がいった。

「紹介しよう。私の五番目の息子、道明《ダオミン》だ」

「初めまして」

道明が会釈する。世良はあわてて立ちあがった。

「世良と申します。初めまして」

道明が手近の椅子を引いて腰を下ろし、世良も座った。道明は失礼と世良に断ってから楊と話しはじめた。世良にわかったのは、二人が使っているのが北京語《マンダリン》ではないというだけ。道明の話を聞きはじめた楊の表情が曇ったが、世良は素知らぬふりをしていた。うなずいた楊は笑みを浮かべて世良を見た。

「失礼した。道明は貿易会社を経営していて、日本語にも堪能だ。〈閣下〉が台湾に来られたときには案内役を務めている」

台北市内にいた〈閣下〉をタイミングよく撮影でき、写真を楊が入手できた理由がわかった。

「実は私は台湾北部の山岳地帯にある小さな村の生まれでね。さっき息子と話したときの言葉は村の方言なんだよ」

山岳地帯に昔から住む種族は独自の言葉を持っている。文法も語彙《ごい》もまるで違う言語を方言と称するのは中華民国政府を慮《おもんぱか》ってのことだ。

「ふだんから肝心な話はまず方言で報告するようにいってあるものだから。申し訳ない」

「いえ、気になさらないでください」

「道明に探らせていることがあったんだ。十月三十日の夜、私が出た集落の近くで轟音が聞こえたという話があってね。ジェット機の爆音のような感じだったという。ひょっとしたらと思って探らせていた」

世良は思わず身を乗りだした。

「何かわかったんですか」

「いや」楊は首を振った。「残念ながら噂の域を出なかった。その代わり道明が面白いものを見つけてね」

楊が目で合図をすると道明は上着の内ポケットから折りたたんだ紙片を取りだし、

世良に渡した。開いてみると、平べったい飛行機の写真が印刷されていた。機体は真っ黒でかたわらに背中を向けた男が立っている。男は黒っぽいつなぎを着ていた。屋内で撮影されたもので壁際には工具や部品を並べているらしいスチールの棚が写っていた。

飛行機の胴体はもっとも高いところでも男の胸ほどでしかなかった。

「それほど大きな飛行機じゃありませんね。大型のラジコン機のようなものですか」

「似たようなものかな」楊が答えた。「リモコンで操縦するからね」

「なるほど」世良はうなずき、写真を子細に眺めた。「見たところ、人が乗りこめるコクピットはありませんね」

その下にもう一枚写真が印刷されている。

「下のカットは何でしょう？　機関銃のように見えますが」

「航空機搭載用のレールガンだ。写りが悪くて申し訳ないが、今のところそこまでつかむのが精一杯でね」楊が苦笑して肩をすくめる。「それとこれ以上の説明は私の手にあまる。道明に話をさせたいが、かまわないかな」

うなずいた世良が目を向けると道明は早速話しはじめた。

「レールガンは電磁誘導によって物体……、つまり弾丸を飛ばす装置で、砲というよりむしろ電子機器の一種とお考えいただくのがよろしいかと思います。世良さんもご存じだと思いますが、わが国の製造業分野ではエレクトロニクス関連企業が中核を占めておりまして……」

部品を供給する下請け企業としてスタートした台湾の電子電機メーカーは今では世界でもトップクラスの大企業に成長している。中でも最大手のメーカーが経営危機に陥っている日本のあるメーカーの救済に乗りだしており、年明けにも買収劇に発展するのではないかと見られていた。規模が大きくなれば、それだけ人、技術、資本が集中し、新たな技術の研究、開発が進められる。レールガンもそうしたうちの一つだと道明はいう。

日本語によるよどみない説明にうなずきながらも世良はまったく別のことを考えていた。

なぜ、今になって楊は息子を紹介してきたのか……、手の内を明かすには相応の理由がなくてはならないはず……、楊の狙いはどこにあるのか……。

そもそも道明とは何者なのか——日本に帰ったらまずはその調査に着手しようと決心した。

第五章　那覇へ

1

　ヘッド・アップ・ディスプレイに表示されている数字は意識して目の焦点を合わせることがなくても読みとれる。高度四万フィート、機首方位《ヘディング》二百八十四度、機速はマッハ0・9——ただし、百ノット近い西風が吹きつけていた——、F-15としてはのんびりした巡航モードだ。水平線上に大きな島影が姿を現しはじめたが、高度、飛行姿勢、機首方位は自動的に保たれ、空域への進入許可を求めるのはまだ先なのでとりあえず郷谷にはすることがなかった。

「何が起こったっていうんですかね」

　後席の千田に話しかけた。

「さあね、さっぱり想像もつかん。おれも命令を受けたときに理由を訊いたんだけど、司令部の方でも何も聞かされていないらしい。あっちで聞けっていわれちゃったよ」

今朝、入間基地に向かう定期便で佐東が飛びたった。ＡＴＤ－ＸⅡは整備格納庫で翼を取り外す作業にかかっている。残った飛実団のメンバーは朝食を済ませると、とくにすることがなく、Ｆ作戦《オペレーション・フォックス》——Ｆはフィッシュの頭文字、早い話が魚釣り——かなどと気楽なお喋りをしていた。

そのとき、千田が分屯隊司令部に呼ばれ、飛行開発実験団司令部から新たな命令が伝えられた。ただちに離陸準備にかかり、完了次第、Ｆ－15ＤＪ、Ｃ－1とともに那覇基地へ飛べという。

硫黄島を飛びたったのは一時間半ほど前で、すでに南大東島《みなみだいとうじま》の南に設定されたイニシャルポイントを通過し、機首方位をやや北寄りに変更している。

「チャンプはＡＴＤ－ＸⅡをどう思った？」

千田が訊いてきたが、唐突という感じはなかった。昨日の空中戦テスト以降、郷谷はＡＴＤ－ＸⅡについて考えつづけてきたし、千田にしても同じなのだろう。

「びっくりしましたよ。リモコンであんな操作ができるなんて」

「無理もないな。テストパイロットになりたての頃、おれはＱＦ－１０４の運用に関わってたんだ」

「へえ」

QF－104は〝最後の有人戦闘機〟というキャッチフレーズが冠された米ロッキード社製F－104を無人標的機に改造したものだ。雪乃といっしょに初めてアトラス・シックスに行ったとき、三菱重工小牧南工場に展示されていたのを見た。

「隊長って、そんなに年でしたっけ」

「QFへの改造が始まったのは全機が退役したあとだし、その頃おれはまだ防衛大学校《ぼうだい》に入ったばかりだよ」

「それくらいの年回りでしょうね」

年齢では千田が二つ上になる。

「用途廃止《ようはい》が決まったんだが、現役でまだまだ飛べるのが三十九機も残って、さすがにもったいないって話になったんだろう。それで無人標的機の研究と改造費用の予算がついた。研究と実験に九年かかって、実際に運用が始まったのは平成八年。全部で十四機が無人標的機に改造されたんだが、二年で全部撃ち墜とした。おれが参加したのは本当に最後の方……、平成九年だった。だからとっくに無人機になってたけど、最初は万が一の事態に備えてパイロットが乗りこんでたそうだ」

「リモコン操縦のマルヨンに？　怖いな」

「怖さは半端なかったと思うよ」

テストパイロットの任務の一つに工場から出荷されたばかりの戦闘機を受領するにあたって、搭載されているシステムがすべて機能するかという試験がある。たとえば、F－2には最低限の安全を保つため、下限高度が設定できるようになっており、不用意に、あるいは不可抗力によって高度が落ちすぎると警報が鳴り、ヘッド・アップ・ディスプレイに大きな×印が表示されるようになっている。実際に運用していて×印が出ることはない。あきらかな異常事態なのだ。テストパイロットは下限高度を意図的に割り、警告が表示されるかを試験する。回復機動《リカバリー》がわずかでも遅れれば、地表に激突する。

この最終安全機構に切り替えスイッチはなく、通常の手順に沿って高度を下げる分には当然作動しない。確認するためには、テストパイロットが実際にいざ、という、ときを再現するしかなかった。テストパイロットたちの勇気と使命感には敬服するが、やってみたいとは思わなかった。そのテストパイロットの長である千田をして怖さが半端ないといわせている。

「実験から運用……、早い話、ミサイルで撃墜するんだけど、全部硫黄島で実施したんだ。地上にコクピットを作って、QFに積んだテレビカメラの映像を見ながら離陸から着陸まで全部やったんだけど、大したもんだと思ったよ。当時、リモコン操縦の分野では日本が世界ナンバーワンといわれたんだが、今でも変わらないんじゃないかな。その後も研究はつづけているし、平成十六年、十七年にはATD‐Xの五分の一模型を飛ばしている」

「研究と実験の積み重ねがあるんですね」

「その通り。だけどATD‐XⅡには、正直おれも驚かされた。編隊飛行どころか、指揮を執れるんだから……、いや、そこはコントローラーを褒めるべきかな」

「サトリは傍目八目といってましたがね。ATD‐XⅡ本体とC‐1のポッドのEO‐DASと、地上レーダーのデータを統合して、上から見下ろすようにACMのCG映像を作ったって」

「それで指示が的確だったというのか」

「楽っちゃ楽でしょう。ブギやおれを見逃すことはないし、隊長がどこにいるかも見えてる。今なら空戦機動計測評価装置《ACMI》があるから飛行後の打ち合わせ《デブリ》のときにパソコンを使って三次元解析をやるでしょ。それを飛びまわってる最中にやってたというんですからね。おまけに何とかって人工知能……」

「ＡｉＣＯだね」

「それがおれたちの飛行経路を予測してただけでなく、指示まで出すんで、奴はそれに従っただけだといってました」

「何だか空恐ろしいな」

「サトリはパイロットを助けるための手段だといってましたよね。たしかにいろんな情報が押しよせてきて一々計器で確認するのはしんどくなってます。必要な情報だけ選択して教えてくれて、その上、どこへ行け、あれを撃てって指示してくれるのはありがたいのかも知れませんが、実戦配備までに何年かかりますかね」

「ＡＴＤ－Ｘにしても三十年、四十年先を見据えた計画だというが、その頃にわが国を取りまく情勢がどうなっているかなんて誰にも想像もつかんだろ」

「一つだけ確実なことがありますがね」

「何だ？」

「隊長もおれもとっくに定年退職してる」

千田と郷谷はあと十年ほどで定年を迎える。自衛官の通常の定年は五十五歳、空将補で五十六歳に延長され、空将まで昇進し、さらに統合幕僚長にでもなれば、六十歳まで勤務できるが、千田がそこまで出世するかはわからない……、たぶん、しない。

ほどなく郷谷は沖縄進入管制に連絡を入れ、高度を下げるよう指示を受けた。

那覇空港は一本の滑走路を航空自衛隊だけでなく、陸上、海上自衛隊、民間の航空会社も利用している。ラッシュ時ではなかったが、それでも着陸しようとしている何機もの間を縫うようにして降り、タクシーウェイを経て、那覇基地の駐機場にF－15を停めた。降機後の点検が済んだ頃、南西混成航空団司令部の1等空佐が近づいてきて、郷谷と千田をそばに停めたステーションワゴンに押しこみ、基地を出た。ヘルメットバッグを抱え、装具をつけたままである。十分ほどで大きな建物の玄関に着き、車を降りると待ちかまえていた初老の男が声をかけてきた。

「お待ちしてました。沖縄県警の深水と申します」

「ここは？」

千田が訊く。

「沖縄県警本部です」

深水が穏やかに答えた。

ぶはっ——郷谷は一気に息を吐き、目を開いた。ソファの背に頭を載せ、両足を投げだしている。いつの間にか眠りこんだらしい。

「どうした？」

千田が声をかけてきた。

「何でもありません」

郷谷は躰を起こし、手のひらで顔を拭う。汗でぐっしょり濡れていた。

「夢、見てたようです」

ついさっき飛行教導隊伝説の男に追いまわされていた。振りきっても振りきってもまだらのＦ－15が後方へ入りこんでくる。教導隊が使っている二人乗りのＦ－15は視認しやすく、姿勢もわかりやすいようにグレー地にさまざまな色で大きなまだらが描かれていた。

〝どうした、サル。そんなんじゃ、とても逃げられんぞ、サル〟

イヤレシーバーに響いた声が蘇る。

昨日、ＡＣＭテストの際、ＡＴＤ－ＸⅡがいきなり四番機のポジションに現れたのを見て、伝説の男を思いだした。すでにチャンプを名乗っていたが、その男にはずっとサルと呼ばれた。

〝チャンプなんざ、十年早いぜ〟

由来はゴーヤチャンプルーだが、伝説の男には関係なかった。教導隊の内部錬成において、郷谷はよく相手をさせられた。期待されてるんだよ、といったのは武藤だ。伝説の男と武藤は仲がよかった。

きつい旋回をして、強烈なGに押さえつけられているときには全身の筋肉を強ばらせ、血液が落下していくのを防ごうとする。当然、息が詰まった。Gに逆らい、腹筋を使って短く吐きだすしかなかった。夢の中とはいえ、躰は反応する。

夢を見た理由はわかっていた。ATD－XⅡの出現の仕方だけでなく、佐東の編隊指揮ぶりが教導隊の内部錬成を思いださせたからだ。傍目八目とはいえ、佐東がいつの間に身につけたものか、ウィングマンを務めた千田に対する指示は的確で隙がなかった。

千田は肘かけに置いた手を頰杖にしてテレビを見ていたようだ。音量は低く絞ってある。ドラマの再放送のようだ。

「いつまで待たせるんですかね」

郷谷の問いに千田は首をかしげた。

着陸後ただちに那覇基地から沖縄県警本部まで連れてこられた。玄関には深水と名乗る男が待っていて、郷谷と千田を向かい合わせのソファとテーブル、テレビがあるだけのこぢんまりとした応接室に案内した。折り畳み椅子を二脚持ってきてもらい、救命装具、ハーネス、Gスーツをかけ、ヘルメットバッグは床に置いた。ほどなく昼食だとしてコンビニエンスストアの弁当とペットボトル入りのウーロン茶が運ばれてきた。トイレの場所を教えられ、しばらくこちらで待って欲しいと深水はいった。それから二時間になる。

「まるで容疑者扱いだ」

郷谷はテーブルに置いたウーロン茶を取り、キャップを外して流しこむ。ぬるかったが、思いのほか咽が渇いていたようでうまかった。

千田が苦笑する。

「容疑者扱いなんてテレビドラマの見過ぎだよ。引っぱられる理由がない」

「おれは一つか、二つ」

ぎょっとしたように千田が郷谷を見る。

「冗談っすよ」

「チャンプがいうと冗談に聞こえないな」

ペットボトルにキャップをしてテーブルに置いたとき、ドアがノックされ、深水が顔をのぞかせた。

「大変お待たせしました。どうぞ、こちらへ。荷物は置いたままでも結構です」

深水に案内されたのは同じ階にある部屋だが、応接セットではなく、簡素な会議用テーブルを折り畳み椅子が囲んでいた。中に待っていた男が立ちあがった。背はそれほど高くないが、がっちりとした体つきでセルフレームのメガネをかけていた。

「警視庁の世良と申します。お二人のことは存じあげております。どうぞおかけください」

「警視庁?」

「はい」

「ここは沖縄ですが」

千田の言葉に世良がにっこりする。

「必要があれば、日本全国どこへでも行きます。今朝はいきなり硫黄島から那覇に飛ぶよういわれて面食らわれたと思いますが」

千田は郷谷をちらりとふり返り、世良に向きなおってうなずいた。

「ええ。飛ぶ理由はこっちに来れば説明されるといわれたんですが」

「その通りです」世良はうなずき、千田から郷谷へと視線を動かした。「今朝早くアトラス・シックスのリーダー、藤田光夫氏が亡くなっているのが見つかりました」

郷谷は呆然としてつぶやいた。

「どうして？」

だが、世良は落ちついた様子でテーブルの向かい側の椅子を手で示した。

「おかけください。順を追ってご説明します」

郷谷と千田は折り畳み椅子を引いて腰を下ろした。世良も座ったが、深水は部屋に入らずにドアを閉め、二人の前に座った世良が切りだした。

「名古屋市内の賃貸マンション……、単身赴任をしている藤田氏が借りていたものです。そちらの浴室で首を吊っているのを愛知県警の捜査員が発見しました。藤田氏にちょっとお訊きしたいことがあったのですが、これで永遠に機会が失われた」

世良の前にはファイルが置いてあったが、手を触れようともしなかった。

「首を吊ってということは自殺ですか」

千田が訊く。世良は千田に目を向けた。

「状況から見て、自殺がもっとも自然ですが、今のところ遺書は見つかっていません。愛知県警が自殺、事件の両面で捜査にかかっています」

郷谷は身を乗りだした。

「警察は藤田さんに何を訊こうとしてたんですか」

「先月の三十日に墜落した中国空軍機について」

世良は手元のファイルを開いたところで手を止め、ふたたび二人を見て、右の人差し指を立てた。

「それにもう一つ。佐東氏も行方をくらましました」

郷谷はまじまじと世良を見た。

「佐東氏は本日昼頃に小牧基地に到着したのですが、基地を出たあと、行方がわからなくなっています」

「名航に戻ったんじゃないんですか」

間の抜けた質問に違いなかった。名航――三菱重工業名古屋航空宇宙システム製作所に戻ったのなら行方不明というはずがない。

世良は首を振っただけで回答とし、次いで失礼といって立ちあがると壁際に置かれた電話機に近づいた。受話器を耳にあて、ボタンを押す。

「ああ、お連れして」

世良がふたたびテーブルに戻るとほどなくドアが開き、深水が顔をのぞかせる。身を引くと入れ替わるように雪乃が入ってきた。C－1は郷谷たちが離陸した直後に硫黄島を発っているので那覇に到着していても不思議はない。雪乃が世良のとなりに座ったが、深水はまたしても部屋には入らなかった。世良がいう。

「実はお二人にお待ちいただいている間、雪乃博士からお話をうかがっていたんです。いろいろ興味深いことがわかりました」

世良が雪乃を見やった。

「お二人にもう一度お話しいただけますか」

「はい」

雪乃は血の気の引いた顔をしていたが、表情には力があった。

「昨日、一昨日とATD－XⅡをコントロールしていたのは佐東さんではありません」

郷谷と千田はぽかんと雪乃を見返した。雪乃は二人を交互に見て言葉を継いだ。

「ATD－XⅡはAiCOが操縦していました。昨日、二度目のテストのとき、千田隊長に指示を出したのもAiCOです。佐東さんはAiCOの言葉を伝えたに過ぎません」

わずかに間を置き、雪乃がいった。

「ATD－XⅡは佐東さんの夢を実現するための飛行機なんです」

郷谷ははっとした。

「そういえば、サトリが夢っていってたけど、どんな夢かまでは聞けなかった」

「佐東さんの夢は戦闘機から最大の弱点を取りのぞくこと……、パイロットを下ろすことです。そのことを話してくれたのは、私がアトラスに参加して間もない頃……、歓迎会だといって藤田リーダーと佐東さんが食事に誘ってくれたときでした。いきなり将棋の話をされて……」

「将棋？」

千田が怪訝そうに訊きかえす。雪乃の代わりに世良が答えた。

「本事案では将棋が重要なキーワードになっております。雪乃博士の話をお聞きして、おぼろげながら全容が見えてきました」

世良は雪乃に顔を向けた。

「まず、佐東氏と初めて会ったときのことから話していただけますか。若干回り道になりますが、その方が千田さん、郷谷さんにも理解していただきやすいと思いますので」

「わかりました」雪乃はあらためて千田、郷谷に顔を向けた。「初めて佐東さんに会ったとき、彼はこう切りだしたんです。世が世ならぼくは……」

2

「……プロ棋士として大成してたでしょう」

ワイングラスを手にした佐東はとろんとした目でいった。顔は真っ赤で呂律《ろれつ》が少々怪しい。

こ奴、かなり酔ってるなと雪乃は思った。

佐東が破顔する。

「なーんちゃって。才能がないからダメだったでしょう」

イタリアンレストランは住宅街にあった。小さな店だが、オーナーシェフがちょっとした有名人で人気があるという。午後十時をまわり、雪乃、佐東、藤田が囲むテーブルのまわりに客はなかった。

「運が悪かったんだよ」

藤田が口を挟み、その年は後に竜王になった人物が四年生にして小学生の名人戦で優勝したという。

「そう」うなずいた佐東がワインを飲み、大きく息を吐いた。「ぼくより二歳下でしたからね。噂は耳にしてましたが、まさか負けるとは思っていませんでした」

「あと一歩まで行ったという話じゃないか」

「相入玉《あいにゅうぎょく》にできそうだったんです。そうすれば、点数計算になって、ぼくの方がほんのわずか有利だった。でも、一手足りませんでしたね。ミスだったなぁ。彼の玉を深追いしないで、ぼくも入玉を目指すべきだった。あっちはそこまで読んでたんですね。相入玉になると不利だって。だからぼくが九十八手目で王手をかけなかったとたん、反転攻勢をかけてきて……」

佐東は苦笑いして、ワインのボトルに手を伸ばし、自分のグラスに注いだ。四本目のワインだ。藤田も雪乃もグラスに二杯ほど飲んだだけでしかなく、あとは佐東が飲んでいた。グラスを手にした佐東が小さく首を振った。

「死んだ子の年を数えるって奴ですよ」

「それって小学生の名人戦の話ですよね」

雪乃は何気なくいった。

佐東が大袈裟に目を剝く。

「そこが肝心なんです。小学生のうちに全国一になれるかなれないかで将来が決まる。別に優勝しなくてもプロ棋士にはなれますが、名人とか竜王といったタイトルにからめるクラスは小学生のときに一番になってる。二番じゃ、ダメなんです」

猛烈な勢いに圧倒され、雪乃が黙りこむと藤田が助け船を出すようにいった。

「でも、そのおかげで……、おかげでといっちゃうと佐東さんには申し訳ないけど、私は君に会えた」

佐東がにんまりし、横目で藤田を見た。

「二〇一二年一月十四日が運命の日でしたね」

「二つの意味でね。コンピューター将棋と我々にとって」

藤田が語りだした。その日、すでに引退していたとはいえ、永世棋聖の称号を持つ元プロ棋士とコンピューター将棋とが真っ向から戦い、コンピューター側が勝ったという。対戦は千駄ヶ谷の将棋会館で行われたが、インターネットで生中継された。将棋会館の近くにイベント会場が設けられ、大型ディスプレイに映しだされた中継の模様を見ながらアマチュアの強豪たちが解説する催しが開かれた。二人はそこで出会った。

「私が佐東さんに声をかけたんだよ。何しろ目立つ格好をしてたから」

藤田がにやにやしながらいう。

「目立つ格好って？」

雪乃はどちらにともなく訊いた。佐東が答えた。

「航空自衛隊の制服を着てたんですよ。その日、午前中に知り合いの葬儀に出たんです。退職する前でしたからね」

藤田があとを引きついだ。

「最初、あのイベントに行くつもりはなかったんだ。実は私は昔……、九〇年代の半ばくらいに人工知能に将棋をさせようとしていた。そっちは趣味でね。自分はコンピューターを専門にしてきたし、佐東さんほどじゃないけど、将棋もそこそこ強かった。それで二つを結びつけようとしたんだけど、あの頃は黎明期でね。コンピューターの性能も今ひとつだったし、ソフトはまるで弱かった。ルールさえ、満足に守れない状態でね。そのうち自分の研究の方が忙しくなって、自然と縁遠くなっていた」

自分の研究というのは人工知能を飛行機操縦の補助手段として活用することだと藤田はいった。大学の研究室で試行錯誤をくり返しているだけで、航空機メーカーから助成は受けていたものの防衛産業とは関わりがなかった。

ATD－Xは二〇〇九年に実証機の研究から詳細設計段階に進み、のちのアトラスとなる組織が作られていたが、藤田が参加したのは二〇一二年からだ。雪乃は藤田にヘッドハンティングされたとき、アトラスの概要、そして藤田が参加したことでアトラス・シックスが新設されたと聞いている。

「会場の隅に青い制服を着ている男が立っている。気になって近づいてみたらウィングマークをつけてるじゃないか。天啓だと直感したね。そして直感は当たっていた」

「直感といえば……」佐東はワイングラスを目の前でゆっくり回しながらいった。

「あの日の夜、そんな話をしましたね」

「したねぇ。初対面の人と一晩中飲み明かしたのは、後にも先にもあのときだけだった」

雪乃は二人を交互に見ながら訊いた。

「直感って、どんなお話をされたんですか」

「将棋の世界ではね」

佐東は目を輝かせて話しはじめたが、雪乃にしてみれば、また将棋の話かと少々うんざりする思いだった。

「定跡を覚えるのも大事なんだけど、盤面に駒が並んでいる様子を見た瞬間にいい手か、そうじゃないかが感じられないとあるレベル以上には行けないといわれてたんだ。それをセンスとか才能っていってるんだけど、同じようなことが戦闘機のパイロットの世界でもいわれててね」

さらに酔いが回ったのか佐東の言葉遣いがぞんざいになっていたが、本人は気づいてもいない様子だ。

「ACMやってる最中には、互いに五百とか六百ノットで飛びかってるから相対速度は音速を超える。五マイル、六マイルなんて秒単位で縮まる。しかも三次元だろ。前後、左右、上下……、どこに味方がいて、どこに敵がいるか、それぞれがどっちに向かって飛んでいて、何を狙っているか、それを把握しなくちゃいけない。それをうまい連中は一瞬で判断しちゃうんだな」

「空中戦の名人みたいな人がいるんですか」

雪乃の問いになぜか佐東は唇を歪めた。

「うまい、下手はあるよ。中でも飛行教導隊というのがあってね。全国の飛行隊から空中戦の名人上手が集められるんだ。教導というくらいだから指南役さ」

佐東は自分の言葉にうなずいた。

「実際、うまい……、というか強い。あいつらは怪物だよ。だけどさ、こっちだって強いファイターパイロットになりたいわけよ。ぼくが東大出だろうと、そんなの関係ないでしょ。純粋に強くなりたいんだから。だから根掘り葉掘り質問するんだけど、連中は要は鞍数だっていってさ。全然科学的じゃない」

「また将棋の話に戻して申し訳ないが……」藤田が口を挟んだ。「二〇〇五年に画期的なコンピューター将棋のプログラムが登場する。制作者はそれほど将棋が強かったわけじゃなくて、そのことがかえって幸いしたんだ」

雪乃は首をかしげて藤田を見た。

「それまでの将棋ソフトは……、私もそうだったけれど、人間の思考法をたどろうとしていた。次の一手を選ぶときに名人であれば、どう考えるかというのをプログラムで実現しようとした。なまじ自分でも将棋を指すし、強いんだという自負もあったからね。だけどくだんのソフト開発者は将棋に関しては素人同然だった。これが幸いしたんだな」

藤田は雪乃に顔を向け、一つうなずくと言葉を継いだ。

「彼はとにかく棋譜……、対局のときの駒の動きを記録したものだけど、これを六万局分入力してデータベース化した。当時、パソコンの性能が飛躍的に向上したんだ。これも大きかった。その開発者は自分で考えず、単純にパソコンに答えを選ばせるようにしたんだ」

「どういうことです？」

「さっきもいったようにその開発者は将棋に関しては素人同然だった。だから次の一手をパソコンに選ばせるようにした」

「どうやって……」

雪乃が絶句すると、わかるよとでもいうように藤田はうなずき、人差し指を突きたてた。

「ある局面でルール通りに駒を動かす方法、つまり指し手だよね、これが八十くらいといわれている。おおよそ一局あたりの平均的な指し手の数は百十五くらいといわれるから、一局あたりの指し手の数は百十五の八十乗、つまりおよそ十の二百二十乗となる。ここまではいいかな？」

雪乃がうなずくと藤田はつづけた。

「いくらコンピューターが発達しても一手ごとにすべての指し手を検索するのは不可能じゃないにしても容易でもない。だからある一手について三手先にどのように展開するかだけを考えるようにした。さっきもいったようにある局面で考えられる指し手は八十だね。八十の指し手の三手先なら展開としては四千九十六万通りとなる。このくらいならべらぼうに多いというほどでもない。次に一つの手の評価を数値化するプログラムを書いた。まず駒ごとの価値と位置だね。次に動かすことによって得られる相手の駒なんかを一つひとつ数字にして、三手先に考えられる四千九十六万通りの手について全部数値化できるようにした。その上でもっとも点数の高い手をパソコン自身に選ばせるようにしたんだ」

藤田が身を乗りだしてくる。

「ここで革命が起こった。わかりますか」

にやにやする藤田が不気味で雪乃は身を退き、首を振った。

「プロ棋士がある局面にあたって考えるのも大体三手といわれる。だけど、人間に四千九十六万通りの指し手を思いうかべて、それぞれの損得勘定をしろというのはどう考えたって無理な話だ」

「それが革命ということですか」

ふむとうなった藤田はワインをがぶりと飲んだ。

「プロ棋士はある局面にあたって三手どころか十手くらい先まで読むともいわれるけど、もっと時間を費やして考えているのは、数手先に現れるであろう未来の盤面なんです。それを眺めて、それがいい盤面か、そうじゃないかを直感で判断する。こうした判断はコンピューターには難しい」

「直感では劣っても局面ごとに想定されるすべての指し手を予測して数値化した方が勝てるということですか」

「その通り。大きくコンピューター将棋が進歩するのは、二〇〇五年に登場したソフトなんだけど、この制作者はね、プログラムを開示して誰もが利用できるようにした」

「真似されちゃうじゃないですか」

「彼は将棋指しじゃなく、科学者でありたいと思った。理論に再現性がなければ、科学とはいえないってね」

「藤田さんとぼくは同じことを空中戦でもやれないかと思ったんだ」

佐東が口を挟んだ。上体がゆらゆら揺れていて、目の焦点は合っていなかったが、言葉はしっかりしていた。

「将棋ソフトでは飛車、角がその局面で動ける数を評価の対象とする。戦闘機ではE－M理論といわれる。エネルギーと機動《マヌーバ》性の関係をあらわしたものだ。単純にいえば、速度が遅くても高度があれば、降下することで位置エネルギーを速度に変換できる。逆に低い位置でも速度があれば、運動エネルギーはたっぷり持っていることになる。個々の戦闘機の性能、気象条件、そして何よりパイロットの技量によって左右されるんだけど、機動エネルギーの法則は原則的に変わらない。そして今の戦闘機はフライ・バイ・ワイヤで、パイロットの操作は信号になり、コンピューターが実際に機体を動かす。つまりすべてデータ化されているということだ。その上ACMの状況なんかもコンピューターに記録されるようになった。もっと昔のものでもガンカメラの映像とか、パイロットが手書きしたフライトログなんかもある。全部ひっくるめてデータベース化して、それぞれの機動について評価するためのアルゴリズムを作りあげれば、ACMのための人工知能ができるというわけさ」

「そして私と佐東さんはやった」藤田が引き取った。「私は彼と出会って、一晩飲み明かした翌日には基本的なプログラムの設計をしたよ。理屈だけなら一日でできた。それから三年かけて、我々はデータ収集とデータベース化に取り組んできたわけだ」

となりのテーブルに若いカップルが来てからは話は弾まなくなり——いくら酔っているとはいえ、佐東もさすがに声高に話すのははばかられたようだ——、ほどなくお開きとなった。

その夜、佐東が雪乃に要は鞍数の問題と話していたのには心当たりがあった。佐東と藤田が出会ったのが二〇一二年一月で、前年秋の教導でさんざんに叩きのめしたあと、デブリーフィングで空戦の要領ばかりを訊こうとする佐東に鞍数が問題だといったのが他ならぬ郷谷なのだ。佐東との出会いについてひと通り語り終えた雪乃だったが、口をつぐんだあとも郷谷を見つめている。

「何か……」

「こういうことを申しあげるのは、郷谷さんや千田さんには失礼かも知れませんが」

郷谷はちらりと千田を見たあと、雪乃に視線を戻してうなずいた。

「かまいませんよ、どうぞ」

「お店を出たあと、佐東さんがいったんです。今や戦闘機にとって最大の弱点は生身のパイロットが乗っていることだって」

「初めてアトラス・シックスに行ったとき、サトリは私に感謝してるといいました。ファイターパイロットとしての自分に引導を渡してくれたおかげで、本来の道に戻ることができたと」

雪乃が小さくうなずく。

「佐東さんは弱点を取りのぞいて最強の戦闘機を作りあげるのが目標だといってました」

「そのためには8Gや9Gで目を回すパイロットなんて邪魔だといいましたか」

「少なくとも最前線を飛ぶ戦闘機にはもう要らないという言い方でしたが。苛烈なGや酸素不足にさらされれば、いくら訓練を積んだパイロットでも判断力の低下はまぬがれない。だけど人工知能であれば、どちらにも影響されずつねに的確な判断が下せる」

郷谷は鼻で笑った。

「最前線か……、随伴機《チェイサー》でモニターさえしてればいいってことですかね」

「おそらく」

雪乃はもう一度うなずいた。

千田が割りこむ。

「ちょっといいですか」

雪乃が顔を向けると千田はつづけた。

「将棋の人工知能がどのように戦闘機を操るのかはまだ充分に理解できないんですが、コンピューターが飛行機を飛ばすというのはわかります」

現代の戦闘機は多くがフ《F》ライ・バ《B》イ・ワ《W》イヤを採用している。入力される信号を発したのがパイロットであろうと人工知能であろうと飛行機は従順に応じるだろう。その点、F－15はFBWへの移行前に設計されており、パイロットと機体との間にコンピューターが介在する部分は限定的でしかない。それがF－2、そして次期主力戦闘機のF－35となればFBWであり、ATD－XⅡにいたっては外部からの電磁波の影響を受けにくい光ファイバーを使ったフライ《F》・バイ《B》・ライト《L》だ。

「しかし、どのようにしてデータを収集するんでしょう？」千田が首をかしげた。

「たしかにＡｉＣＯは航空自衛隊のパイロットを模擬していたようには見えましたが」

硫黄島で二回にわたって行ったＡＴＤ－ＸⅡとのＡＣＭ実験を郷谷は思いうかべた。ＡＴＤ－ＸⅡの機動や佐東の指揮——実際にはＡｉＣＯが行っていた——は、教導隊の内部錬成を思い起こさせ、さらに伝説の男が立ちあがってくるのさえ感じた。

「シミュレーターを使います。状況《シチュエーション》を構築するのはコンピューターですし、そのときに乗りこんでいるパイロットがどのように反応して、どう操作したか、すべてコンピューターに記録されます」

　雪乃はかすかに顔をしかめ、郷谷を見た。

「それとブレインギアを組みあわせると、パイロットの目の動きまで記録できます。郷谷さんがすれ違う敵機のパイロットがどこに顔を向けているか……、郷谷さんの機体から目を逸らした瞬間を見極めていたこともブレインギアは記録していました」

「私の目の動きを？」

「ええ。ブレインギアにはアイカメラが組みこまれています。それとアトラス・シックスで着用していただいたフライトスーツには筋肉の動き、脈拍、血圧などをリアルタイムで測定するセンサーが取りつけられていました」

「それで全体にエアバッグが縫いこまれてたわけですか。センサーが密着するように」

「そうです」

世良が身を乗りだした。

「どのようにしてパイロットの操縦に関するデータを収集したか、実例があるそうです。いっしょに見ませんか。実は私もまだ拝見していないので是非見せていただきたいと思っているんですが」

「実例って……、どこで見るんですか」

千田が怪訝そうに訊き返す。

「那覇基地です。硫黄島から来た輸送機で見られるそうです。早速、参りましょう」

世良が立ちあがった。硫黄島から来た輸送機といえば、飛行開発実験団のC－1しかない。

3

ノートパソコンに映しだされたCG映像を見て、郷谷は思った。

尖閣じゃないか……。

ディスプレイの中央付近に島が三つあった。右、やや手前から南小島、北小島、少し間が開いて魚釣島だ。三つの島の位置や大きさからすると、尖閣諸島の南西、約四十マイル沖合で高度二万フィートくらいから見下ろしている格好になる。

寒いほどエアコンを効かせたC－1の機内で、郷谷は千田と並んでATD－Xⅱの遠隔操作用コンソールの前に座っていた。後ろに世良と雪乃が立っている。硫黄島で佐東がAiCOに会わせるといったときと違い、VRゴーグルではなく、四人が同時に見られるようノートパソコンが接続されていた。

やがて画面の左、上の方にピンクのリボンが二本出現し、魚釣島上空に向かった。ほぼ同時に画面右端にブルーのリボンが現れた。こちらは一本でピンクのリボンに比べると低い。

三本のリボンと魚釣島を見比べた。二本のピンクリボンは魚釣島から見て北西から高度二万七千フィートほどで接近しており、ブルーリボンは高度一万五千フィートを東から近づいていることになる。リボンの伸び方からすると、ピンク、ブルーともかなりの高速――おそらく四百ノット程度――を出している。

何を意味しているかは明らかだ。

ピンクリボンは中国大陸から接近している二機の戦闘機、ブルーは那覇を飛びたった航空自衛隊機だ。だが、ホットスクランブルで上がったのなら空自機も二機編隊であるはずだ。二機対一機《ツー・バイ・ワン》というシチュエーションと、二色のリボンが交差しようとしている角度にはっきりと見覚えがあった。プリフライトブリーフィングで佐東のいった言葉が脳裏を過ぎっていく。

『遭遇地点はとくに設定していません。わが国領空のどこかの洋上ということでお願いします。接近の方法はチャンプにお任せします』

尖閣上空だったのか――郷谷は目を細め、ディスプレイを睨んだ。

次に何が起こるか予測するのはむずかしくなかった。交差する寸前、ブルーのリボンは加速、上昇し、二本のピンクリボンの後方につける。交差したあとに上昇したのでは、追いつくためにより大きな推力《パワー》を必要とする。不可能ではないが、アフターバーナーを使わざるを得ない。大量の赤外線をまき散らし、何より排気口から吹きだすに焔《ほのお》が相手の目を引く。あのときは闇夜という想定であり、敵機に気づかれないように忍びよって撃墜する据え物斬りを見せて欲しいと佐東はいった。

はたしてブルーのリボンは郷谷の予測通りの機動をした。

予測じゃなく、記憶の再生かと思いなおし、ちらりと千田に目をやった。ディスプレイに厳しい目を向けている。千田も同じようなことを考えているだろう。通常、ファイターパイロットは消極的な思考をしない。相手が二機であれば、どうすれば単機で二機を墜《お》とせるかを考える。

ノートパソコンに視線を戻した。天候は晴れ、陽光にあふれ、水平線まで見通すことができる。所詮、コンピューターが作りだした世界に過ぎない。設定を変えてやるだけで闇夜を快晴の昼間にするなど簡単だ。

ピンクリボンが魚釣島上空でゆるやかに変針しはじめたとき、表示倍率が上がり、ディスプレイには三本のリボンのみが映しだされた。ピンクリボンは間隔を開け、進行方向に向かって右の一本がやや高い位置につけている。二番機《ウイングマン》だ。

次に何が起こるかわかっていながら郷谷は緊張し、知らず知らずのうちに唇の裏側を噛んでいた。

やがて一番機《リーダー》を表すリボンがじわりと左に傾いた。左旋回に入ることをウイングマンに知らせるための機動――チェックターンだ。

「あっ」

声を発したのは世良だ。千田は身じろぎもしない。ディスプレイ上で展開された映像は千田も予測していたのだろう。ブルーのリボンが加速し、ウィングマンとの距離を詰めた。直後、ブルーリボンから白い破線が伸び、ウィングマンと重なる。ピンクのリボンが一本消えた。そのまま、ブルーリボンは上昇し、リーダーの後方、上空に位置を取った。ふたたび白の破線が伸びる。もう一本のピンクリボンが消えた直後、映像は停止し、赤い文字でGAME　OVERと表示された。

「もちろんおぼえてますよね？」

背後で雪乃が訊く。はっとしたように千田が郷谷に目を向けた。

「ええ」郷谷はノートパソコンを見つめたまま答えた。「おぼえてますよ。でも、尖閣上空だとはいわれなかった」

「もう一つ、申しあげてないことがありました。チャンプが操縦していたのはF‐2ではなく、ATD‐XⅡでした」

郷谷は雪乃をふり返った。雪乃がまっすぐに郷谷を見返していた。

「それも武器を積んでいました」

わずかの間沈黙した郷谷だったが、やがてうなずいた。

「なるほど。それでサトリはレーダーを使うなといったんですね」

ATD－XⅡにレーダーはなく、代わりにEO－DASがある。だから佐東はわざわざシミュレーターを一度止めて赤外線カメラの映像に切り替えたのだ。その瞬間、明るいグレーを背景にSu－27のシルエットがくっきりと浮かびあがった。それまで郷谷は二機の目標を囲むボックスを頼りに接近していたが、後方につけているAWACSから送られてくるデータをもとにしていた。

雪乃がうなずき返す。郷谷は重ねて訊いた。

「ATD－XⅡが積んでいる武器はミサイルではない？」

「はい」

使用できるのは機関砲《ガン》だけで据え物斬りを見せてくれと佐東はいった。レーダーもなく、標的を目視せずに撃つのは無理だ。それで赤外線カメラの映像に切り替えたのだ。

雪乃はまじろぎもしないで郷谷を見つめていた。

「チャンプにぎりぎりまでF－2に乗っていると信じこませたかったからです」

「その必要はなかった。あの時点で私はATD－XⅡの存在すら知らなかった」

「そうですね。でも、最初から赤外線カメラの映像を見ていれば、違和感をおぼえたでしょう」

「便利だなとは思ったけど、たしかに違和感はあったでしょうね。でも、別の目的があったんですね」

雪乃がかすかに顔をしかめ、それからこくりとうなずいた。

「相手機をチャンプに目視してもらう必要がありました。ATD-XⅡ……、いえ、AiCOなら闇を透かして相手を見ることができます。しかし、チャンプが見せてくれるまでAiCOは二機のSu-27に接近し、機関砲だけで撃墜する方法を知らなかった」

雪乃が言葉を継いだ。

「どのタイミングで接近しはじめて、どこまで二番機に近づいて、どこを撃つか……、そのあと一番機をどのように撃墜するか……、すべてチャンプが教えてくれました。指先の感触まで」

アトラス・シックスで着用した黒いフライトスーツは手袋にまでエアバッグが縫いこまれていた。おそらく指の一本一本にまで圧力センサーが取りつけてあったのだろう。F-2と同じくジョイスティック方式なので操縦桿にかかる力はデータとして取りこむのは難しくない。同時に手袋のセンサーから得られたデータと照合すれば、どの指でスティックに圧力を加えたのかまでリアルタイムで解析できる。つまり郷谷が無意識のうちに行った操作さえ、細大漏らさずデータ化が可能なのだ。

「まさか……」

郷谷は目を見開いた。

先月末、尖閣諸島付近で中国人民軍のSu‐27の二機編隊が墜落したのは、シミュレーターで据え物斬りを実演してみせてから約十時間後のことだ。

しかし、雪乃は何もいわず目を逸らした。

腕時計に目をやった世良が口を挟んだ。

「司令部の会議室に移動します。そろそろキョクニンタイがそろう頃なんで」

千田が世良をふり返る。

「はあ？　何、それ？」

「会議室でご説明します」

世良はさらりと答えた。

キョクニンタイなどというから郷谷は思わず極東の任侠部隊と連想してしまった

が、そんなはずはなく、極小任務部隊――コンパクト・タスク・フォースを日本語にしたものらしい――の略だといわれた。しかし、公式の恒常的組織ではなく、事案が発生するとただちに内閣府内に編成される連絡、調整機関らしい。

一つだけ決まっているのはメンバーが五人であること。三人では人手が足りず、七人では多すぎてまとまらない。偶数人数では真っ二つに割れて二進《にっち》も三進《さっち》もいかなくなる恐れがある。科学的な根拠に基づいた人数ではなく、経験則から割りだしたという。

会議室で説明すると世良はいったが、実際に教えてくれたのはメンバーの一人に入っていたニンジャこと、防衛省情報本部に所属する伊賀だ。

極任隊のメンバーは事案によって内閣府、警察庁、防衛省、外務省そのほかから選抜され、固定されてはいない。いずれも四十代で肩書きより実際にどのような働きができるかで選ばれる。そのことは伊賀を見て、納得できた。

現在は情報本部に籍を置いているが、ファイターパイロット、それも飛行教導隊の出身である。ファイターパイロットというのは職人であり、信頼の基盤は一にも二にも技量にある。早い話、どれほど偉そうなことをいおうと大空で勝てないパイロットは小馬鹿にされてしまう。あくまでも心情的な意味だが。とくに伊賀の場合、人として度量が大きく、度胸もあった。その上、芯が強く、信念がぶれないので人望があった。航空幕僚長であれ、総隊司令官であれ、電話一本でパイロット同士の話ができる。郷谷には真似ができないところだ。ほかのメンバーについて説明はなかったが、おそらくはそれぞれの組織において伊賀のような立場にあるのだろう。組織は指揮命令系統によって統制されている。しかし、指揮命令系統を迅速に動かすためには人間関係が重要なのだ。

あらためて郷谷は、人との巡り合わせの妙を思った。硫黄島でATD－XⅡと対峙したときには武藤が二番機としてついてくれた。沖縄で何かが起ころうとしている今、伊賀が現れた。

近現代のみならずはるか中世にまでさかのぼっても日本にとって沖縄は平和と繁栄の要《かなめ》であった。一九七〇年代以降、東南アジア地域におけるアメリカの影響力が徐々に低下するのにともない中華人民共和国が台頭しており、二十一世紀に入ってからは沖縄周辺からインド洋にかけてははっきりとホットゾーンになっている。平和憲法の存在意義は大きいと郷谷も思っている。だが、お題目を唱えるだけで平和と安寧が訪れるのであれば、誰も苦労はしない。

硫黄島から那覇に呼ばれた以上、ホットゾーンに新たな火種が放りこまれようとしているのは確実だ。どのような事態になろうと、命令が下れば、飛びこんでいく覚悟はあった。郷谷良平の根幹に関わる問題である。

そのとき、伊賀が背後を守ってくれるのは何より心強かった。

世良が立ちあがり、郷谷の思いが中断する。一同を見まわしたあと、世良が会議の口火を切った。

「まず皆さんにはある動画をご覧いただきます」

会議室には、世良を含む極任隊の五人のほか、千田、郷谷、雪乃、それに那覇基地の第２０４飛行隊隊長の計九名がテーブルを囲んでいた。部屋の片隅には五十インチの液晶テレビが置かれ、世良の手元にあるタブレット端末がつながれている。

「これは先月……、十月二十六日午前九時頃、尖閣諸島の魚釣島付近で墜落した民間の軽飛行機に搭乗していたカメラマンが撮影したものです」

冷たい手で胸の底を撫でられたような気がして、郷谷は奥歯を食いしばった。

「同機の機長は斑目隆一、同乗し、撮影していたカメラマンは伊瀬安弘、二人ともこの事故で死亡しています。これから見ていただく動画は四十八秒しかありません。同機から二人の遺体とともに回収されたデジタル一眼レフカメラのメモリーカードに残されていたものです。では」

世良が座り、窓際にいた男に向かってうなずいた。男が立ちあがってブラインドを下ろす。世良がタブレット端末に触れ、動画の再生がはじまった。凄まじい轟音が流れだしたが、世良は音量を絞ろうとはしない。画面には背中を向けた男の肩から上が映しだされた。すぐにカメラは動き、軽飛行機の窓や計器板、小さな操縦舵輪を握る左手が映った。

久しぶりだな、コピー——郷谷は胸のうちで声をかけた。

カメラがズームダウンし、窓の外に騒音の発生源が現れた。極端な機首上げ姿勢でゆらゆら揺れている戦闘機は、機首に大きく27の文字、垂直尾翼には中華人民共和国軍の識別マークである赤い星が描かれていた。斑目が飛ばしていた飛行機の機種はわからないが、単発のレシプロエンジン機なら巡航速度はせいぜい百二十から百四十ノットくらいだろう。戦闘機にとっては失速寸前であり、並んで飛ぶのは難しい。

上向いた機首のわきに突きでたカナード翼が水平になっている。Ｓｕ－27ではなく、Ｓｕ－30だ。次いでカメラはパイロットをズームアップした。酸素マスクに覆われているので顔をはっきりと見ることはできなかったが、バイザーを上げているので細い目ははっきり見ることができた。

『どうする気ですかね』

『さあ』

『航空自衛隊の戦闘機が上がってくるでしょう』

『那覇からここまで二百十五マイルある。F－15でも三十分はかかるよ』

『そんな……、だって音速の二倍とかで飛べるんじゃないですか』

ふいにカメラが下向きになった。すぐに持ちあげられ、ふたたび戦闘機を映す。Su－30と並んで飛んでいるのだ。掻き混ぜられた大気に軽飛行機は簡単に翻弄される。斑目は必死に姿勢を維持しようとしているだろう。知らず知らずのうちに郷谷は歯を食いしばっていた。胃袋がきりきり締めつけられている。

『ここは日本ですよね』

『我々はそう思ってる。奴らがどう思ってるかは別だ』

『これからどうなるんでしょう？』

『さあ』

伊瀬の声は甲高く、ほとんど叫ぶように響いた。対照的に斑目の声は低い。

Su－30が前に出る。すぐ左に二つの排気口が現れ、アフターバーナーの焔が見えた。Su－30に搭載されているエンジンは排気口の中に大人がまっすぐ立てるほど巨大だ。

クソッ——郷谷は肚《はら》の底で罵った。

加速、上昇し、左旋回に入るＳｕ－30の機動はつぶさに見てとれた。巨大な双発エンジンの噴射を食らったのでは軽飛行機などひとたまりもない。

動画はカメラマンの絶叫で終わっていた。タブレット端末に世良が触れるとテレビ画面は青一色になった。世良は一同を見まわしてから切りだした。

「ただいま見てもらった映像によって、当該事故に中国軍戦闘機が深くかかわっている可能性が高いという感想を持たれたかも知れませんが、事故原因の究明は我々の任務ではないのでこれ以上追及はしません」

事故だって？——郷谷は胸のうちでくり返したが、唇を結んで世良を見つめていた。

世良は淡々とつづけた。

「事故当日のフライトプランでは石垣島を離陸後、西に飛び、周辺の竹富島、小浜島、西表島などの撮影を行うことになっており、尖閣諸島に近づく予定はありませんでした」

世良は並んで座っている千田、郷谷、伊賀をちらりと見たあと、付けくわえた。

「専門家には蛇足になりますが、航空法においては高度五千フィート以下を有視界飛行で飛ぶかぎり、空港の管制空域を離れてしまえば、とくに管制塔との連絡は必要ありません。ただし、那覇飛行情報区を飛ぶ場合はレーダーによる管制を受けない航空機は無線標識上空に達したときに位置を通報する義務があります。もっとも電波標識は新石垣空港にしかありませんが。つまり五千フィート以下を飛行するかぎり斑目機長はどこへでも飛んでいけたのです」

タブレット端末の上で二度ほど指を動かし、世良は顔を上げた。

「そもそも斑目、伊瀬両氏が石垣島を訪れるきっかけは石垣市が環境破壊が懸念される魚釣島の調査を行うことにしたのがきっかけでした。魚釣島では近年野生の山羊が増えすぎ、木々を食い尽くしたために崖崩れの危険があるということです。しかし、尖閣諸島については中国と微妙な関係にあり、無用な摩擦を避けるため環境省が市に対して中止を要請、市が受けいれてとりあえず調査……、具体的には空撮でしたが、これを中止することにしました。石垣市が魚釣島の調査を行おうとしたのは、那覇市に本拠を置く環境保護団体の陳情を受けたのがきっかけでしたが、この団体について調査をしたところ、クリスタルアース協会と関連していることがわかりました」

それから世良はクリスタルアース協会が国際的な組織で一部に過激な行動が見られること、カメラマンの伊瀬が協会の一員であること、協会日本支部のスポンサーに某不動産会社がついており、伊瀬はここ数年その会社が発行しているPR誌での仕事を中心としていることなどを説明した。

「魚釣島の撮影は中止となりましたが、クリスタルアースの機関誌に石垣島周辺の島々を掲載することになり、斑目、伊瀬両氏は当初予定通り来島することになったのです。さて、クリスタルアースのスポンサーでもある不動産会社ですが、創業者で現在も会長をしている人物は環境保護活動にも熱心で、そのことから複数の政治家とも付き合いがあります。中でもかねてより関係が深いとされているのが参議院議員の森《も》田《り》俊太郎《しゅんたろう》氏であります」

森田は防衛省、航空自衛隊に信奉者が多く、いまだ影響力があるといわれる。マスコミは森田の経歴から〈閣下〉というあだ名をつけていた。

「斑目、伊瀬両氏が魚釣島へのフライトを強行した背景には森田氏の意志が働いていた可能性があります。次にこちらの写真をご覧ください」

世良はそういってタブレット端末に触れた。テレビに映しだされた写真を見て、郷谷は思わず身を乗りだした。森田の顔は知っていた。かつての上司であり、昨今でも新聞、テレビで取りあげられている。写真はどこかの街角で撮影されたもので、森田を数人の男女が囲んで歩いていた。

その中の一人に郷谷は注目した。

サトリ？

「この写真は十月三十日……、尖閣諸島付近で中国軍のＳｕ－27戦闘機二機が墜落した日の夜、台北市内で撮影されたものです」

郷谷はまたしても胃袋がきゅっと縮むのを感じた。

ふたたび世良はタブレット端末に触れ、写真が切り替わった。炎天下の駐機場に置かれたＡＴＤ－ＸⅡで機体はオレンジ、白、赤に塗り分けられている。背景に写っているのが硫黄島の整備格納庫であることはひと目でわかった。

「では、次にこの機体についてご説明します」

世良は平成二十一年に始まった先進技術実証機《ATD-X》の研究から話しはじめ、ＡＴＤ－ＸⅡにいたるまでの過程を簡単に説明したのち、ふたたび写真を切り替えた。大型テレビに映しだされたのはＡＴＤ－ＸⅡによく似ていたが、機体は黒一色だった。あまり写りはよくなかったが、屋内で撮影されたもので壁に部品や工具類を並べるようなスチールの棚が写っているのが見てとれた。かたわらに黒っぽいつなぎを着た男――背中を向けているため、顔は見えなかった――が立っているので、機体はＡＴＤ－ＸⅡとほとんど変わらないサイズであることがわかる。

硫黄島でＡＴＤ‐ＸⅡを前にした佐東の姿が脳裏に浮かんだ。

『今回は試験飛行用の塗装をしていますが、ステルス性の試験の際には電波吸収材《RAM》を貼りつけますので機体全体が艶のない黒になる予定です』

郷谷は雪乃を見やった。だが、雪乃は郷谷に目を向けようとはしなかった。

ふたたび写真が切り替わる。

硫黄島のＡＴＤ‐ＸⅡと今の写真を並べたものだ。

「この二機は非常に似通っておりますが、形状が微妙に違うことがおわかりになると思います。さらにこちらを見ていただくとはっきりご理解いただけると思います」

そういって世良はタブレット端末に指を触れた。

写真が替わり、郷谷は目を瞠《みは》った。

4

映しだされた写真はＡＴＤ‐ＸⅡの方に加工が施されていた。黒い飛行機との違いを赤い描線で示している。黒い飛行機はエアインテイクの上部が盛りあがっていて、まるで怒り肩のようだ。ＡＴＤ‐ＸⅡよりはるかにごつく見える。

郷谷の脳裏にふたたび佐東の言葉が蘇った。

『今はデザインにコンピューターは欠かせません。条件を次々に入力していけば、おのずと似通った解答がはじき出されてきます。自動車のデザインでも似たようなことがいえるでしょう？　空力的にもっとも抵抗が少なく、燃費のいい車を作ろうとすると個性的な車はなかなか作れなくなります』

ＡＴＤ－ＸⅡがＹＦ－23に似ているといったときだ。ステルス性と運動性を兼ねそなえたデザインとなれば、似たような機体になるのか、それとも同一の機体で一部を改造したものなのか。

まさか――郷谷は胸の内で否定する――いくら何でもあり得ないだろう。

「この二機について私の見立てを申しあげる前に別の写真をご覧いただきます」世良は千田に目を向けた。「何が写っているか、おわかりになりますか」

じっと写真を見ていた千田がぼそりといった。

「戦闘機の射出座席用レールみたいですね。それもロシア製の……」

「さすがですね。Ｓｕ－27の射出座席の一部だそうです。つい先日尖閣諸島周辺で操業していた中国漁船の網に引っかかって上がってきました」

世良はタブレット端末に触れ、同じ写真の一部分をクローズアップし、赤い丸で囲んだカットを表示させた。

「丸で囲んだ部分をご覧ください。穴が開いていて、穴の周囲が溶けているのがおわかりになると思います」

「射出座席の一部だとすると背中をあてる部分のようですね。中にガイドレールがついていて、座席が打ちだされるときに滑っていく……」

千田が郷谷を見たので、うなずいた。

「我々の方の分析では、座席は右後方から撃たれています。穴の直径は二センチほどです」

「何で撃たれたのかな」千田は腕を組んだ。「機関砲《ガン》の弾だとしたら小さい」

F－15等に搭載されている機関砲弾は弾頭に火薬が仕込んであり、命中すると炸裂するようになっている。機体表面で破裂し、破片が飛びこんだとも考えられるが、穴は丸かったし、金属を溶かすほどの熱を発するとは考えにくかった。

「それでは次のカット」

機関砲のようなものが写っている。世良もモニターに顔を向けていった。

「航空機搭載用のレールガンという話ですが、真偽のほどはわかりません」

レールガンは電磁誘導によって物体を飛ばす装置で、アメリカ海軍が研究を進めているという話は聞いたことがあったが、全長が十数メートルにもおよぶ巨大な代物だ。身を乗りだした千田がいった。

「先ほどのATD－XⅡと黒い戦闘機を並べたカットに戻していただけますか」

「はい」

世良がタブレット端末に触れ、指定された写真を表示した。千田がモニターを指さす。

「エアインテイクの上部にある膨らみです。これはたぶん発電機でしょう。ジェットエンジンの軸を延長してタービンを回転させるというアイデアがF－35を開発している最中に出されたことがあります」

千田がつづけた。

「垂直離着陸型のBタイプを改造し、胴体中央にあるリフトファンの代わりに発電機を配置しようとしたんです。レーザー砲を実用化しようとして」

「レーザー砲ですか。SF映画のようですね」

世良が画面を見たままいった。千田がうなずく。

「結果的には夢物語に終わりました。レーザー光線で後方から迫ってくる赤外線追尾式ミサイルの赤外線感知部《シーカー》を撃って破壊しようとしたんです。でも、いくらジェットエンジンで回す発電機でもシーカーをぶっ壊すほどのエネルギーは得られなかったし、音速の五倍から七倍で飛んでくるミサイルの弾頭部に、回避機動中の戦闘機から命中させるのはあまりに難しすぎました」

「なるほど」世良は何度もうなずいた。「そうか発電機か。レールガンなら実用化できそうですね」

千田は短く唸ったあと、答えた。

「レールガンの発想自体は新しいものじゃありません。十九世紀にはアイデアが出ていましたし、二度の世界大戦の最中にも研究は進められました。だけど実用化には至らなかった。一九六〇年代にオーストラリアで実験が行われたときには秒速五・九キロで弾丸を撃ちだすことに成功していますがね」

「秒速五・九キロ？」

世良が目を剝き、千田を見た。

「音速の十七倍に相当しますが、弾丸はわずか三グラムでした。それに弾丸がジュール熱によってプラズマ化……」

千田が世良、郷谷を見て言い直した。

「誤解を恐れずにいうと、金属に電気を流すと抵抗によって熱を発する……、それがジュール熱なんですが、応用例が電熱器です。そして流れる電流が大きいほど発生する熱も大量になり、金属がガス状になってしまう。それがプラズマです」

世良がうなずいた。

「ガスじゃ、弾丸になりませんね」

「あくまでもわかりやすい例だとお考えください。また、それだけ速度があると砲身との摩擦も問題になってきます。しかし、研究は進められていますね。アメリカ海軍は二〇〇七年にレールガンの実用化計画を発表しています。この計画では十五キロの弾丸を秒速二・五キロで撃ちだすのを目標としてまして、二〇一〇年の実験では十キロの砲弾をマッハ８で発射することに成功しました」

マッハ８なら秒速約二・七キロだから速度ではすでに目標に到達したことになるなと郷谷は思った。千田が言葉を継いだ。

「今年の春、アメリカ海軍は輸送船にレールガンを備えつけて実証実験に入ることを発表しました」

「そのニュースなら見ました」世良はうなずいたが、すぐに首をかしげた。「でも、それもSF映画みたいであまり現実味は感じられませんでしたが」

「どの程度の威力があれば、実用化というのかがポイントですね。現行の艦載砲なみの威力、正確さを求めるとなれば、ハードルは相当高くなるでしょう。しかしながら射程が短く、弾丸が小さいとなれば砲そのものも小型化はできます。実験用だろうと弾丸は発射できます」

「Su－27の座席を撃ち抜くのは可能ということですか」

「そこまでは断言できません。それにここに写っているのが本物の航空機用レールガンだとしても弾丸がプラズマ化することは避けられないでしょうし、非常に高速で撃ちだされれば空気抵抗だけでも高温に達するでしょう」

「あくまでも仮定の話ですが、弾丸がプラズマ化していたとしても、芯の部分が残って、それが射出座席を撃ち抜く。そして鋼板を通過する際に芯の高温が穴の周囲を溶かすことは考えられるわけですね」

「あくまでも仮定の話ですが、イエスです」

「でも、どうしてレールガンなのでしょう？」

「写真の航空機がATD－XⅡと同じ大きさだとすれば、全長十一メートルくらいです。現行のミサイル、機関砲の搭載は不可能ではないにしても数は制限されます。レールガンは電磁力によって弾丸を推進させるわけですからこれまでのような炸薬やロケットモーターを必要としない。これも仮定の話ですが」

「小型化が可能ということですね」

世良の言葉に千田はうなずいた。

「しかし、どこから資金が出るんでしょう。ステルス無人機にしてもレールガンにしてもオモチャじゃない以上、莫大な資金がかかります。それこそ国家予算並みに」

世良はゆっくりと千田に向きなおった。

「かつて宇宙ロケットを打ちあげるには国家的規模の予算が必要だとされましたが、今では民間企業がロケットを打ちあげ、国際宇宙ステーションに物資を運ぶビジネスを請け負うまでになっています」

「この戦闘機を開発したのも国家ではなく、個人だと？」

「あるいは民間企業グループか」世良がテーブルの上に身を乗りだした。「森田議員の新大東亜共栄圏構想をご存じでしょうか」

「新聞で読んだ程度ですが」

千田が肩をすくめたが、世良はかまわずつづけた。

「森田議員はつい先日まで東南アジア各国を歴訪していました。かれこれ二十年近くになりますが、アジア共栄圏の実現に向けて活動をしています。当初はドル圏、ユーロ圏に次ぐアジアを包括する経済圏の樹立を目指していましたが、中国の台頭がすべてをぶちこわしにした。今、森田議員は中国の暴走を抑えこむことを目的としてアジア共栄圏設立に奔走しています」

「それじゃ、この戦闘機も？」

「確たる証拠を押さえているわけではありません。可能性があるというだけで」

世良は目を動かし、郷谷を見た。

「台湾軍事当局者の情報によれば、先月三十日午後八時、台湾北東部洋上でステルス機のものらしいレーダー信号をとらえているというのです」

奇想天外としかいいようのない連想が脳裏を突っ走り、呻きを漏らさぬよう郷谷は唇の内側を噛まずにいられなかった。シミュレーターで二機のＳｕ－27を撃墜して見せたとき、郷谷が操縦していたのはＦ－２ではなく兵器を搭載したＡＴＤ－Ⅹ Ⅱだと雪乃はいった。しかも郷谷が模擬飛行をして見せるまで、ＡＴＤ－Ⅹ Ⅱを飛ばす人工知能ＡｉＣＯは一度に二機の戦闘機を撃墜する方法を知らなかった、と。

Ｓｕ－27の射出座席だといわれた写真を思いうかべた。郷谷はアトラス・シックスで二機のＳｕ－27に接近し、旋回をはじめた直後を狙って二機とも撃墜している。どちらもコクピットを機関砲で撃ったのだ。

いや――あのときのシミュレーターの様子を子細に思いうかべながら郷谷は胸のう

ちで否定した――おれはパイロットに照準環《レティクル》を乗っけて撃った、間違いなく……。そして約十時間後、ATD‐XⅡによく似た黒い戦闘機が人工知能に駆られて、二機のSu‐27を撃墜した。

尖閣上空で……。

世良が一同を見渡した。

「実は私は昨日台湾から戻ってきたばかりなんです。あちらの情報源に直接伝えたいことがあるといわれて。そしてただいま見てもらった写真の提供を受けました。もし、中国軍機がふたたび尖閣諸島上空で墜落したら事故とはいえなくなるでしょう」

「事故とはいえないって」千田が首を振る。「そんなことをしたら戦争になっちゃうじゃありませんか」

「すでに戦争になっているという見方もできます」

世良の言葉に部屋の温度が一気に下がったように感じられた。

「中華人民共和国は西沙諸島のウッディ・アイランドと、南沙諸島のファイアリー・クロス礁に三千メートル級の滑走路を建設しました。どちらも戦闘機、爆撃機、輸送機の運用が可能です。また、この二ヵ所は南北にほぼ一直線に並んでいて、いってみれば、南シナ海に深々とくさびが打ちこまれたようなものです。フィリピンやベトナムは中国に厳重に抗議し、軍事衝突も辞さない構えですが、軍事力に大きな隔たりがあるのは皆さんもよくご存じでしょう。さらに東に目を転じれば、尖閣諸島がありま す。台湾、そしてわが国が中国政府に異議を唱えていますが、着々と実効支配が進められています。極東におけるアメリカの影響力が低下している今こそ、中国にとっては悲願達成の好機なのです」

「悲願というのは？」

千田が訊く。

「第二次世界大戦後、米ソによって確立された秩序の破壊……」世良がちらりと笑みを浮かべた。「地球規模での戦後レジームからの脱却ですか」

千田が腕組みし、首をひねると低い声でいった。

「しかし、さきほどの黒い戦闘機……、無人機が撃墜したと証明することは難しいでしょう」

「我々極任隊の仕事は証明ではありません。必要なときに、必要と判断される措置を粛々と実行するだけです」

首をかしげたままの千田に向かって、世良はおだやかに頬笑んで見せた。

「たとえば、阻止です。レーダーでとらえにくい戦闘機を撃墜できる唯、一、の方法をお持ちなのはあなた方だけと聞いております」

千田はうなったものの、否定しなかった。

「ちょっと待ってください」

郷谷はたまらず割りこんだ。

世良がいう唯一の方法とはEO－DASポッドを指しているに違いなかった。だが、ポッドはC－1に取りつけられているのだ。輸送機としては機動性に優れているとはいっても大型トレーラーでF1レースに出場するようなものである。とてもじゃないが、戦闘機と格闘戦などできるはずがないし、そもそも武装していない。それともF－15に随伴してデータリンクで結ぶというのかと思いかけて否定した。激しい機動戦の間中、確実にデータリンクをつなげておくのはまず不可能だろう。

「我々に何をしろといわれるのですか」

「黒い戦闘機がふたたび尖閣上空で中国軍機を攻撃するような事態が発生するのを阻止していただきたいと申しあげているのです」

「そんなことは……」

いいかけた郷谷をさえぎるように千田がつぶやいた。

「不可能じゃない」

郷谷はぎょっとして千田を見た。千田はテーブルを睨んだまま、つづけた。

「ポッドは増槽《ドロップタンク》と同じ大きさ、形状で重量は燃料を満載したときの三分の二になる」

　F－15が使用しているドロップタンクは六百ガロン――二千三百リットル弱の容量があり、左右主翼下、胴体下中央の三ヵ所に吊りさげられるようになっている。千田が顔を上げ、郷谷に目を向けた。

「C－1での試験を終えれば、次のステップはF－15に搭載して試験を行うことになっている。試験機《テストベッド》は……」

　千田が口にした機番は、郷谷が岐阜基地から硫黄島に飛び、さらに那覇基地まで乗ってきたF－15DJにほかならない。

「すでに機内の配線等は済ませてある。あとは後部座席を下ろしてヘルメット《H》搭載《M》型ディスプレイ《D》システム《S》用の機材を積めば、EO－DASポッドが使える……、試験はできるようになる」

「兵装との連携は？」

　郷谷の問いに千田は顔をしかめた。

「それこそがテストの項目だよ。レーダーを使わずに赤外線《I》追尾《R》式ミサイルと機関砲《ガン》でどこまでやれるか」

敵機の後方に広がる必殺圏《リーサルコーン》に入れれば、ＩＲミサイルをロックオンさせることはできるだろう。実際、硫黄島のテストではＡＴＤ－ＸⅡの真後ろにつけ、トーンが得られることは確認している。

機関砲も……。

グレーを背景にして浮かびあがったＳｕ－27のシルエットが脳裏に蘇った。目視できる相手ならレーダーの助けを借りなくても撃ち落とせるといったのは郷谷自身なのだ。

『相手が見えるんなら楽勝だよ』

シミュレーターでＳｕ－27を二機、据え物斬りにしてくれといわれたとき、佐東にいった言葉が自分に跳ね返ってきている。しかし、今一度同じことを問われても答えは変わらない。違いといえば、相手が横列隊形《ラインアブレスト》でのんびり飛んでいる二機のＳｕ－27ではなく、ステルス性と高機動性を有する黒いＡＴＤ－ＸⅡもどきであることだ。

もう一つあると郷谷は思った。黒い戦闘機が地上ないし洋上、空中の監視網を通じてどの程度の情報を得られるのかはわからないが、少なくとも相手が郷谷であることは知っていると考えていいだろう。

サトリが行方をくらましているのだから……。

世良が締めに入った。

「では、第一回目のミーティングはここまでにしたいと思います。ほかにご質問等ありますか」

誰も何もいわず、世良はうなずいた。

「第一回目と申しあげましたが、このメンバーが全員顔をそろえるのはこれが最後になるでしょう。千田さんのチームにはF－15の改造を急いでいただき、準備ができ次第、緊急発進に備えていただきます。我々極任隊は引きつづき情報収集と関連する諸機関、部署への連絡と調整を進めます」

第204飛行隊の隊長が大きなため息を吐いたが、動揺している様子はなかった。郷谷はとなりに座っている伊賀にそっと声をかけた。

「ちょっといいか」

伊賀が郷谷を見返したあと、小さくうなずいた。二人はそろって会議室を出ると階段を降り、司令部庁舎を出た。歩きはじめたところで郷谷は切りだした。

「一つ納得できないことがある。斑目《コピー》のことだ。〈閣下〉と関係があったらしいことは話に出てきたが、あいつが墜落したことと中国軍のSu－27の二機編隊が墜ちたこととどんな関係があるんだ?」

「どうしておれに訊く?」

「情報本部《じょうほうほん》にいるからな。コピーが墜落したとき、おれはニュースを見てお前に電話した。お前はその場で緊急信号をキャッチしていることを教えてくれたよな。中国軍機のときも直後にお前の携帯にメールが入った。あのときはお前の部署を考えて、不思議とも思わなかったが、どっちも早すぎる。情本だってお前一人というわけじゃないだろ」

伊賀はわずかの間、郷谷を見つめたあと、静かに切りだした。

「コピーは退職したあとも公安警察に監視されてたんだ」

「どうして?」

「まだ自衛官だったころから空母不要論なんて唱えてた。大袈裟なものじゃなく、燃料不足に陥った自衛隊機が緊急避難的に日本中のどの空港にも着陸できるように法整備しようってことなんだが」

「それだけで公安に監視されるのか」

「体制に異を唱えるのは憲法に縛られる国家公務員としてあるまじき行為だし……」

伊賀は冗談めかしていい、低声《こごえ》で付けくわえた。「空港の中には下地島なんかも含まれてたからな」

下地島は那覇と尖閣諸島の中間辺りに位置し、空港施設と三千メートル級の滑走路がある。二〇一四年までは国内大手の航空会社が訓練に使用していたが、現在は海上保安庁のほか、那覇をベースに離島便を運航している航空会社が細々と訓練を行っているに過ぎない。一九八〇年代から自衛隊の誘致が取りざたされているものの住民の賛否は真っ二つに分かれていた。たとえ緊急事態であっても航空自衛隊の戦闘機が着陸すれば中国が因縁をつけてくるのは必至だろう。

「それで〈閣下〉と接近したのか」

「きっかけに過ぎない。コピーが本当に賛同したのはさっき世良がいっていた新大東亜共栄圏構想の方だ。その中には台湾やベトナム、フィリピン、インドネシア、それにわが国も加わって、中国空軍の戦闘機を無力化するためのプログラムがあった」

「それが黒いATD‐XⅡか」

伊賀がうなずく。

「中国の戦闘機が他国の領空……、たとえば、尖閣に近づくたびに事故に遭うようになれば、パイロットの士気は下がるし、その前に戦闘機というカードが使えなくなる。日本はまだいい。航空自衛隊《おれたち》がいるからな。だが、台湾をふくめ、東南アジアの国々は中国の南下政策に対抗しようにも空軍力は貧弱だし、これから整備、強化しようたって時間も大金もかかる。その点、あの無人機ならコストは低い。しかも脅しだけでいいんだ。何しろレーダーでは捕まえられないんだから、いつ、どこから襲いかかってくるかわからない。実績さえ作ってしまえば、張りぼてを並べておくだけで軍事的示威《プレゼンス》になる」

「実績……、それが尖閣での撃墜というわけか」

「そう。それにこれも世良がいってたが、二度起これば、もはや事故ではなくなる。戦闘機を充分に活用できなくなって、制空権の確保が難しいとなれば、水上部隊も陸軍も動きにくくなる。今の中国の動きを完全に阻止できないまでも進みつつある侵攻を少しでも遅らせられれば御《おん》の字だ」

伊賀が足を止め、郷谷をまっすぐに見た。

「コピーは新大東亜共栄圏構想の尖兵だったんだよ。おれは情本に異動になって三年だが、ずっと奴を追いかけていた。もっとも最初に奴の話を聞いたのはもっと前だがな。そもそものきっかけは今から八年前、平成十九年の夏のことだ。奴は実働緊急発進《アクチャルホット》で上がった。何度もくわしく話を聞いたよ」

伊賀は話しつづけながら歩きだした。

「そのうち自分が飛んでるような気分になった」

そうかもしれないと郷谷は思った。伊賀は元々F－4のパイロットで、飛行教導隊に転じるため、F－15に機種転換している。

「あの日、あいつらは何度も来やがった……」

5

〝エクセル、ヒヌカ。第一目標《アルファ》、方位三百四十七度《スリー・フォア・セブン》、距離八十四《ゼロ・エイト・フォア》マイル、高度二万五千《ツー・ファイフ》フィート〟

ヘルメットに内蔵されたイヤフォンに淡々とした声が響いた。声の主ははるか東方、那覇基地地下にあるうす暗い防空指揮所《DC》でレーダースコープを見つめている。エクセルは斑目を編隊長《リーダー》とするF－4戦闘機の二機編隊に割りふられたコールサインでヒヌカは那覇DCを表す。正確には火の神様《ヒヌカン》だが、最後のンはほとんど聞こえない。

「どこだ？」

前席で操縦桿を握る斑目は後席の原尾《はらお》に訊いた。

「ええっと……、わおっ」

「わおじゃねえ、馬鹿野郎。どこだって訊いてるんだよ」

「尖閣の北北西、六十マイルまで来てます」

ＤＣが知らせてきたアルファの現在位置は尖閣諸島と与那国島の間に設定した任意の一点《ブルズアイ》からの方位と距離で示されている。それを原尾が地図と照合して尖閣諸島からの方位、距離に置き換えた。あからさまにアルファの座標を告げたのでは、無線が傍受されている場合、相手に警告を与えてしまうことになる。

ふたたびＤＣの声が耳を打った。

〝千五〟

日本語である。斑目はヘッド・アップ・ディスプレイに目をやった。自機の機速は四百五十ノットだ。アルファとの接近速度が千五ノットということは、相手は五百五十五ノット以上の高速で近づいていることになる。必ずしも正対しているわけではないことを考えると相手はさらに高速だ。

「チョーヤバいっすよ」

原尾の声が緊張していた。斑目はこめかみがふくらむのを感じた。

「ガキみてえな口きくな」

「すみません」

F-4の機内通話システムはスイッチの切り替えが要らないホットマイクとなっていた。欠伸《あくび》、げっぷ、声ににじむ恐怖もリアルタイムで伝わってくる。

たしかにチョーヤバいな——斑目は胸の内で同意した。

防空レーダー網は第二目標《ブラボー》もとらえていた。ブラボーは尖閣諸島から北東、百マイル以上離れた空域にあり、三万五千フィートの高空を二百八十ノットでゆったり旋回しつづけていた。おそらく輸送8型《ヤンキー・エイト》を改造した電子偵察機で、アルファに対処する航空自衛隊のレーダー波や交信を傍受しているのだ。

ふたたびDCの声が流れた。

〝エクセル、ヒヌカ。アルファ、3 5 8《スリー・ファイフ・エイト》、0 7 2《ゼロ・セブン・ツー》、2 5《ツー・ファイフ》〟

アルファの高度はそのまま、ブルズアイからの距離と角度が変わった。アルファが尖閣諸島に接近しているのは間違いない。

「うちらが当たりくじを引くんですかね」

「まだ、わからん。尖閣への到着予定時刻《ETA》は？」

「七分」

原尾が当たりくじといったのには特別な意味があった。アルファは一時間ほど前から二度にわたって尖閣諸島に接近し、そのたびに緊急発進《アラート》待機に就いていた五分待機、三十分待機の二機編隊が発進していた。だが、アルファは尖閣諸島周辺から離れず、またしても接近してきたのである。訓練飛行を予定していた斑目の編隊は急遽実弾を搭載し、三番手として上がってきたのである。

〝エクセル、ヒヌカ。アルファ、０５２《ゼロ・ファイフ・ツー》、０１１《ゼロ・ワン・ワン》で変針。ヘディング１５２《ワン・ファイフ・ツー》〟

ＤＣの声が一気に緊張した。原尾が生唾を嚥む音が聞こえたおかげで斑目はかろうじて堪《こら》えることができた。

〝アルファ、急降下《ダイブ》……高度１８《エンジェルワン・エイト》……、１５《ワン・ファイフ》……〟

斑目は自機の翼を上下に振り、僚機《ウィングマン》を呼びよせた。すぐ右に並んだウィングマンの前席を見ながら顔の前に左拳を持ってきて親指だけを伸ばすと持ちあげた。ちょうど生ビールのジョッキをあおるような仕種《しぐさ》だ。それを見た僚機のパイロットが素早く左手の人差し指を立てる。だが、それからなかなか動かない。ようやく動いたと思ったら手を握って拳にし、すぐに人差し指と中指を突きたてた。

「一万二百ぅ？」

思わず声を発した。

ジョッキをあおる仕種はハンドサインで残っている燃料の量を訊いた。それに対してウィングマンは一、〇、二と答えてきたのである。離陸時には機体内とセンターラインタンクを合わせて一万六千ポンド強の燃料を積んでいる。訓練ではウィングマンはつねにリーダーよりも燃料消費を抑えるよう教えを受けるが、下手なウィングマンはリーダーに追随するのに必死で燃料消費にまで手が回らない。

那覇から尖閣諸島までの距離は直線距離にして二百十五マイルあり、緊急発進《スクランブル》で上がったF－4が到着するまでには三十分ほどを要し、ようやくたどり着いたときには燃料にほとんど余裕がなく、戦闘哨戒飛行《コンバット・エア・パトロール》ができるのはせいぜい五分程度でしかない。

斑目は燃料計に目をやった。一万千五百ポンド残っている。那覇基地から上がって高度三万フィートをほぼまっすぐに飛んできただけである。それでいてウィングマンの燃料がリーダーより千ポンド以上少ないとなれば、厳しい指導の対象だ。人差し指を立てたあと、握り拳を作るのにためらったのはそのためだろう。帰路は空気抵抗の少ない高高度を燃料消費に気を配りながら飛ぶにしてもこれから先どのような事態が待ち受けているかわからない。しかも低空に降りれば、より多くの燃料を食うことになる。

斑目は下方を指さし、ウィングマンがうなずくのを確認するとF－4を左に横転させ、急降下に入れた。

「原尾《ハンク》」斑目はわざとのんびりした声を出した。「降下するぞ。レーダー、入れろ」

「はい」

原尾の声は震えを帯びていた。

「しっかり見張っててくれ、頼むよ。お前さんだけが頼りなんだ」

「はっ」

「固いね。はい、大きく息を吸って……」

耳元に原尾の呼吸が聞こえた。

「吸って……、吸って……、吸って……」

ぶはっという音がして、原尾が悲鳴を上げた。

「死んじゃいます」

「オーケー、吐いてもいい。死ぬのは許可しない」

「はい」

原尾の声が落ちついてきた。

「よっしゃ」

アルファがどこまで降下したのか、どこにいるのかもわからない。眼下には雲が広がっていた。もし、かなり低く降りなければならないようならウィングマンを上空の監視役として高度一万フィートに残し、単機で降りていかなくてはならないだろう。

斑目は酸素マスクの内側で唇を嘗めた。塩辛かった。

歩きながら伊賀は周囲を見まわしていた。

「おれがここにいた頃はのんびりしたもんだった。中国の戦闘機は海岸線までしか出てこられなかったからな」

もともとF－4のパイロットだった伊賀は第302飛行隊に所属し、那覇基地で勤務していた。斑目が転勤してきたのは何年もあとである。

「海南島《かいなんとう》事件をおぼえてるか」

「ああ」

郷谷はうなずいた。

二〇〇一年四月一日、中国南部の海南島から東南七十マイルの公海上で中国のJ8Ⅱ戦闘機と米軍のEP－3E偵察機が空中で接触した。中国機は墜落、パイロットは行方不明となり、損傷した米軍機も至近にあった海南島への着陸を余儀なくされ、搭乗員全員が中国当局に拘束された。

「洋上航法なんて知らない中国のパイロットはアメちゃんの飛行機に先導してもらわ

なきゃ基地まで帰れなかったんだよ。だから必死にからんだんだ。でも、下手くそだったんだな。ちょっとこすっちまった。アメちゃんの方は何とか飛びつづけられたが、中国軍機はダメだった。まあ、海の上で独りぼっちにされりゃ、いずれ燃料切れでアウトだったろうが」

伊賀が足を止め、郷谷をふり返る。

「だけど、それから十年の間に人民空軍は進歩した。飛行機も、パイロットも」

J8Ⅱは中国が独自に開発した戦闘機だが、ベースとなったJ8はソ連が一九六〇年代に実戦配備したSu‐15のデッドコピー版で、J8としてデビューしたときにはすでに旧式機の部類に入っていた。その後、単発を双発にしたり、搭載している電子機器を換装したが、性能はほとんど向上していないといわれた。しかし、今の中国人民空軍は南岸の基地に正規輸入したSu‐27を配備している。航続距離だけを見ても増槽なしで二千五百マイルに達する。航空自衛隊のF‐15は増槽を吊ってようやく二千二百マイルだし、F‐4になると増槽を使っても千七百マイルでしかない。さらに中国空軍のパイロットが洋上航法を身につけ、海岸線から百マイル以上沖合へ進出してくるようになった。

こうした状況の変化を受け、平成二十一年に那覇基地の戦闘機部隊はF‐4の第3

０２飛行隊からＦ－15の第２０４飛行隊へ交代している。

「それでコピーが当たりくじを引いたのか」

「ああ」伊賀がうなずいた。「見事にな」


いやな雲だと斑目はほぼ正面――西の空を睨みすえて思った。

降下するに従って雲量が増え、一万フィート以下は雲の塊がいくつも連なっている。西に行くに従って雲は高さを増しており、ちょうどアンノウンがいそうな辺りにそそり立っていた。

高度一万フィートまで降下した斑目機と僚機は、東西に広がる魚釣島、北小島、南小島をぐるりと取り囲むレーストラックを描くように飛行をつづけていた。半周の差をつけ、ちょうど互いの後方をレーダーで探索するようにしている。すでに二周していたが、機影はつかまっていない。

レーダーは捜索モードに入れてある。機首を中心にして左右六十度、上下六度の範囲に電波を照射し、アルファを探しているが、探知できる距離は二十マイルほどでしかない。千五というＤＣの声が蘇る。アルファがどこにいるかわからないし、向かいあっているのでもなければ、千ノットを超える速度で接近することはない。だが、千ノット近い速度で近づいていれば、二十マイル先に見つけてもすれ違うまでせいぜい一分しかない。

Ｆ－４は短射程の赤外線追尾式ミサイルＡＡＭ５二発、二十ミリ機関砲に五百発の実弾を搭載しているが、今のところ主兵装《マスターアーム》スイッチはオフだ。レーダー警戒装置《RWR》は何の反応もしていなかった。相手が中射程ミサイルを撃っため、ロックオンしてくれれば警報が鳴る。

後席で原尾がつぶやいた。

「また、引き返したんですかね」

アンノウンは尖閣諸島周辺への接近と離脱をくり返している。最初に上がった五分待機組の二機はそろそろ基地に到着し、再給油《リフューエル》を行っている頃だろう。二番手で上がった三十分待機組も那覇空港への最終進入《アプローチ》に入っているかも知れない。

那覇の防空指揮所《DC》が沈黙をつづけているのは宮古島《みやこじま》レーダーサイトがアルファを失探《ロスト》したまま、まだ見つけていないからだ。引き返すなら高度を上げるはずで、一万フィート以下を保っているなら近辺に潜んでいる可能性は高い。

斑目機は魚釣島の北側を飛んでいた。左に目を向ける。雲の切れ目からほんの一瞬、まだらに緑を散らした岩肌が見え、すぐに雲の陰にかくれた。降下するほどに雲量が増えているのは低空に層状の雲が広がっているだけでなく、西から流れてきているためだろう。前方に視線を転じる。雲の城壁はだんだんに迫ってきて、やがて尖閣諸島周辺をすっぽり包みこんでしまうだろう。

右方を見やった。雲は北の空にも張りだしている。水平線を見てとることはできなかったが、下方には海面が見えた。

「雲底高度《シーリング》は千フィートくらいだな」

「そうですね」

原尾の声は落ちついていた。

魚釣島の西方洋上で左に機体を傾けた。燃料計に目をやった。一万ポンドをわずかに切った辺りで指針が震えていた。

「雲の下に出てみよう」

「はい」

斑尾は編隊内交信《チャンネルツー》にセットしてある無線機のスイッチを入れ、ウィングマンを呼んだ。

「アラモ、コピー」

アラモは僚機を駆るパイロットのタックネームである。

〝二番機《ツー》〟

「こっちは雲の下まで降りる。お前はそのまま一万で警戒しとけ」

〝了解《ラジャー》〟

返事が来たときには斑目は機体を左に傾斜《バンク》させたまま、操縦桿を引き、左ラダーペダルを踏んでいた。機首が下を向いたところでスロットルレバーをわずかに引いた。それでも機速は四百ノットから四百五十ノットに増えた。ヘッド・アップ・ディスプレイの高度表示が減じていく。二千フィートで引きおこしをかけたときには鉛色の海面が眼前に広がった。水平飛行に移ったときには千三百フィートまで降りていた。左に魚釣島の西端を見ながら回りこむように左旋回し、島の南側へ出た。

魚釣島は東西に三・五キロある細長い島で東からなだらかに盛りあがっていき、背骨のように岩山が伸びている。高さはF－4の高度とほぼ同じだ。海底の様子など斑目は知らなかったが、巨大な山脈の頂上が洋上に突きだし、点在する魚釣島、北小島、南小島となっているようだ。

稜線越しに北の空を見やった。洋上は一面灰色だが、雲底は北に向かってせり上がっていて遠くの方が少し明るく、広く見渡すことができた。西から東へ、東から西へ、目を凝らして見張った。雲上を飛ぶ僚機は見えない。

あっという間に魚釣島を通りすぎ、北小島との間に出たときに見えた。

灰色の空間に弧を描く白い傷跡……。ふいに現れ、右から左へと伸びていく。戦闘機が機動したときに翼端から曳《ひ》く水蒸気の帯《ベーパートレイル》に他ならない。しかも二筋あり、そろって僚機に向かっている。アラモがまだ気づいていないところを見ると相手機はレーダーを使わず雲間からアラモ機を視認したのだろう。

斑目は間髪を容れずＦ－４を右に横転させ、同時にスロットルレバーを鉤《かぎ》状のレールにそって前へ押しだした。アフターバーナー、点火。Ｆ－４が蹴飛ばされたように加速する。無線機のスイッチを押しこんだ。

「アラモ、左急旋回《ブレイク・レフト》。視認《タリー》、敵機二機《ツーボギー》。右後方を警戒しろ《チェック・フォア》」

〝ツー〟

今や灰色の空間に二つの黒点が見えていた。まだはっきりと形が見てとれるほどではないところからすると七、八マイルか。

「つかまえた」

レーダーを操作していた原尾が声を張りあげた。レーダーを相手機に向け、捕捉したのだ。同時にヘッド・アップ・ディスプレイに捕捉した相手機の位置を示す四角形《コンテナ》が二つ現れ、それぞれの高度、彼我の距離、接近速度が瞬時に表示されたが、読みとっている暇はなかった。空中に白い弧が一筋現れ、今度は左から右下、斑目機に向かって伸びてきた。直後、レーダー警戒装置にぽっと赤い点が現れ、耳障りな警報がイヤフォンに溢れだす。

「ロックされました」

原尾が悲鳴のような声を上げた。

「わかってる」

怒鳴りかえしながら斑目はスロットルレバーから左手を離し、計器板の中央にあるマスターアームスイッチに伸ばした。カバーをはねあげ、トグルスイッチをつまむと一段引っぱってから上げた。すぐにスロットルレバーに左手を戻し、兵装セレクタースイッチを親指で探る。

急速に接近してくる相手の姿がはっきりと見えた。平べったく、大きな主翼を広げ、二枚の垂直尾翼が見える。

Ｓｕ－27。

主翼下に吊り下げられたミサイルの形まで見えた。すれ違いざまに撃ちこんでくるか。だが、彼我の距離はせいぜい数マイルでしかなく、短射程ミサイルを照準するための最短距離もあっという間に割りこんでいた。

斑目はセレクターを機関砲《ガン》に入れた。

今日がその日になるのか。

基地の敷地内をほぼ半周して司令部庁舎に近づいていた。

「結局、コピーは撃たなかった」

伊賀の言葉に郷谷はうなずいた。

「撃ってりゃ、歴史が変わってる」

すべて初めて聞く話だが、不思議はなかった。対領空侵犯措置行動中にどのような事件があろうと口外できない。一方、ロシア機や中国機とからむことはよくある話で噂になることもほとんどない。だが、中国機に向かって実弾を発射すれば、たとえ威《い》嚇《かく》射撃だったとしても政府としても発表せざるを得なくなる。

「まあ、そうだろう」伊賀が苦笑する。「すれ違った直後、中国軍機はコピーの後ろを取ろうとしないで高度を取って僚機《ウイングマン》と合流《ジョインナップ》したそうだ」

F－4とは比べものにならないほど強力なエンジンを積んでいるSu－27が垂直上昇に転ずれば、追いつくすべはない。郷谷は伊賀を見やった。

「コピーが〈閣下〉に接近したのはそのときか」

「当時の空幕長だったからな。コピーとウィングマンを呼んで直接事情聴取した。そのときにコピーは空母不要論をぶったらしい」

撃つか撃たれるかという経験をした斑目は目の前に迫る国家存亡の危機を感じ、魚釣島とまではいかないまでも付近の島にレーダーサイトを設けるなり、下地島に分遣隊を配置してはどうかとまで意見具申をしたという。

「〈閣下〉がそれに乗っかった。コピーの上司連中にしてみれば、当然面白くないわな。いろいろ難癖をつけてコピーを飛行機から降ろしちまった。それが退職のきっかけだっていわれてるが、本当のところはどうかなと思ってる」

「何だ？　本当のところって」

「リクルートだよ。モリシュンは自分の子分を作りたがってた。あの人は高射特科部隊《ミサイル》の出だからな。航空自衛隊《ワガシャ》にはファイターにあらずんば人にあらずって空気があるからね」

「そうか」郷谷は伊賀を見やった。「全然意識したことないけどな」

「意識なんかするか。おれもお前もファイターだ。だが、おみそ扱いされてる連中もいる」

伊賀はうっすらと笑った。

「政治家に転じてからの方があの人の影響力は大きくなったといえるだろう。うちのOBやワガシャの事業に関連する企業……、世良の話では海外にもシンパがいるようだし。現役の中にもいる。獅子身中の虫どころじゃない、身中に蟻《あり》の巣を抱えているようなもんだという見方もある」

組織が大きければ、一枚岩であるのは難しい。森田が戦闘機パイロットではなかったという点がかえって求心力を生んだのかも知れない。

「いずれにせよコピーはどうしても十月二十六日に尖閣の上を飛ばなくてはならなかった」

「どうして」

「中国の戦闘機が来ることを知っていたようだ。どんなルートで知ったのかは今のところ調査中だ」

伊賀が郷谷をふり返った。

「コピーはどうしてもATD－XⅡとやらを日本製にしたかった。だが、〈閣下〉の一派は台湾製でもフィリピン製でも……、とにかくどこが作ろうと一日も早く現実のものにしたかったようだ」

「そんなことまでわかるのか」

「わかるもんか。だが、さっきいったコピーの空母不要論だが、採用した国がある」

「中国か」

郷谷の答えに伊賀がうなずいた。

中国海軍は二〇一二年に空母『遼寧《リャオニン》』就役を発表したが、中身はあまりにお粗末だった。元々は何と一九八〇年代半ばにソ連が設計したヴァリャーグという空母だが、建造途中でソ連が崩壊、長年にわたって放置された。空母として売却を画策したが、買い手がつかず、二十世紀末、ついに鉄くずとして売りに出された。買い取ったのは中国のレジャー会社——のちにペーパーカンパニーであることが発覚——で、洋上カジノにするという触れ込みだった。ところが、二十一世紀に入るや中国海軍が本格的な改修、艤装に着手、十年以上の歳月をかけ、ようやく就役にこぎ着けた。しかし、武装した戦闘機では重すぎて離発着できないような代物だったのである。

同じ頃、中国は西沙、南沙諸島の各所で滑走路や人工島の建設を進め、現在、戦闘機や地対空ミサイルの部隊を展開すべく試験をくり返している。ウッディ・アイランドやファイアリー・クロス礁をはじめ、いくつもの島々に空軍基地ができれば、南シナ海を制するのに空母はもはや不要だろう。

伊賀が言葉を継いだ。

「それとさっき世良がいってたろ。おれたちの仕事は証明することじゃない。推測であれ、わが国に危険が迫れば……」

「阻止するんだな？」

郷谷がいうと、伊賀が目を剝いて睨んだ。

「ぶっ潰すんだよ」

第六章　AiCO

1

那覇に到着した翌日、それも午後になってようやく飛実団のF－15DJへのEO－DASポッド搭載作業が整備格納庫の一角で始まった。飛行開発実験団とアトラスグループから専門要員が到着するのを待たなければならなかったためである。しかもやって来たのは六名。世良によれば、愛知県警公安部による身辺調査が済んでいるのは今のところそれだけだという。

「それにしてもよくこんな手を思いつくよなぁ」

腕組みした郷谷はつぶやいた。

「誰が考えたって同じところに行き着くさ。何しろ相手がアレだもの。だからおれたちに那覇へ飛べと命令が来た」

二人は並んで立っていた。目の前のF－15DJはキャノピーを外され、ウィンチで後部座席が持ちあげられている。胴体の下にはC－1から外されたEO－DASポッドが置かれていた。世良が台湾で情報を得てきた黒い無人戦闘機がATD－XⅡ並みのステルス性を持っているならレーダーで捕捉するのは難しい上に敵性レーダーを感知すれば、回避行動を取る。

「やっぱりチャンプが行くかね」

「そりゃ、そうでしょう」

「チャンプの方がうまいのはたしかだが」

「いや、あれですよ」

郷谷はF－15のそばに置かれている作業台を顎で指した。雪乃がアトラスグループで電子機器を担当する技術者たちとともに作業をしている。

EO－DASをF－15で運用するためにはブレインギアも搭載しなくてはならない。そのため後部座席を外し、空いたスペースにEO－DAS、ブレインギアの両方を運用するための機材を積まなくてはならなかった。雪乃たちが行っているのは、EO－DASポッドとブレインギアをF－15に搭載し、テストする作業である。

「ヘルメット搭載型ディスプレイシステム《HMDS》……、アトラス・シックスではブレインギアといってましたが、おれはあいつを何度か使ってますからね。今どきの器具だから使うのは難しくないけど、少しでも慣れてる方がいいでしょう」

郷谷は千田に顔を向けた。

「レールガンを積んでるってのは本当だと思いますか」

「わからんなぁ。Ｓｕ－27の射出座席の穴がレールガンから発射された弾丸によるものというのは辻褄《つじつま》は合うけど」

千田は郷谷に目を向けた。

「ところで、雪乃さんがいってたあの話こそ本当かね」

「あの話って」

「据え物斬り。チャンプが二機のＳｕ－27を墜としてみせて、それを人工知能が学習したって」

「人工知能が学習したかどうかはわかりませんが、尖閣でＳｕ－27が墜ちた日の午前中にアトラス・シックスのシミュレーターで二機を撃墜したのは事実です」

「場所は知らされなかったんだよな」

「飛行前の打ち合わせ《プリブリ》では日本領空のどこかとしかいわれませんでした。それと飛ばすのはＦ－２だって。どちらもサトリからいわれたんですけどね」

「どんな内容だった？」

「相手は一万フィートほど高い位置を飛んでいて、右前方から接近してくるという設定でした。交差角は百六十度くらい。おれは相手の下を通りぬけてから反転して追いかけたんです。最初にウィングマンの後ろにつけました。ウィングマンはリーダーのほぼ真横で少し高いところにいて、二機は間を広く取ってました。五、六千フィートくらい」

「典型的なラインアブレストだね」

「少ししてリーダーが左へチェックターンに入るのが見えました。こっちに腹を見せましたから、その隙におれはウィングマンとの距離を詰めて、ウィングマンが左旋回に入ったとき、照準点《ピパー》をコクピットに載せました」

「で、バンね。次は？」

「上へ抜けて、ひっくり返ってリーダーに近づきました」

「そこからＩＲミサイル一発で片がついたろ。リーサルコーンのど真ん中だったんじゃないのか」

「ミサイルはなしという想定でした。こっちの兵装は機関砲《ガン》だけ」

「ガンだけ」千田は口許を歪めると拳で顎をこすった。「なるほどね。例の黒い戦闘機の兵装はレールガンだけのようだ」

「郷谷２佐」

後ろから声をかけられ、ふり返った。制服姿の女性隊員が立っていた。ネームプレートには司令部渉外室とあった。

「お客さんがお見えなんですが」

「客？　誰だろ」

「沖縄県警の深水さんという方です」

「行ってきなよ」千田がいった。「チャンプがここにいてもすることはないし」

「わかりました」

格納庫を出て、司令部に向かった。案内された応接室には深水が待っており、郷谷が部屋に入ると立ちあがった。

「お忙しいところ、申し訳ない」

「いえ」郷谷は椅子を引いて腰を下ろした。「何かありましたか」

座りなおした深水が首を振る。

「何があったというわけじゃないんですが、あなたが斑目氏の知り合いだと世良さんから聞きまして」

「あいつとは航空学生の同期です。深水さんは斑目を知っているんですか」

「斑目氏が那覇に勤務しているころからいっしょに酒を飲んだりしてました」

郷谷は何もいわずにじっと深水を見ていた。

しばらくの間、郷谷を見返していた深水だったが、息をひとつ吐き、うなずいた。

「そうです。彼は監視対象でした。実は、斑目さんが亡くなったとき、私は石垣島にいて、彼が飛びたつ前に会っているんです。飛行計画では石垣島周辺を飛ぶだけとなっていましたが、尖閣諸島に行くのではないかと考えられたものですから」

「コピー……、斑目を止めようとしたんですか」

「私の仕事が仕事ですから信じられないと思いますが、本気で止めようと思ってました。斑目氏が嫌いじゃなかった。公安部員だって、感情はありますよ。ほんのちょっぴりかも知れませんがね」

深水はまさに微苦笑という顔つきになった。

「コピーというのがコールサインでしたっけ」

「飛行隊ではタックネームといってますが、そう、コールサインです」

「あなたも？」

「チャンプです。といっても郷谷をゴーヤと読む連中が多くて、ゴーヤチャンプルー

　びっくりしたような顔をして深水がまじまじと見返しているのに気がついた。

「どうかしましたか」

「斑目氏がよくチャンプの話をしていました。そういえば、同期といってましたね。同期の中で一番うまいパイロットだって」

「いや……」

　否定しようとした郷谷をさえぎるように深水が言いつのった。

「たぶん斑目さんがあなたに会うように引っぱってきたんでしょう」

「どういうことですか」

　しかし、深水は郷谷の問いに答えようとせず応接室の中を見回した。郷谷に向きなおり、苦笑する。

「壁に耳あり障子に目あり……、職業病ですかな」

　ふっと息を吐いたあと、深水は話しはじめた。

「斑目氏はＦ－35は日本に来ないだろうといったんです」

「いや、来ますよ。航空自衛隊の次世代戦闘機ですから」

　百里基地で目の当たりにしたモックアップが脳裏を過ぎる。はるか昔の出来事のような気がした。

「日本も共同開発のメンバーに入っているんでしたっけ？」

「共同開発国ではありませんが、大量に購入します」

「斑目氏はF－35というのはアメリカが各国から金を巻きあげるための一手段……、詐欺のネタでは言い過ぎでも投機目的の商品みたいなものじゃないかと考えていたようです。いろいろ問題が生じて開発が遅れているのではなく、アメリカが意図的に各国への引き渡しを遅らせているんだと」

「まさか」

「アメリカが次の戦闘機を手に入れていない以上、現時点で他国にステルス戦闘機を渡すはずがないと彼は見ていたようです」

あるいはステルス戦闘機を阻止する有効な手段を手に入れていないと郷谷は胸の内でいいかえた。

深水がつづける。

「斑目氏は逆黒船だともいってましてね、それは面白いと思ったんです」

「逆黒船？」

「ペリーが来て、黒船騒動が起こりましたよね。それが明治維新のきっかけになった。いまやアメリカは凋落《ちょうらく》してアジアから手を引こうとしている。手を引くつもりはなくても中東やアフガン、それにロシアとの関係があって、とてもじゃないが極東まで手が回らない。黒船が来るんじゃなく去って行く。それで逆黒船だと。中国が出てきたのは結局アメリカという重石《おもし》が取れたから……」深水は照れ笑いを浮かべた。

「誰しも同じような見方をしてますね。私が偉そうにいうまでもない」

「いえ」

「だからこそ日本は独自に防衛手段を持たなくちゃならないと斑目氏はいってたんです。そのためには国内の世論を盛りあげる必要があるとも」

アクチャルホットスクランブルで出動し、対象となった識別不明機《アンノウン》を捕捉した場合、パイロットは写真もしくはビデオを撮っている。伊賀から聞いた尖閣諸島上空でSu－27と遭遇したときもカメラは回していただろう。だが、自衛官は絶対に公表しない。しかし、プロカメラマンが取材で魚釣島に行き、撮影に成功したとなれば話は別だ。

「あの日、魚釣島に飛んだのは国内世論を盛りあげるためだったわけですか」

わずかの間、深水は考えこむ様子を見せた。

「たぶん。尖閣諸島上空に入ってくる中国戦闘機の姿を公表すれば、巡視艇に体当たりしてくる漁船以上のインパクトがあると考えたのでしょう」

いくら国内世論が盛りあがっても政府が動くだろうかと郷谷は思った。F－2の開発にあたってアメリカが横槍を入れ、レーダー直径に制限をかけた。またしても統帥権干犯という言葉が脳裏を過ぎる。ステルス性と機動性をあわせもち、人工知能によって制御される空対空戦闘専用の無人機を日本が独自に開発しようとすればどうなるか。

森田にしろ、斑目にしろATD－XIIの実用化を急いだのは、いち早く既成事実としてしまいたかったからなのか。

「あの日、十月二十六日に中国軍機が魚釣島に飛来することをコピーは知っていたんでしょうか」

深水は両手の指をからめ、目を伏せていた。

「それはわかりません。ただ一ついえるのは、最後に会ったとき、いやな予感がしたということだけです」

「いやな予感といわれると？」

「カメラマンは脳天気な顔をしてましたが、斑目氏は達観しているというか、何か諦めているような顔をしてまして……」

深水は眉間に深い皺を刻み、小さく首を振った。

司令部を出て、格納庫に戻る道すがら郷谷は深水との会話を思いかえしていた。玄関を出たところで深水はいった。

『やはり斑目氏があなたに会うように導いたんでしょう。彼の軽飛行機は空中分解したようです。遺体を収容した海上保安庁のダイバーに聞いたところ、主翼が胴体から剝がれていたそうです。海に墜落しただけで、そこが壊れることはない、と』

水没した機内からデジタルカメラを回収してきたのも同じダイバーなのだろう。映像はカメラマンの絶叫で終わっていた。Ｓｕ－27の噴射炎をまともに浴び、高翼式の主翼が引きはがされたということかと郷谷は思った。

格納庫わきの鉄扉から中へ入った。Ｆ－15ＤＪのわきにはオレンジ色の作業台が置かれ、上に数人が乗って後部座席をのぞきこんでいる。その中に千田もいた。することはないといわれている以上、そばに行っても邪魔をするだけだろう。さて、どうしたものかと思っていると雪乃が近づいてくるのが見えた。

「なかなか調子は良さそうですね」

雪乃が苦笑する。

「まだ結線すら済んでいませんよ」

「いやぁ」

郷谷は頭を掻いた。

「あの話、本当なんですね。整備にうといパイロットが格納庫に紛れこんだら、まずはにっこり笑って、なかなか調子が良さそうじゃないかという」

素直にうなずいた。

「似たようなもんですね」

「ちょっとよろしいですか」

雪乃の顔から笑みが消えた。

「はい。どうも私に手伝えることはなさそうだし」

「ＡｉＣＯのＣＧモデルはご覧になってますか」

「青いガラスの人形みたいなアレですか」

そういうとなぜか雪乃は眉間に皺を刻んだ。郷谷はうなずいた。

「硫黄島でサトリが見せてくれましたよ」

「あのＣＧモデルは硫黄島に出発する直前に私が作ったんです」

「そうだったんですか。いいですねぇ。今どきの言葉でいうとクールってところかな」

　雪乃は首を振った。

「やっつけ仕事です。頼まれたのが硫黄島に出発する前の週の木曜日で、月曜日には発つことになってましたから。金曜の夜からほぼ一晩で作りました」

「一晩で？　すごいな」

「原型となったフィギュアを佐東さんが持ってきて、３Ｄスキャンまでしていったんです。だから私はデータを取りこんで部分的にデザインを変更しただけでした」

　雪乃は相変わらず冴えない表情をしている。

「あまりお気に召してないようですね」

「実は私が作ったモデルはガラスのようなボディではなかったんです。佐東さんから渡されたデータでは青いスチールの鎧をつけているような……、元になったフィギュアがそういうデザインだったものですから。いかつい感じがしましたので鎧ではなく、肌そのものがスチールでできているようにしたんです。表面はもっとすべらかな感じにして光沢があるようにしました」

「ガラスのボディではなかったということですか」

「そうです。それに……」雪乃は自分の顎の右側を指さした。「ちょうどここのところに小さなへこみがありました。気づいたのはCGモデルをAiCOに送りこんだあとでした。修整はいつでもできると思ってたんです。そのへこみもなくなっていました」

「雪乃さん以外の誰かが手を加えたということですか」

「藤田さんが……」

いいかけ、雪乃が今にも泣きだしそうな表情になる。だが、すぐに気を取り直したように言葉を継いだ。

「藤田さんが土、日の間に手を入れたのかと思って、ちょっと調べてみたんです。セキュリティ上、AiCOにアクセスすれば、記録が残るようになっているんです」

「しかし、藤田さんが触れた記録はない」

雪乃がうなずき、郷谷は重ねて訊いた。

「サトリじゃないんですか」

「たぶん違うと思います。佐東さんがCGモデルを見たのは硫黄島にC－1を持ちこんでからです。前の週から彼は硫黄島に入っていましたし、AiCOにアクセスするにはC－1に搭載していたATD－XⅡの遠隔操縦用のコンソールが必要です。佐東さんも自前のノートパソコンを硫黄島に持って行っていたと思いますが、それではアクセスできません。アトラスグループのホストコンピューターにつなげないと……」

雪乃がますます不安そうな表情になった。

「どういうことですか」

「ひょっとして……」雪乃は自らの思いを打ちけすように首を振った。「いえ、そんなことはありえない」

郷谷は頰を掻いた。

「メカにうといパイロットですが、話くらいは聞けます。あくまでも仮説というか、雪乃さんの考えでいいじゃないですか」

「そうですね」

わずかの間、雪乃は目を伏せていたが、やがて決然とした様子で郷谷を見た。

「ＡｉＣＯ自身がリデザインしたんじゃないかと思うんです」

「自分でガラスのようなボディにして、顎のへこみも消したんですか。人工知能ってのは凄いことをするもんですね」

「そんなプログラムは組みこまれていません。ＡｉＣＯはあのＣＧモデルが自分のイメージだと認識して動かすことはできたと思います。でも、鏡に映すように自分で見ることはできないんです……、できないはずなんです」

「しかし、自分の姿を見て修整をくわえた？」

「人工知能は私の専門外ですし、何一つ証明はできないのですが」

「かまいません」郷谷は肩をすくめた。「雪乃さんの心配事を、メカだけでなく、コンピューターにもうといパイロットの頭で理解できるかどうかは別問題ですが」

「生命なんです」

いきなりのひと言に郷谷はまばたきした。雪乃が言葉を継ぐ。

「ある物体が自ら決めた目的に向かって活動しているように見えるとき、生命を持つとみなされるという説があります。生物学ではなく、哲学的な考えですが」

「ＡｉＣＯも生命だと？」

「すみません」雪乃は首を振った。「それも私にはわかりません。私にわかるのはＡｉＣＯは自らデータを取りこんでいく、機械学習を行っているというだけです。当初は評価のための判断基準……、パラメータは藤田リーダーと佐東さんが設定していたようですが、読みこむデータが膨大なものになっていくにつれて、藤田さんたちが組みこんだものだけでなく、ＡｉＣＯ自らがパラメータを設定できるようにしてありました」

「どのデータを採って、どのデータを捨てるかを人工知能が自分で判断するということとですか」

「少し擬人化が過ぎますけど、だいたいそんなことです。でも、人工知能の分野ではパラメータの自動生成といって、それほど珍しいことではありません。この部分が学習というニュアンスに近いかも知れません。それにＡｉＣＯはほかの人工知能ほど複雑なプログラムではありません。将棋ソフトをベースとして、ある状況下におけるパイロットの操縦法を選択して、それによって機体を動かすようになっているだけです」

「右へ行くか、上へ行くか……、まあ、それほど難しく考えてるわけじゃないですね。しかし、それだけで生命なんていえるんですか」

「一昨日、郷谷さんが相手にされたＡＴＤ－ＸⅡにもＡｉＣＯは乗りこんでいますが、ＡｉＣＯは一つだけではありません。おそらくＣ－１のコンピューターの中でも生成されていたでしょう。それだけじゃなく、ネットでつながっている場所であれば、自らのパラメータに沿ってデータ収集を行います。航空自衛隊や防衛省のコンピューターにも入っていると考えられます」

「ハッキングということですか」

「正確にはハッキングではありません。アトラス・シックスのシミュレーターを動かしているメインコンピューターは防衛省技術研究本部《ぎほん》ともつながっていますので」

「正当な手続きを踏んでまかれたタネが自然に発芽したって感じですか」

「ニュアンスとしてはそんな感じですかね。ただし、日本以外の国のコンピューターに侵入すれば、ハッキングといえます」

「大元になっているAiCOといえばいいのか、AiCOの本体といえばいいのか、そういったものはどこにあるんですか」

「本体と呼べるようなものはありません。必要に応じてプログラムが起動し、AiCOを生成するだけです。どこにでもいて、どこにもいないんです。ひょっとしたら郷谷さんが遭遇するかも知れない例の黒い戦闘機にもAiCOが乗っている可能性があります。AiCOにとって戦闘機はデバイスの一つに過ぎません。誰かがオンボード・コンピューター上でAiCOを走らせれば、どのような戦闘機であれ、データベース化された航空自衛隊パイロットの技量で操ることになります」

「黒い戦闘機にAiCOが乗っているとして、どうやって航空自衛隊パイロットのデータベースにアクセスするんですか」

「データベースはAiCOが内包してます。データベースとパラメータがセットになってAiCOなのです。データベースはおそらく数千人分になります。そのデータの中から機動中に最適と思われる解を瞬時に見つける、それがＡｉＣＯです」

「数千人分？　凄いことなんでしょうが、正直にいえばまるで理解できない」

「あくまでも私個人の仮説に過ぎません。たとえが擬人的に過ぎますし……。でも、ＡｉＣＯ自体が独自に進化しているんじゃないかと不安になるんです」

天空を覆う黒雲のようにＡｉＣＯのイメージが巨大化していく。郷谷は唸った。メカだけでなく、コンピューターテクノロジーにもうといパイロットにできるのは唸ることくらいでしかなかった。

2

Ｆ－15ＤＪの胴体下に入りこんだ整備隊員が点検孔の蓋を開け、中をのぞきこんでいる様子を郷谷は不思議な感慨をもって眺めていた。

かれこれ二十年以上Ｆ－15に乗ってきたが、操縦席に座ったまま、整備隊員と同じ目の高さ——地表レベルで機外点検の様子を目にしたことはなかった。指先の動きから濃い眉、尖らせた唇、真剣な眼差しまではっきりと見てとれる。

光景に色はなかった。胴体センターラインに取りつけられたＥＯ－ＤＡＳポッドの高感度カメラがとらえているモノクロ映像を元ブレインギアのバイザー型ディスプレイで見ているのだ。

ブレインギアにはアイカメラと脳波センサーが組みこまれ、郷谷の目の動きと脳の活動状態をリアルタイムで拾うようになっていた。初めてアトラス・シックスに行ったとき、藤田はブレインギアを見せて重量が四ポンドを超えると説明し、最終的には三・五ポンドを切るところまで持っていくといっていたが、センサー類を取りのぞくとあっさり三・五ポンドを切った。

「HMDSの具合はいかがですか」

雪乃の声がすぐ左側に聞こえた。機体に横付けされた昇降台に上がり、コクピットと同じ高さにいるのだ。胴体下部に視点があるので顔を向けても雪乃を見ることはできない。F－15のコクピットは地上から三メートルほどの高さにある。

雪乃の代わりに格納庫の壁際に立っている千田と伊賀が見えた。千田が手を振ったので右手の親指を突きだして見せる。

「視点の高さにギャップがあるけど、空に上がってしまえば問題にならないでしょう」

「解像度は？」

千田と伊賀の顔もはっきり見てとれる。

「問題なし」

「上はいかがですか」

顔を動かさず、目だけを持ちあげてみる。左の主翼下に吊ってある増槽が見え、次いで主翼下面を見上げる格好になった。次いで顎を持ちあげた。いきなり視点が後席に飛び、操縦席の縁に手をついている雪乃の横顔が見えた。後部座席には座席の代わりに高感度カメラや赤外線《IR》センサーを取りつけた感知部が設置されている。

「悪くない」

にやりとして答えると横向きの雪乃が天井を指さした。

「さらに上を」

顎を持ちあげていく。整備格納庫の屋根を支える鉄骨や水銀灯が見えた。後席のカメラやセンサーはヘルメットの動きに連動して上下したり回転したりするようになっている。ぐるりと周囲を見まわし、後方を見やった。垂直尾翼のわきに立ち、マスクをしてペイント用のスプレーガンを手にしている整備隊員が見えた。衝撃波と人工衛星の軌道を重ねて図案化した飛行開発実験団のマークを消し、鷲の横顔をモチーフとした第２０４飛行隊のものに描きかえているのだ。

後席から見ている格好なので後方の視野はかえって広くなった感じがする。

ふたたび下方に目を向けると、後席の感知部からEO－DASポッドに切り替わる瞬間に目の前が真っ暗になる。だが、ほんの一瞬でふたたび胴体下の視点に戻った。

「後席と胴体の下に切り替わる瞬間にブラックアウトしますね。真横は見えないかな」

「まだ、実験用ですからね。実戦配備されるときには切れ目のない視野にできると思いますが……、それとバイザーの透過性が充分じゃないんです。VRゴーグルを改造して作ったもので、CG映像を見やすくすることを優先させてますから」

「真っ暗になるといってもほんの一瞬だし、真横を見たければ、機体を傾ければいいだけなんで問題ないでしょう」

「後席の回転式架台《ターレット》に取りつけてあるセンサー類はどうしても大きさに制限があります。視野の広さと解像度はポッドの方が高くなります」

「相手をよく見たければ、腹で見ろか」郷谷は首をかしげた。「その点は今までとまったく逆になりますね」

「生理に逆らいますか」

「それも何とかします」

自信たっぷりに請け合ったが、不安はあった。とっさのとき、頭上の敵機を見ようとすれば、十中八九水平飛行のまま顔だけ上げるだろう。

「ＨＭＤＳの表示の切り替えはキャッスルスイッチで行います」

キャッスルスイッチは操縦桿の上端に並んだ三つのボタンの真ん中にあり、五弁の花びらのように小さな突起がある。親指を載せた。

「上下に動かすと機能が切り替わります」

上に一度動かしてみた。目の前に通常のヘッド・アップ・ディスプレイと同じ表示が現れる。さらに一度。今度は統合戦況ディスプレイが表示されるが、機上レーダー、データリンクともオフになっているので上端に待機《ＳＴＢＹ》の文字が出ているだけだ。

「スイッチはロータリー方式で上に動かしても下に動かしても、ヘッド・アップ・ディスプレイ、統合戦況ディスプレイ、垂直状況ディスプレイ、スタンバイの順で切り替わります。一つ先に進めたければ上、戻る場合は下です。左右に動かすとそれぞれのディスプレイの倍率が変更になりますし、ヘッド・アップ・ディスプレイモードの場合は通常モードのほか、空対空戦闘時の索敵モードを中距離、短距離と切り替えられます。こちらもロータリー方式で順次変更できます」

ヘッド・アップ・ディスプレイモードにしたまま、距離を切り替えていった。中距離であれば、レーダーホーミングミサイルの照準圏サークルが表示され、短距離では赤外線ミサイルのサークルに替わった。近接戦闘モードでは機関砲《ガン》から発射される二十ミリ弾の到達範囲が二本のラインで示される。ラインは上方が開き、遠くなるほど弾丸が散らばるのを表していた。いずれも見慣れた表示だ。

「HMDSがオフであれば、通常のキャッスルスイッチと同じく、ヘッド・アップ・ディスプレイや多機能表示装置《マルチ・ファンクション・ディスプレイ》の操作ができます」

「了解」

「それじゃ、ディスプレイをあげてください」

ディスプレイの下端に親指をあて、そっと持ちあげる。かちりとかすかな音がしてロックされた。同時にスイッチが切れる仕組みになっている。視点がいきなり三メートルほど高くなったことに面食らい、郷谷はまばたきした。

「高低差に慣れるまでちょっと時間がかかりそうですね」

「その必要はないでしょう。照明設備がまったくない滑走路へ闇夜に降りるんなら別ですけど」

「たしかに」

「それじゃ、あとは午後のテストフライトで。ヘルメットを脱いでいただいて結構です」

午後に一度テストフライトを行うことになっている。その後の予定は何も決まっていない。黒い戦闘機は今夜にもやって来るかも知れないし、二度と来ないかも知れない。しかも黒い戦闘機のステルス性能を考えれば、防空レーダー網による捕捉はおそらく不可能だ。台湾側から通報があるとも思えない。そもそも黒い戦闘機を捉えたのは偶然に過ぎないのだ。

どのようにして黒い戦闘機の飛来を探知するのか……。世良と伊賀にまかせておくよりほかにないだろう。

郷谷はヘルメットのチンストラップを外した。

禁煙ファシズム——世良はどこもかしこも禁煙とする昨今の風潮はファシズムにほかならないと見なしていた——は沖縄にも押しよせ、県警本部内でパイプタバコを味わう部屋を確保するのに苦労した。公安部長から本部長に根回しして、何とか一階北側にある小部屋での喫煙を許可してもらい、ここを拠点とした。スチール製の机の上には電話機、ノートパソコン、スマートフォンと折りたたみ式の二台の携帯電話が置かれ、目の前には尖閣諸島の地図と、一見落書きとしか見えない文字や数字、図表を書き散らしたノートが広げてあった。

ノートには1026、1030、?と殴り書きしてあった。

十月二十六日は斑目と伊瀬の乗った軽飛行機、十月三十日は中国空軍のSu－27の二機編隊が墜ちた日である。いずれも表向きは墜落事故となっているが、斑目たちの軽飛行機は中国軍機のジェット噴射を浴びて空中分解したのであり、中国空軍機は黒い無人戦闘機に撃墜されている。

地図を眺めながらマグカップを取りあげ、すっかり冷めたコーヒーをひと口すすった。

尖閣諸島は魚釣島をふくむ五つの島と岩礁群からなり、切りたった岩山が多く見られるところから尖閣と名づけたとされる。明治十八年以降、日本政府は調査を開始し、どの島にも人が住んでいないこと、清国をはじめ、どの国も領有権を主張していないことを確認した上で国際法に則り、閣議決定を経て沖縄県への編入を宣言した。

昭和二十年八月、日本は敗戦により、アメリカの占領下におかれた。その後、昭和二十六年九月にサンフランシスコ講和会議で講和条約に調印し、翌年四月に発効、このとき日本の独立が回復したとされる。しかし、沖縄県は引きつづきアメリカの統治下に置かれたのである。

沖縄が返還されるのは昭和四十七年五月のことだ。このとき日本側は返還にかかわる文書において尖閣諸島の名を明記することを求めたが、アメリカ側は返還するのはあくまでも沖縄県の施政権に過ぎず、領土問題など国家主権にかかわる問題は当事者同士で協議して解決をはかるべきだとして、文書にもそのように記した。このことが現在につづく尖閣諸島をめぐる摩擦のタネになる。

昭和四十七年、一九七二年はアメリカ、中国、ソ連にとって厄介な時期だった。アメリカは長引くベトナム戦争に対して、国内に厭戦《えんせん》気分が蔓延、反戦運動が盛んになり、ときの大統領は糾弾されつづけ、一刻も早い戦争終結の道を模索していた。一方、中国は新疆《しんきょう》ウイグル自治区付近の国境をめぐってソ連と対立、一九六九年の春から夏にかけて中ソ両国は軍事衝突を引きおこし、その後停戦にこぎつけたものの関係は改善されず七〇年代に入っても睨み合いはつづいていた。

ベトナム戦争の一方の当事者である北ベトナムを物心両面で支援していたのは中国である。アメリカは中国を介してベトナム戦争の終結をはかろうとし、また中国はソ連と対抗するため、それまでの敵対関係を捨て、アメリカと手を結ぼうとした。両国の思惑が一致し、米中が急接近しているさなか、沖縄は返還された。

間の悪いことにちょうど同じ頃、尖閣諸島周辺において海底油田の可能性が取りざたされるようになり、中国、台湾がそれぞれ領有権を主張するようになった。沖縄返還にあたって日本が尖閣諸島の名を文書に残すよう求めたのは、そのためでもあった。だが、アメリカ、とくに大統領にしてみれば、ベトナム戦争の終結のみが問題だった。

北ベトナムに働きかける見返りとして、中国はアメリカに対し、尖閣諸島で問題が起こっても不介入を求めた。アメリカは請け合った。名も知らぬ無人島などアメリカにはどうでもよかったからだ。

あわてたのは日本である。ときの首相が北京に飛び、中国首相と会談、日中国交回復を実現している。このとき尖閣についても話題とし、中国首相と一時棚上げすることで合意した。日本側は言質《げんち》としたが、中国側は字義通り一時的な棚上げに過ぎず、領有権を放棄したわけではないとしたのである。

台湾は太平洋戦争後も日本が大陸の政府ではなく、台湾政府を中国と認め、国交を結んでいたところから親日国家だったが、一九七二年の日中国交回復を日本の裏切りとみなした。

今日にいたるまで尖閣諸島周辺で油田は発見されていない。しかし、中国にとって肝心だったのは太平洋への出口としての尖閣諸島領有だったのだ。

日本の国土は約三十八万平方キロで国別のランキングでみると六十二位、中国は約九百六十万平方キロで三位である。ところが、海岸線の長さになると日本の約三万キロ、六位に対し、中国は半分の一万五千キロにもならず十一位と逆転する。

二十一世紀に入り、アメリカはアフガニスタン、イラクでの戦争をつづけ、一方、中国は経済大国として急進、今や世界第二位となったが、さらにトップのアメリカを追い落とそうとしている……。

コーヒーを飲みほし、パイプに手を伸ばそうとしたとき、マナーモードに設定してある折りたたみ式の携帯電話が振動した。背の小さな液晶窓には非通知の文字が浮かんでいた。

世良は耳にあてた。

「もしもし」

「今、到着しました」

前置き抜きで部下の雉牟田がいった。雉牟田は羽田空港国際線ターミナルにいる。

「わかった」

ひと言いっただけで通話を切った世良は、携帯電話を折りたたんでスマートフォンのわきに置き、ノートに目をやった。

十月二十六日、〈閣下〉はベトナムホーチミン市で台湾の実業家楊鴻烈をはじめ、新大東亜共栄圏を構成するメンバーと会議を持っている。四日後の十月三十日、〈閣下〉は台北市にいたが、楊は東京に来ていた。翌日から東京ビッグサイトで開催される見本市の準備のためとしている。だが、世良は新大東亜共栄圏の動きと魚釣島での二件の墜落には楊が何らかの形で関わっているものと見ていた。

電話機に手を伸ばし、受話器を取りあげた。内線番号を押す。最初の呼び出し音が終わる前に相手が出た。

「はい」

「こちらに来ていただけますか」

それだけを告げ、受話器を置いた。机の下からバッグを取り、地図、ノート、二台の携帯電話を入れているうちにドアがノックされた。

「どうぞ」

「失礼します」

深水が入ってきた。世良は立ちあがった。

「那覇空港へ行きます」

「空港ですか」深水が怪訝そうな顔をした。「那覇基地の方ではなく？　午後には航空自衛隊の戦闘機がテスト飛行を行いますが」

「私が見てもしようがないでしょう。それと私を空港に送りとどけたあと、基地に戻って極小任務部隊《きよくにんたい》に伝えてください。Ｘデーは明日の可能性が高い、と」

ぎょっとしたように目を見開いた深水に向かって世良はうなずいた。

「わかっています。今日のテスト飛行で不具合が見つかるかも知れない。だが、たとえ見つかったとしても明日の夜までには対抗できるようにしなくてはなりません。必ず極任隊のメンバー……、四人のうち、誰でもいいですが、彼らのうちの誰かに直接、口頭で伝えるように。いいですか」

深水がうなずくと世良は先にたって部屋を出た。


那覇基地の東約七十マイルから東方へ広がる訓練空域Ｗ《ウイスキー》－１８５で、飛行開発実験団のＣ－１は高度三万五千フィートをゆったりとした楕円軌道を描きながら飛行していた。機内のＥＯ－ＤＡＳ用コンソールの前でＶＲゴーグルを装着した雪乃は左後ろ、上方に低い電子音を聞いた。

ぽっ……。

間髪を容れずＶＲゴーグルに映しだされる映像が左へ動き、音のした方向にピンク色の点を捉える。

目にしているのは二万フィート下方をＦ－15ＤＪで飛んでいる郷谷がヘルメット《H》搭載型《M》ディスプレイ《D》を通して見ている映像だ。Ｃ－１とＦ－15ＤＪはデータリンクで結ばれている。

ピンク色の点は目標指示ボックスに囲まれ、わきに20－25と表示される。ＩＲセンサーは天候にもよるが、二十マイルから二十五マイルの距離で目標を捕捉する。映像が右に流れだす。しかし、ピンク色の点は視界の中央に捉えられたままだ。郷谷が目標を睨んだまま、左旋回に入れたのだ。

沖縄本島の東に北からＷ－１７３、Ｗ－１８５、Ｗ－１７２の三つ、西にＷ－１７９と合計四つの訓練空域が設定されているが、いずれも米空軍の管制下にあった。Ｃ－１は整備を終えたあとの点検飛行という名目でフライトプランを提出し、第２０４飛行隊のＦ－15三機――このうちの一機が郷谷の飛ばすＦ－15ＤＪ――は二機対一機《ツー・バイ・ワン》の空戦機動訓練を行うことになっている。第２０４飛行隊の訓練は当初から予定されていた。同じ空域でもＣ－１は高度三万五千フィート、Ｆ－15は一万フィートから二万フィートを飛ぶ。いずれもＥＯ－ＤＡＳポッドのテストを秘匿するためであり、Ｃ－１はＦ－15編隊より三十分早く離陸し、逆に三十分遅く帰投する。

まず郷谷機が先行し、Ｗ－１８５の東端に向かって飛び、後方から二機のＦ－15が接近することになっていた。ＩＲセンサーが感知し、郷谷が機首を返したところからテストが始まった。

郷谷が百八十度旋回に入れ、二機編隊に正対したとたん、目標指示ボックスは二つになり、諸元が表示される。ＩＲセンサーだけでなく、高感度カメラでも捉えているのでボックス内の機影はピンク色の点からＦ－15のシルエットに変わり、見る見るうちに大きくなっていった。

Ｆ－15の二機編隊に正対したとき、彼我の距離は十マイルもなかった。すでにどちらもＩＲミサイルの射程内に相手を捉えている。だが、互いにロックオンする間もなく最低射距離《ミニマムレンジ》を割り、すれ違うと同時に巴の旋回戦に入った。敵機の後方を狙う空中戦の基本、いわゆるドッグファイトは二十一世紀の今も変わらない。

二度目か、三度目の旋回戦で郷谷は一番機《リーダー》の後方に占位しかかったが、二番機《ウイングマン》が回りこんできたため、追尾を断念せざるを得なかった。小松沖の日本海上空Ｇ《ゴルフ》空域でＴ－４の後席に乗り、二機のＦ－15と空中戦を行ったときと同様、雪乃は最初の旋回戦に入った段階でわけがわからなくなった。ＶＲゴーグルのモードを郷谷のＨＭＤからＣ－１が捕捉している俯瞰《ふかん》映像に切り替えれば、空中戦を見下ろすことはできたが、あえて郷谷と同じ映像のままにしていた。俯瞰映像はテストが終わったあとでうんざりするほどくり返し見ることになるのがわかっていたからだ。

耳元では二機編隊のパイロット同士が慌ただしく交信している声が聞こえていた。郷谷はほとんど声を発しない。僚機をともなっていないためもあるが、飛行教導隊のパイロットたちは空中戦に入るとほとんど無線を使わないとも聞いている。

気になることがあった。郷谷が上下に顔を動かすたび、ほんの一瞬だが、黒い線が視界を横切るのだ。胴体下のＥＯ－ＤＡＳポッドと後席に取りつけたセンサーへの切り替えの際に生じる死角である。ほんの一瞬ではあるし、黒い線に邪魔されて追っている相手を見失うことはなかったものの目障りには違いない。

テスト開始から七分ほど経過したとき、突然、ＶＲゴーグルが真っ暗になった。

雪乃はゴーグルを持ちあげ、となりに座っている千田に目をやった。千田はゴーグルを装着したままだ。

「何が起こったんでしょう？」

「チャンプのゴーグルがブラックアウトしたみたいですね。リーダーが後ろにつこうとしてたんで急旋回で逃げようとした。８Ｇまでかけたのはわかったんですが……」

千田がゴーグルを持ちあげるのとほぼ同時に郷谷が訓練中止を告げた。雪乃には心なしか苦々しげな響きが混じっているように聞こえた。

3

那覇基地駐機場の指定区画——九十分前に発進した位置——にＦ－15ＤＪを乗りいれた郷谷は前方に立っている機付長が両手を大きく開き、てのひらを向けてくるのに合わせ、左右ペダルの先端を強く踏みこんで機体を停止させた。整備隊員が車輪止めをタイヤに嚙ませるため、潜りこむのが見えた。ブレインギアのバイザーディスプレイをはねあげているので胴体下に入った整備隊員を地表レベルで見ることはできなかった。

座席の左側にあるハンドルを引き、キャノピーを開ける。アイドル状態のエンジン音とＪＰ４Ａ燃料の燃える匂いがどっと流れこんで来る。

前方に視線を戻した。機付長のハンドサインに従って電子機器類のスイッチを切っていき、最後にスロットルレバーを最後部まで引いて燃料をカット、二基のＦ１０１エンジンを停止させた。耳がつんとなるような静寂に包まれる。酸素マスクを外し、大きく息を吐いた。どのようなフライトであれ、エンジンを止めれば、安堵の吐息となるはずなのに胸底の重苦しさは消えなかった。機体に乗降用梯子《ラダー》がかけられ、機付長が上がってくる間に酸素マスク、チンストラップを外し、マスクとGスーツにつながっているホースを抜いた。

「お疲れさまでした。どうでしたか」

「機体はばっちり」

ヘルメットを脱ぎながら答え、差しだされた機付長の手に載せた。機付長がはっとしたようにヘルメットを見たが、それ以上は何も訊かなかった。

機付長をはじめ、岐阜基地からスタッフが来たのは一昨日の土曜日、ようやく愛知県警公安部の身元調査が終了したのである。

ハーネスを外してコクピットを出た郷谷は機体の周囲を歩き、空気採り入れ口《エアインテイク》や排気口《ノズル》をのぞき、動翼に触れながら降機後の点検を始めた。同時に脳裏では約一時間にわたった空戦機動訓練《ACM》を脳裏で順に再現していた。相手は第２０４飛行隊のF－15二機編隊である。

フライトの内容を丹念に思いかえすのは初等飛行訓練のときからくり返してきたことで今では習い性になっている。飛んでいる最中のことはもちろん、離陸前の点検から降機後のチェックに至るまで、目にしたこと、操作の一つひとつ、機体の挙動等々できるだけ詳細に思いだしていく。とくに自分の意図と飛行機の挙動が違っていたとき、空中戦の訓練で負けたときには、何が起こったのか、原因は何か、とことん考えぬいた。どこかでミスをしたのは間違いないからだ。

布団に入り、うとうとしかけた瞬間に答えがわかって飛びおきたり、夢の中で相手機を追いつづけることもあった。経験を積み、ウィングマンから二機編隊長《エレメント・リーダー》、四機編隊長《フライト・リーダー》と資格が上がるほど、自分だけでなく、僚機や相手機のパイロットがどこを見て、何を考えているかを想像するようになった。ほかのパイロットの心理まで考えるようになれば、相手の顔の動きまで気になり、やがて見えるようになる。

　今日の訓練はＥＯ－ＤＡＳポッドの試験を主目的としていた。そのため訓練開始時点では相手をする二機編隊が郷谷機の背後から接近すること、機上レーダーを使用しないことの二点を飛行前打ち合わせ《プリフライトブリーフィング》で申し合わせてあった。

　本来、Ｆ－15ＤＪは後方レーダー警戒装置を備えていない。だが、ＥＯ－ＤＡＳポッドに組みこまれており、二枚の垂直尾翼後方にアンテナが取りつけられていた。レーダー波を感知すれば警報が鳴る仕組みになっているのだが、背後から接近する敵機を赤外線《ＩＲ》センサーだけでどの程度探知できるかを知りたかった。レーダーを搭載していないＡＴＤ－ＸⅡに似た黒い戦闘機対策のためである。

ＥＯ－ＤＡＳポッドのＩＲセンサーで探知できる距離は、せいぜい二十マイルから二十五マイルほどでしかない。最初に背後から迫った二機編隊にＩＲセンサーが反応、ふり返って相手の位置を確認した郷谷はただちに反転した。だが、相手に向きあったときには彼我の距離は十マイルを割っており、そこから九百ノットを超える速度で近づけば、すれ違うまでに一秒もなかった。ＩＲミサイルで相手を捕捉《ロック》するなど不可能だった。

それでも機首を巡らしながら左上方《テン・オクロック・ハイ》の一番機《リーダー》、右下方《ツー・オクロック・ロー》の二番機《ウイングマン》を視認した。ブレインギアを使っていることは苦にならなかった。圧倒的に不利な状態から始めて、何とか引き分け《ドロー》に持ちこんで互いに離れた。

すぐ二度目の交戦《エンゲージ》に入った。

また背後から二機編隊が接近してくる状況から開始し、何度か切り結ぶうち相手のウイングマンを空戦領域から追いだし、リーダーを下限高度の一万フィートぎりぎりまで追いつめ、速度を失わせることに成功した。そのとき、郷谷は二千フィート高い位置にあって、四百五十ノットを保っていた。二機を相手にこれ以上ない優位に立ったのである。一気にかたをつけるつもりでヘッドレストに後頭部を押しあて、操縦桿を握る右手を左手で包んだ。スロットルレバーはＡＣＭ開始時点からアフターバーナーに入れっぱなしにしてあったので左手は自由に使える。

　両手で操縦桿を引き、Ｇに耐えた。ヘッド・アップ・ディスプレイのＧメーターの表示が７・５を超え、８に近づいたとき、いきなり目の前が真っ暗になった。Ｇによって脳に血が回らなくなって酸素不足からブラックアウトになることはある。しかし、まずグレーアウトが起こり、つづいて望遠鏡を逆さまにのぞいたときのような視野狭窄があって、ブラックアウトに陥るのはそのあとだ。

　今までの経験から脳の酸素不足ではなく、ブレインギアのトラブルだと直感した。元々ブレインギアはＣＧ映像を見やすくするため、バイザーの透過性を犠牲にしているると雪乃もいっていたのであわてなかった。

　それに二機のＦ－15がそれぞれどこにいるか、ブレインギアが故障しても見えていたのである。ブレインギアのゴーグルを押しあげ、無線で自機から離れるよう指示したあと、視線の先にあるリーダー機を確認してからＧを抜き、二機編隊とは正反対の方向に飛んで安全な距離をとった。

　そこで訓練を切りあげ、基地に戻ってきたのである。

「郷谷２佐」

　機体の下をのぞきこんでいるときに声をかけられ、ふり返った。司令部渉外室の女性隊員が立っていた。深水が訪れた際、迎えに来てくれた隊員である。

「また、客？」

「いえ、司令部で会議だそうです。もう始まっているんですが」

格納庫の前にステーションワゴンが停められている。機付長が声をかけてきた。

「装具はお預かりしますよ」

「ありがとう。頼むよ」

サバイバルベストと一体になったハーネスとGスーツを外し、梯子《ラダー》に引っかけると女性隊員に従ってステーションワゴンに向かった。

案内されたのは司令部庁舎二階の小会議室で中には千田、雪乃、それに伊賀がテーブルを囲んでいた。目礼して、伊賀のとなりに座る。ブレインギアにトラブルが生じたあと、随伴していたC－1は一足先に帰投しているので千田、雪乃が顔を見せているのに不思議はなかった。

「何か緊急事態でも？」

郷谷は一同を見まわして訊いた。伊賀が答えた。

「世良からの伝言でね。対策会議だ」

「何の？」

「ひょっとしたら明日、例の黒い戦闘機が現れるかも知れない。待機しとけって」

「明日？」

郷谷は千田、次いで雪乃を見た。雪乃がうなずく。

「ＨＭＤＳの不具合についてはうちのスタッフがすぐに調べて処置をします」

着陸後もブレインギアの機能は回復しなかった。不具合の原因、処置の見通しについて訊くのは無駄だろう。たった今、駐機場に入れたばかりなのだ。

「今、伊賀さんにＡｉＣＯについて説明していたんですが、そちらを先に済ませてかまいませんか」

雪乃がいい、郷谷はうなずいた。

「どうぞ」

雪乃は将棋用の人工知能をベースにＡｉＣＯが開発された経緯について説明を行った。一通り終わったところで伊賀が手を上げた。

「将棋ソフトのからくりがＡＣＭとどう結びつくのか、今ひとつ理解できないんだけどね」

おれと似たようなもんだなと郷谷は思った。

「選択肢の問題です。ＡｉＣＯはデータベースを持っています。過去二年がかりでアトラス・シックスが収集したパイロットの操作事例を集めたものです。正直に申しあげると私が担当していたのはコンピューターグラフィックスの部分なのでどれくらいの事例があるか正確にはわかりませんが、藤田さん、佐東さんから聞いた話から察すると数百万件にのぼるでしょう」

「数百万ねえ」

伊賀が首をかしげたので雪乃は小さくうなずいて言葉を継いだ。

「単純化していうと、あるシチュエーションにおいて、右へ行くか、左へ行くかを判断するとき、ＡｉＣＯはデータベースのうちから最適と評価できる方向へ舵を切ります」

「どうやって最適と判断するんだ？」

「点数をつけて評価するんです。ＡｉＣＯは右なら右へ行ったときの自機の未来位置、そのときに持っているエネルギー、さらにその先に考えられる相手の動きなどの指標に従って操縦方法に点数をつけています。つねに点数の高い方を選ぶのです」

「優等生的発想だな」

伊賀の言葉にはトゲが含まれていて、郷谷はひやりとしたが、雪乃は気にする様子もなくつづけた。

「生身のパイロットには当然のことながら肉体的な限界があります。強いＧ、酸素不足、あるいは負傷している場合もあります。いずれも判断力の低下はまぬがれませんが、人工知能ならつねに的確な判断が下せます」

「機械だって故障することはあるだろ。現に午後のフライトでも……」

いいかけた伊賀の足を、郷谷は軽く蹴った。伊賀がふり向いたときにはそっぽを向いていた。

「たしかに故障する危険性はあります。でも、佐東さんはＡｉＣＯを作るにあたってわが国には強みがあるともいってました。それがあなた方航空自衛隊の戦闘機パイロットの技量です。領空侵犯の恐れがある不明機に対して、接近して視認し、一発も撃つことなく追い返す任務を創設以来ずっと果たしてこられました。そのためには機動戦において相手の動きを封じる一つ先を読んだ飛行を身につけなければならなかった」

「ほかの国のパイロットも似たような対処任務に就いている」

「他国に平和憲法はありません。長年あなた方が蓄積してきたノウハウはステルス機が全盛となる時代にこそもっとも効力を発揮するはずだと佐東さんは考えてました。

相手に気づかれずに、あるいは相手を牽制しながら接敵する戦法です。レーダーに比べると赤外線はどうしても探知できる距離が短くなります」

「受動型《パッシブ》である分、気づかれにくいという利点はあるな」

「たしかに」雪乃がうなずく。「それと佐東さんはあなた方……、飛行教導隊出身のパイロットに関するデータは可能なかぎり全部収集したといってました」

伊賀がぎょっとしたように目を剝いて郷谷をふり返ったのでうなずいてみせた。伊賀が向きなおり、雪乃がつづけた。

「世界最強の戦闘機部隊だと佐東さんは認めていました。一方、コンピューターにもアドバンテージはあります。将棋ソフトでも同じことがいえるといわれてましたが、敗北を恐れないので、計算だけで次の一手を選択できる。自分がバラバラになろうと、開発者が路頭に迷おうと気にしません」

かつて佐東にいわれた言葉が蘇る。

『無人機は死兵と同じです。古今東西あらゆる戦場で死を恐れない兵士ほど厄介な敵はありません』

思いをふり払い、郷谷は身を乗りだした。

「教導隊出身者のデータをかなり重点的に集めた？」

「はい」

「それでなのかな」

「何が？」

伊賀がいぶかしげに訊いた。郷谷は硫黄島での二対二《ツー・バイ・ツー》のＡＣＭをやったとき、四番機の位置につけたＡＴＤ－ＸⅡに驚かされた話をした。伝説の男といわれたパイロットが戻ってきたように感じたのだ。

ちらりと笑みを浮かべ、伊賀がいった。

「懐かしい名前だ」

「おれもあの人にはずいぶん可愛がってもらったよ」

郷谷がつぶやくと、伊賀がにやにやしながら目を向けてきた。

「そうだ。そのおかげでお前はあの人の影響をずいぶん受けてたじゃないか。飛び方も似てるよ」

「そうかな。おれはおれ流で飛んでるだけだ」

郷谷は首をかしげ、ぶつぶつといった。

「伊賀さんのおっしゃることにも一理あります」

雪乃が割りこみ、郷谷と伊賀は目を向けた。雪乃は二人を交互に見ていった。

「A·iCOの総仕上げにあたってはチャンプのデータをメインとしていますので」

「どういうこと?」

郷谷が訊きかえす。

「チャンプがATD-XⅡの飛び方に見たのは、その人というよりあなた自身ということです」

緊急発進用格納庫《アラートハンガー》は那覇空港の南端にあった。パイロットや整備隊員が二十四時間詰めている待機所を挟んで南北に二つずつ掩体《えんたい》が設けられ、F-15がそれぞれ一機ずつ、いつでも発進できる態勢にあった。

雪乃はもっとも南にある掩体――三十分待機組の二番機が入る――でEO-DASポッドを取りつけたF-15DJに目を向けていた。機体にはアトラスグループの技術者たちが取りつき、何台ものノートパソコンをつないでテストを行っていた。

発進下令から五分以内に離陸する五分待機組の掩体壕は正面扉を開け放してあるが、三十分待機組の方は閉ざされていて、EO-DASポッドの調整作業を秘匿するには都合がよかった。もっとも通常の緊急発進で後援機《バックアップ》が必要になった場合に備え、第204飛行隊の格納庫には武装し、燃料を満載にしたF-15二機がいつでも飛びたてるよう用意されていた。

　左右の主翼下には短射程赤外線追尾式ミサイルＡＡＭ５と六百ガロン入りの増槽《ドロップタンク》を吊りさげ、機関砲には二十ミリ弾六百発、主脚ドアの前方にある囮弾《フレア》の格納庫に左右三十発ずつ、計六十発を搭載している。

　当然ながらすべて実弾だが、雪乃には実感がわかなかった。それでいて背筋がひんやりするような緊張を味わっている。

　となりの掩体には一番機が入れられ、ＥＯ－ＤＡＳポッドの代わりに増槽を吊っている点だけが違っていた。郷谷機はほかの機に比べ、燃料搭載量が六百ガロン——四千ポンドほど少ない。

　昨日、テスト中にブレインギア——いまだ抵抗を感じる——が突然落ちてから二十九時間が経過していた。調査の結果、ブレインギアとＥＯ－ＤＡＳポッドの電子回路基板に一ヵ所ずつ割れているところが見つかった。那覇基地内のみならず、岐阜基地や名航からも部品を取りよせ、修理しただけでなく、可能なかぎりの補強を行っていた。

　自動車でも部品点数は十万を超え、航空機は一桁あがって百万単位、宇宙ロケットではさらにもう一桁多い部品が使われている。点数が多くなるほど、部品の絡み合いは複雑になり、いずれも故障の原因となる。人類史上もっとも複雑な乗物といわれたスペースシャトルは、退役後になって毎回打ち上げ前には点検と調整に膨大な時間を費やしたことが明らかにされた。技術者の一人はずっと集中治療室《ICU》に入っているような状態だったと告白したものだ。

EO－DASポッドとブレインギアは保育器に入った赤ん坊のようなものといえる。しかし、今や保育器から出され、荒々しい自然の中で敵に立ち向かわなくてはならない。

格納庫わきの鉄扉を開けて入ってきた伊賀が雪乃のとなりに立ち、F－15DJを見やった。

「どう？」

「破損箇所は元通りにしましたし、脆弱《ぜいじゃく》と思われる部分は可能な限り強化しました。でも……」雪乃は眉根を寄せた。「すみません。百パーセントの保証はできません」

「OK。上がるのはチャンプだ。あいつなら何が起こっても何とかするよ」

雪乃は伊賀の横顔に目をやった。口元に穏やかな笑みを浮かべてF－15DJを見ている。

「それとあの飛行機がね」伊賀が雪乃に顔を向けた。「世良から連絡があった。そろそろ発進できる態勢にしておいてくれとのことだ」

「それじゃ……」

いいかけると伊賀は力強くうなずいた。

「十月三十日、中国軍機が墜ちたのは午後八時頃だった」

伊賀が声をかけると技術者たちが一斉にふり向き、次いで雪乃を見た。雪乃があとを引き取った。

「点検はそこまでにしてください。整備の方はいつでも飛びたてるように準備をお願いします」

技術者たちがパソコンを取り外すのを待って、整備隊員たちが機体に近づき、各部に差しこんであった赤いリボン付きの安全ピンを抜いて点検孔を閉じていった。

「待機所《アラートパッド》をのぞいていこう。陣中見舞いだ。手ぶらだけどね」

「でも、この格納庫以外は立入禁止といわれてますが」

「無問題《モウマンタイ》」

なぜか中国語で答えた伊賀のあとにつづいて格納庫を出て、待機所に向かった。

郷谷の乗るＦ－15ＤＪは昨夜一晩かけて、修理、調整、テストをくり返してきたが、今朝になっても終了しなかった。アラートハンガーに運びこまれたのは午後になってからである。ハンガー内でも調整はつづき、伊賀が現れなければ、二夜連続で徹夜になっていたかも知れない。

待機所の鉄扉を入ると廊下になっていた。伊賀が左を指す。

「そっちは整備小隊の待機室、こっちがパイロット」

右手にあるドアを開け、中に入っていく。

「お疲れさん」

あとにつづいた雪乃は入口で会釈した。防衛機密上、立入が禁止されているといわれていたのでいささか緊張したが、それでも好奇心に負け、周囲を見まわしてしまった。

部屋のほぼ中央に安楽椅子が四つ並べられ、その前にテレビが置いてあったが、電源は入っていなかった。そばに丸テーブルがあり、パイロットが三人、ノートパソコンを開いていた。全員がグリーンのフライトスーツの上に救命装具をつけたハーネス、Gスーツをつけ、ブーツを履いている。安楽椅子に座っているのは一人だけだった。テーブルでノートパソコンに向かっていたパイロットたちがうっす、とかおっすとか声をかけてきて、そのたび雪乃は会釈を返した。

壁の上部には写真のパネルが並び、その下の棚には飛行機のプラモデルが並んでいる。いずれも中国もしくはロシアの国籍マークをつけた戦闘機、偵察機で、中には大型爆撃機らしき機体もあった。

　滑走路に面した出入口のそばにカウンターが設けられており、こちら向きに置かれたパソコンのディスプレイには天気図が表示されている。伊賀がカウンターを指さした。

「ディスパッチャー席だ。あそこの電話が鳴るとこいつらが飛びだす仕掛け」

　安楽椅子に座っていたパイロットが躰を起こし、ふり返った。郷谷だ。あくびをして立ちあがった。

「久しぶりのアラートだからどれだけ緊張してるかと思ったら。大いびきかよ」

「別にすることもないんでな」

　郷谷は頭を掻き、あくびをした。

　丸テーブルにいたパイロットのうち、一人が立ちあがって近づいてくる。郷谷が手で示した。

「紹介しましょう。おれのリーダー、ジロウ……」郷谷は若くてすらりとしたパイロットに顔を向けた。「名前、何だっけ」

「鈴木です。でも、ジロウでいいっすよ」

うなずいた郷谷が雪乃を見た。

「というわけでジロウだ。昨日のACM訓練で相手側のリーダーをしてたのが彼だ。ところで……」

郷谷の表情が引き締まった。

「例のアレに、あいつが積んである可能性はどれくらい？」

一応、守秘に気をつけているのだろう。黒い戦闘機にAiCOが搭載されているかと訊いているのはわかった。

「かなり確率は高いと思います」

郷谷と雪乃を交互に見ていた伊賀がつぶやく。

「機械《メ》仕掛《カ》けのチャンプ対生身のチャンプか、見ものだな。機械仕掛けの方がかっとならないだけ優勢かも」

伊賀はくっくっくと笑い、郷谷は顔をしかめた。

雪乃ははっとした。

「そこに弱点があるかも知れません」

郷谷と伊賀、それにジロウまでが雪乃を見る。

「かっとならない。つねに冷静に計算をするんです。でも、人間だととんでもないボーンヘッドをやらかすことがあります。ところが、アイ……、あれにとっては想定外の一手なので対応に時間がかかるか、ミスをする可能性があります。開発者はそこが問題だといってました」

「ボーンヘッドか」郷谷が顎を撫でる。「やろうとしてできるもんじゃないな」

「案外、お前の得意技じゃないか」

伊賀がいい、郷谷が睨みかえした。

そのとき、ディスパッチャー席の電話が鳴ったが、ピッと聞こえただけで受話器が持ちあげられていた。パイロットたちは全員が立ちあがっている。受話器を耳にあてたディスパッチャーが返事をしながらジロウと郷谷を指す。

雪乃が目を向けたとき、二人はすでに格納庫へつづくドアに向かって駆けだしていた。

4

射出座席のすぐ後ろで巨大な二基のターボファンエンジンが回っているというのに奇妙な静寂に包まれていた。五年ほど前から部隊に配備されるようになった酸素マスクのおかげだろうと郷谷は思った。

旧型の酸素マスクは硬質プラスチック製でサイズはショート、レギュラー、ロングの三種類しかなく、どうしても顔とマスクの間に隙間ができ、そこからエンジン音が入りこんできた。

『マスクは硬いが、人間の皮膚は柔らかい。ゆえにマスクに顔を合わせる。これ、常識』

まだ若かった頃には、まるで昔の軍隊みたいないわれ方をしたものだ。その点、新型マスクはより軟らかい素材を使って顔面への密着度を高めてあるだけでなく、頬から顎にかかる外郭と鼻と口元だけを覆う内郭との二つの三角形が設けられ、さらにパイロット一人ひとりに合わせて型を取るようになった。コクピットが騒音に満ちていたことを知ったのは新型酸素マスクによって内蔵マイクが雑音を拾いにくくなってからである。

静寂の理由はもう一つある。離陸時に管制塔と交信して以降、一切無線を使っていない。

かつて識別不明機《アンノウン》に接近するとなれば、地上の防空指揮所《DC》が音声通信《ヴォイス》によって刻々と目標の位置を知らせてきたものだ。しかも事前に決められた任意の一点《ブルズアイ》から見た方位と距離、それに針路、速度、高度が加えられるという実にアクロバティックな方法によってである。パイロットは聞きとった数値を書き取り、ニーパッドに挟んだ航空図と突き合わせて目標の位置を確認した。もっともそうした忙しい思いをするのはリーダーだけで、ウィングマンはひたすらリーダー機に目を凝らしつづけることになる。

無線を封止しているだけでなく、レーダーもスタンバイモードにしてあった。相手機のみならず味方機に関する情報も正面パネル左上に取りつけられた統合戦況ディスプレイに一括して映しだされている。

飛行開発実験団のＦ－15ＤＪは第一線の機体が近代化改修を受ける前にテストベッドとして使用され、つねに最新型と同等の機能を有していた。那覇基地でのアラート任務に潜りこめたのは、そのためでもある。かつて最新機能を備えた機体は北の守りを担う千歳《ちとせ》に優先的に配備されたが、現在では沖縄が最優先となっている。日本を取りまく情勢の変化、早い話、危ない相手がロシアから中国へと変わったためだ。

統合戦況ディスプレイの表示はシンプルだった。

自機を中心に二十マイル、四十マイル、六十マイルの同心円が描かれ、進行方向――機首方位二百四十七度、ほぼ西南西――を真上にしている。自機の真上二十マイル地点にある黄色の〇印が魚釣島、真上よりやや右より四十マイルに赤い三角マーク、さらに六十マイルにもう一つ同じく赤い三角マークがある。いずれの三角マークも頂点を魚釣島に向けていた。赤い三角マークはアンノウンを表しているが、中国軍機であることは間違いない。

統合戦況ディスプレイ上のアンノウンは、宮古島レーダーがとらえている機影《エコー》をデータリンクを介して送られてきているものだ。現在、与那国島にレーダーサイトが建設されており、稼働すれば、尖閣諸島に接近するアンノウンの情報もより詳細に把握できるようになるだろうが、残念ながら今夜の対処には間に合わない。

自機の後方三十マイルほどのところにグリーンの三角マークが二つ映っていた。五分待機に就いていたF-15二機編隊で、郷谷たちにつづいて上がってきているのだ。後方のバックアップ機はレーダーエコーだけでなく、敵味方識別信号とともに送られているのでちゃんと二機に分かれて表示されている。いくつもの情報源から送られてくるデータも機上コンピューターが処理してシンプルな映像として提示してくれるので戦況を一目で把握できる。

機上レーダーを使わずにいるのは、相手がレーダーを使っていないためでもある。相手の出方に合わせて対処していくのがルールである。機上レーダーでロックオンされれば、次にはミサイルが飛んでくることを考えなくてはならない。対抗するためには、こちらもいつでも撃てる態勢にあることを示すため、機上レーダーで相手をロックオンする。航空自衛隊創設以来、一発も撃たれていないことが今、この瞬間に撃たれないという保証とはならない。

カミソリの上に裸足で立ち、綱引きをしているようなものだ。仕掛けは早すぎてはいけないし、遅れたのでは話にならない。押しすぎて相手を刺激することは厳禁されているが、互いに国の威信と利益を背負って対峙している以上、一ミリも引くわけにはいかない。

もっともレーダー警戒装置《RWR》は、前方から照射される別の敵性レーダー波をとっくに感知しており、電波の方角も割りだしていた。統合戦況ディスプレイの上端にレーダーのある方向が出ている。二つあるアンノウンのさらに後方、真西よりやや北側——おそらく温州《ウエンチョウ》沿岸の防空レーダーだろう。中国軍機がデータリンクを備えていなくともヴォイスでいくらでもこちらの情報を伝えることができる。

郷谷は二千フィートの距離をおいて右を飛ぶリーダー機を見やった。闇の中にぼんやり浮かんでいるのは機首、胴体後部、主翼端に取りつけられた編隊灯だけでしかない。

待機所で話しているうちにジロウが同じ干支《えと》だと知った。ただし、ひとまわり下だ。それでも三十をいくつか超えており、四機編隊長としての経験も積んでいる。

おれの場合は三十六、七だったかな、と思った。戦闘機パイロットとして心技体がバランスよく頂点に達したときだ。四十歳を超えれば、経験値は上がるが、体力、視力はどうしても落ちる。まして四十代も半ばとなって……、考えるのをやめた。いくら考えたところで時間をさかのぼることはできない。

暗闇と静寂に包まれていると、どうしても思いは自分の内側へと向かっていく。

はじめて郷谷が二機編隊のリーダーとしてホットスクランブルに上がったのは真夜中だった。出動のベルが鳴ると同時に待機所を飛びだし、F－15の操縦席に駆けあがった。エンジンを回し、格納庫を出たときにウィングマンが遅れずについてきているかを確かめた。くり返し訓練した通り滑走路に出て、いざ離陸しようとスロットルレバーを押しだした。

目の前には何もなく、ただ暗黒が広がっているのを見て、知らず知らずのうちに奥歯を食いしばっていた。

これがリーダーだと思い知らされた瞬間だった。

ウィングマンなら滑走路上を疾駆していくリーダー機のエンジンが吐きだすサファ

イア色の焔を見ることができる。大地を蹴り、急上昇していくリーダーの姿をどれほど頼りにしていたか——何ごとであれ、価値は失ってみて初めてわかる。

もっとも殊勝な思いを抱いたのは離陸開始の一瞬でしかなかった。発進から接近、視認までチェックに次ぐチェックで、一つを終えれば、また次のチェックが来た。いざアンノウン——対処した相手は大半がロシア機だ——を視認したあとは、防空識別圏の外側ラインを挟んで睨みあう。互いにミサイルや機関砲で武装し、月明かりさえない空を飛びながら一つひとつの手順をチェックし、確実にこなすことに追われ、恐怖を感じている暇はなかった。

さらに追憶はさかのぼった。ウィングマンとして初めてホットスクランブルに上がったのはかれこれ二十年以上も前になる。そのときから今日まであっという間だった。ふり返れば、過去はつねにほんの一瞬でしかない。

戦術戦闘飛行隊《TAC》と飛行教導隊を行き来してきた郷谷は、ほかのパイロットに比べるとホットスクランブルの経験は少ない方だろう。そのためＦ－２に転換し、第３飛行隊に配属になったときにはできるだけ緊急待機《アラート》任務に就こうとした。連休や盆、正月の長期休暇がある時期は率先してアラートに就いたので同僚には感謝された。戦闘機パイロットといえども人の子、家族サービスをしなくてはならない。だが、感謝される筋合いではないといつも思っていた。郷谷にすれば、実働《アクチュアル》ホットスクランブルの鞍数を増やしたかっただけに過ぎない。

たった一つ気に入らないことがあった。第3飛行隊で飛行班長をやっていた頃も、そして今日も感じた。

待機所《アラートパッド》の雰囲気がすっかり変わってしまった、と。

郷谷がウィングマンとしてアラートに就いた頃はアラートパッドに置かれているテーブルはもっぱらカードゲーム用だった。四人でゲームができ、敵味方二人ずつに分かれて戦うところが戦闘機乗りの気質に合い、何より早く勝負がつくブリッジが多かった。いつ発進下令があるかわからず、ベルが鳴れば、間髪を容れず飛びださなくてはならない。

あの頃は誰も書類作りなどしなかった。月末が近づくと各種書類の提出に追われるのだが、アラートパッドは一種の聖域《サンクチュアリ》、もしくは辛気くさい日常業務からの解放区とみなされ、書類など引っぱり出そうものなら先輩に怒鳴られるか、皮肉をいわれたものだ。

ソ連が崩壊し、冷戦は終了したといわれて三年が経過していたが、アラートパッドのみならず飛行隊には、いつ戦争が始まってもおかしくないという空気が濃密に漂っていたし、ホットスクランブルで上がる以上、死を覚悟するのが当たり前といわれ、新米ウィングマンでも心意気だけは一人前だった。おそらく飛行隊のパイロットの大半が冷戦時代にソ連機と対峙した経験を持っていたせいだろう。

　それが二十一世紀となった現在、アラートパッドは溜まっている書類仕事を誰にも邪魔されずに片付けられる場所となっている。実際、今日も郷谷以外のパイロットは丸テーブルでノートパソコンに向かっていた。

　もちろん今でもスクランブルが下令されれば、五分以内に発進し、経験の浅いウィングマンでも手順通りに間違いなく任務をこなせるだろう。また、飛ばしている機体はもとより防空識別圏をくまなく見張るレーダー網や、全国を結ぶ情報処理システムは日進月歩で向上しており、かつてより正確にいち早く対処できるだけでなく、搭載兵器の威力も格段に増強されている。

　だが、戻ってきたあと、ふたたびノートパソコンに向かう姿を見るとどうしても違和感をおぼえてしまう。

　どこにも死の匂いはない。

　誰も死を恐れているように見えない。

　命がけで飛ぶからこそ、ファイターパイロットは男児至高の仕事ではなかったのか。

昔はよかったと懐かしんでいるのは年をとった証拠なのか――酸素マスクの内側では口元が皮肉っぽい笑みに歪んだ。

統合戦況ディスプレイの表示はシンプルだが、日々進歩していく防空ネットワークを充分に活用するためには、空飛ぶ職人の技ではなく、電子機器やシステムに精通していることが求められる。

正確に、間違いなく対処することが最優先されるならロボット、無人機の方が向いているのかも知れない。

やっぱり年かという思いが湧きあがってくる。

ファイターパイロットは、だいたい四十歳を目処《めど》に第一線を退くのが不文律とされてきた。飛行班長、飛行隊長となれば、話は別だが、それでも隊長がアラートに就くことは滅多にない。今、アクチュアルホットスクランブルで郷谷が尖閣諸島に向かっているのはいくつもの偶然が重なった結果であり、まさに僥倖《ぎょうこう》なのだ。

飛行開発実験団への異動を命じられたとき、隊長となる可能性は完全に潰《つい》えた。それは二度と第一線の戦闘機部隊に戻れないこと、ファイターパイロットとしての命脈が断たれたことを意味した。

戦闘機《ファイター》乗りじゃなくなる……、このおれが？

打診も内示もなく、いきなりの発令だったせいでまるで現実感がわかず、ぽかんとしてしまった。岐阜基地に赴いたときも気分は変わらず、抜け殻状態だった。

それじゃ、今は……。

ふいに耳元に鳴りひびいた警報が郷谷の思いを断ちきった。敵性レーダー波を感知したレーダー警戒装置《RWR》が作動している。統合戦況ディスプレイに映しだされている先頭の赤い三角マークは魚釣島まで二十マイルに迫っていた。中国軍機がレーダーのスイッチを入れたのだ。すかさずリーダーのジロウが機上レーダーを作動させ、同時に妨害措置《ジャミング》を開始した。

統合戦況ディスプレイに映しだされている三角マークが二つに分かれ、直後、ちらちらと揺らめき、ディスプレイ全体に雪が舞っているようになった。

彼我のレーダー波と妨害電波が入り乱れてぶつかっているのだ。

郷谷は同じ操作をする必要はなかった。編隊を組んでいる以上、先導するリーダーが電子戦を引きうけていれば、ウィングマンが同じことをしても意味はない。それに戦況はデータリンクを介してリアルタイムで送られてくる。

ＥＯ－ＤＡＳのスイッチを入れ、バイザーを下げた。ブレインギアは自動的に統合戦況ディスプレイモードになっている。

右に敵機を囲む目標指示ボックスが二つ見え、自機の左横にジロウ機、下方には魚釣島、北小島、南小島がそれぞれシンボルマークで示されている。ブレインギアでは統合戦況ディスプレイの表示は三次元で表現される。EO－DASポッドのIRカメラ、高感度CCDカメラともに中国軍機を捉えてはいないので背景は真っ黒なままだ。もう少し接近すれば、目標指示ボックスの中にピンク色の輝点が現れ、さらに接近すれば、敵機の形状も見分けられるようになるだろう。

郷谷は下を見た。EO－DASポッドは胴体下に吊り下げてあるので機体を透かして下方を見渡せた。

赤外線探知の弱点は大気の影響を受けやすい点にある。条件がよくて二十五マイルほど先が見えるはずだが、センサーが感知できる赤外線はごく微量でしかない。唯一アドバンテージがあるとすれば、下には夜の海が広がっていて赤外線の放射量が少ないことくらいでしかない。

アンノウンは魚釣島まで十七マイルに迫っていた。

半月以上前の十月三十日、中国人民空軍のSu－27二機が尖閣諸島周辺で黒い戦闘機に撃墜された。その夜も第２０４飛行隊のＦ－15はスクランブルで上がっていたのは間違いない。だが、そのときは中国軍機――正確にいえば、視認していないのでアンノウンだったが――が尖閣諸島の手前で方向転換したので航空自衛隊も深追いはしなかったはずだ。

日本政府の公式見解では日本の領土問題はロシアに実効支配されている北方領土だけにしか存在しない。島根県の竹島、沖縄県の尖閣諸島のいずれも日本固有の領土であり、日韓および日中間には領土を巡る争いはないとしている。領空、領海を侵犯する行為があれば、国際法に則って対処するのみだ。

しかし、現実問題としては斑目《コビー》が魚釣島上空で経験したような日中軍用機の絡み合いがある。日本政府は尖閣諸島周辺で目撃されているのは各種偵察機としているが、十年ほど前から戦闘機が侵入していることは何度も確認されており、コビーの一件は決して珍しくはない。もし、海上保安庁の巡視艇のように北朝鮮の工作船に銃撃されたり、中国漁船に体当たりされれば、発表せざるを得なくなる。

戦闘機同士の銃撃戦や機体の接触があれば、戦争が始まってしまう。

カミソリの上の綱引きは日に日に緊張を増している。十月三十日の事件にしても日中双方の戦闘機が絡み合い、兵装の有効射程内で中国軍機が墜ちていれば、中国政府は黙っていなかったに違いない。日本軍機によって撃墜されたと大騒ぎしていただろう。日本側がいかなるデータを提示しようと聞く耳を持たず、尖閣諸島周辺の警戒レベルを一方的に上げ、交戦状態にまで持ちこんでいた可能性はある。

日本は憲法によって戦争を放棄し、軍事力も持たないことになっている。当たり前のことだが、日本の憲法では中国を縛れない。空軍のみならず海軍までくり出してくれば、またしてもカミソリ上の綱引きに則り、日本も海上自衛隊を出さざるを得なくなる。

アンノウンはレーダーを使用し、同時に妨害電波を発しながら魚釣島まで七マイルに迫っていた。このまま行けば、郷谷たちと、中国軍機双方の編隊はほぼ同時に尖閣上空に達することになる。

引くわけにはいかなかった。

郷谷はブレインギアを通してアンノウンを見つめていた。妨害電波によってちらちらする雪を透かして赤い三角マーク——宮古島レーダーサイトが捉えている中国軍機のエコー——が見えている。三角マークにはピンク色のぼんやりした輝点が重なっていた。EO-DASポッドのIRセンサーが相手を探知しているのだ。間もなく相手機の形状が見分けられるようになるだろう。

来いとも、来るなとも思わなかった。ただ見つめているだけである。来れば、対処する。考えているのはそれだけだ。

そのときＥＯ－ＤＡＳポッドのＩＲセンサーが左方低空——その先には台湾がある——に新たな熱源を探知し、警報を発した。低高度ゆえに宮古島レーダーが捉えられないのは当然として、リーダーであるジロウ機の機上レーダーも反応しない。

ステルス機だ。

郷谷は腹の底がつんと冷たくなるのを感じた。

5

統合戦況ディスプレイモードにしてあるブレインギアの視界には相変わらず雪が舞っていた。本物の吹雪のように場所によって粗密、光り方に強弱の違いがあったが、それでも尖閣諸島を囲む三組の二重三角マークとピンク色の輝点は見分けられた。三角マークが二重になっているのは二機編隊を表しており、一組は敵性の赤、二組はグリーンでそのうちの一組はジロウと郷谷の編隊である。

赤の三角マークは魚釣島の北方洋上で左旋回に入り、ジロウと郷谷は島の南側に回りこんだ。バックアップとして郷谷たちにつづいて那覇を飛びたってきた二機編隊は東方に接近し、圧力をかけて追い返そうとしている。

アンノウンは真北に機首を向けた。

郷谷は左下に見えているピンク色の輝点を注視していた。EO－DASポッドを介して見えている以上、相手にもジロウと郷谷の編隊が見えているに違いなかった。

ジロウが魚釣島の真南に達したところで右旋回に入ったとき、左下の輝点が加速、急上昇してくる。

間違いない。疑惑は確信に変わった。

主兵装《マスターアーム》スイッチに左手をやり、カバーを押しあげてトグルスイッチを引いて上げた。兵装セレクターを機関砲《ガン》に入れながら下唇を嚐めた。

直後、郷谷は機体を左――ジロウの旋回方向とは逆――に横転させ、ピンク色の輝点に機首を向けて急降下に入れ、両翼下の増槽を投棄《ゼッション》した。スロットルレバーを押しだし、アフターバーナーに点火する。

硫黄島での模擬空戦が脳裏に浮かんでいた。すれ違った直後、郷谷が反転する間もなくATD－XII《シックス》は真後ろに回りこんできた。あのとき、郷谷機は模擬ミサイル弾とさらに小型の空戦機動計測評価装置《ACMI》ポッドを吊っているだけだったが、今はIRミサイルＡＡＭ５を二発、機関砲弾六百発、そしてＥＯ－ＤＡＳポッドを吊りさげている。空気抵抗《ドラッグ》と重量が増せば、機動力は落ちる。黒い無人戦闘機の機動性がＡＴＤ－XⅡ並みであれば、増槽を切り離したくらいでとても太刀打ちできそうになかった。帰りの燃料など気にしている余裕はない。黒い戦闘機の目的が戦争を起こすことにあるとすれば、中国軍機を二機とも墜とす必要はない。前回――十月三十日とは違い、今回は日本軍機がからんでいるのだ。一機でも墜ちるか、傷つけられれば、戦争が始まる。

ピンク色の輝点が急速に大きくなる。黒い戦闘機が針路を変え、郷谷に向かってきているのだ。

よし、そうだ――郷谷は舌なめずりしていた――こっちへ来い、おれにはお前が見えているんだ。

相変わらずＲＷＲは反応しない。黒い戦闘機はレーダーを搭載していないか、使っていない。赤外線で郷谷機を探知し、自機に向かってくることを認識したのだろう。襲いかかってくる戦闘機に対処する方法は先に墜とすしかない。郷谷もレーダーをスタンバイにしたままにしていた。

ランナウェイモードと佐東はいった。レーダー波を感知すれば、自動的に回避機動に入る。撃墜するには、リーサルコーンに回りこんでIRミサイルで撃つか、真正面から接近してEO－DASポッドを介して視認し、機関砲弾を浴びせるしかない。ピンク色の輝点を発見したとき、郷谷機は高度二万八千フィートにあった。黒い戦闘機の高度は見当もつかなかったが、いずれにせよすれ違うまでに数秒とかからない。

機関砲の照準点《ピパー》が輝点の右上に出現すると同時に引き金《トリガー》をしぼり、操縦桿をわずかに突いた。F－15の左翼付け根に内蔵されたM61二十ミリバルカン砲が吠え、ブレインギアの視界に白い輝線が波を打って伸びるのが見え、ピンク色の輝点を斜めに横切った。

斬った。

次の瞬間、郷谷は目を剝いた。ピンク色の輝点――いまやはっきりとATD－XⅡと同じ形状が見てとれる――が二十ミリ弾の鞭を嘲笑《あざわら》うかのようにひらりと躱《かわ》し、真正面に浮きあがってきた。

操縦桿を突いたのは衝突を避けようとする反射的な動きでしかなかった。風防《キャノピー》のすぐ上、一メートルもないところに目映《まばゆ》い直線が出現する。

これがレールガン？

郷谷は二千フィートほどの射距離でガンを撃った。接近速度がどれくらいか想像もつかなかったが、彼我の距離は千フィート以下だったろう。そこからいきなり音速の七倍でプラズマ化した弾丸を放たれたのだ。郷谷の目には突如現れた直線としか見えなかった。

左手をキャノピーの内側に突き、右後方に顔を向けて、ふたたび目を剝く。

敵機は郷谷の上方につけ、すでに機首を向けていた。シミュレーターで郷谷がＳｕ－27のコクピットを撃ち抜いてみせた、まさにそのポジションにほかならない。左手をスロットルレバーに戻し、外側にあるトグルスイッチを小指で引きあげながら操縦桿を右に倒す。Ｆ－15は横転しながら六十発の囮弾《フレア》をすべてたたき出した。

黒い戦闘機も赤外線映像で郷谷機を捉えている以上、目くらましはほかにない。周囲に熱と光をばらまきながら郷谷は垂直上昇に転じた。

顎が咽にめりこみ、頸椎が湿った音をたてて軋む。頭を押さえつけられ、どうしようもなく顔が下を向いた。すぼめたまぶたの間から眼球が溢れだしそうになる。全身の筋肉が震え、食いしばった歯の間から唸り声を発した。

＊＊＊

知床《しれとこ》の岬に
はまなすの咲くころ
思い出しておくれ
俺たちの事を

一番機《リーダー》の朗々たる歌声に合わせ、郷谷もぼそぼそと歌っていた。

四機のF－15DJはフィンガーチップ隊形で飛んでいた。右手の指を伸ばし、一番機が中指、二番機が人差し指、三番機が薬指で四番機が小指の爪の位置を占めるところからフィンガーチップと呼ばれた。たとえ隣接する機と主翼端が重なり合うほど密集していようとファイターパイロットにとっては慣れた隊形であり、〝気をつけ〟より〝休め〟の感覚に近く、比較的リラックスして飛べる。

しかし、飛行高度四万八千フィートなら話は違ってくる。大気はあまりに希薄で、飛行機はふらふら、まるで安定しない。

揚力とは翼の上面と下面を流れる空気の密度の差で生じる上向きの力であると初歩の航空力学で教えられる。大気が薄くても速度が大きければ、揚力も増すが、エンジンが取りこむ空気も少ないのでパワーも落ちる。

ほんのちょっとつつかれただけで、飛行機は呆気なくひっくり返り、落下していくことになる。

小指の爪――四番機の位置につけた郷谷は、左前方でふわふわ浮いている三番機――前席に伊賀《ニンジャ》が座っていた――を睨みつつ、いつもより多めに操縦桿を動かしていた。そうしないと空気をつかまえられないからだが、さじ加減を間違えれば、バランスを失い、滑り落ちるか、最悪の場合、空中衝突となる。

大胆さと細心さを同時に要求されつづけ、その上歌わされて、いつの間にか背中が冷や汗でびっしょり濡れていた。

〝それ、お経か、サル？〟

後席の先輩が機内通話装置《インターコム》を通じていった。タックネームはチャンプだが、指導担当を務める後席の先輩には逆らえなかった。いや、逆らいようがなかったといった方が正確だろう。これまでに三度――一対一《ワン・バイ・ワン》で一度、二対二《ツー・バイ・ツー》で二度――空中機動戦を行っていたが、三度とも叩きのめされている。射撃と機動、いわば静と動を両立させただけでなく、どちらも教導隊でトップであり、何よりうまかったのは相手を追いこんでいく手法だ。

空中戦は三次元チェスと評されるが、つねに先手をとって相手の動きを封じることに長《た》けていた。三度の空戦で、三度とも郷谷は先輩の射線内にぽっかり浮かんでいた。

〝考えろ、サル。相手が今、何を考えてるか、どうしたいと思ってるのか〟

相手の心を読むことを教えられた。

「歌はあまり得意じゃないんで」

〝歌じゃない。鍛錬だ。今、おれたちは肝を練ってるんだ。何ごとにも動じないようにな〟

「でも、下は襟裳《えりも》岬っすよ」

〝細かいことは気にするな〟

細かくはない。知床岬と襟裳岬は百七十マイルも離れている。

〝そういえば、お前、ホーネットがよく動くって感心してたみたいだな〟

「低速域限定ですけどね」

飛行教導隊に来る前、郷谷は岩国《いわくに》基地のアメリカ海兵隊航空部隊と異機種空戦訓練《DACT》

を行ったことがある。何度か切り返して、相手機を追いつめた。相手は下限高度ぎりぎりで速度は二百ノットを切っていた。完全にカモにしたのである。だが、そこからエンジンパワーにものをいわせ、百八十度旋回を切って、機首を向けてきた。海兵隊が運用している機体がＦ／Ａ－18Ｅスーパーホーネットだったのだ。

〝どうせ二百を切った状態で４Ｇかけて、ワン・エイティ《ワン・エイティ》でもやってきたんだろ。だけど、こっちを向いたとき、奴ぁ、あっぷあっぷ、何とか浮かんでるって状態だったろうが。速度も高度もなく、エンジンはとっくにフルパワーになってる。そんな無茶をやるのは海兵隊《マリンコ》だけだし、パワー全開で動きが取れないなんて、カモどころかイモだよ、イモ。くるくるよく動く奴なら二、三度無理な旋回させて動けなくしてやればいいんだ〟

郷谷は後席の男に胸の内で語りかけた。

どうしてあんたはいつもそう自信満々なんだ、カゲロウ？

＊　＊　＊

郷谷はブレインギアに浮かぶ指標を眺めていた。モードはまだ近接戦闘のままだ。

高度は五万二千フィートになっている。

あのときより四千フィートも高い。

後席に乗っていた先輩にはついに空戦訓練で勝つことができなかった。小松基地を飛びたって行方不明となり、その後、伝説となった。襟裳岬の上を飛んでいたのは十四年も前、郷谷《カゲロウ》が飛行教導隊の一員になったばかりの頃だ。

夢を見ていたわけではなかったが、脳裏に密集編隊で飛んでいたときの様子が浮かんでいた。

今、黒い戦闘機と真剣を交えてみて、痛感している。硫黄島で実施したATD－XⅡ相手の訓練の比ではない。まるで歯が立たない。恐怖はなかったが、途方に暮れていた。

どうすれば、いいんだ？

黒い戦闘機の鼻先でありったけのフレアをばらまいた。だが、高感度の電子光学センサーとはいえ、瞬間的に回路を遮断してしまうのでおそらく損傷はないだろう。狙いは黒い戦闘機が回路を遮断している数秒にあった。

硫黄島でATD－XⅡとACMを演じている最中、考えてはいた。赤外線の発生源をすべて断ち切ってしまったらどうなるか……。

奇策でも何でもなかった。圧倒的な機動性能にまるで歯が立たず、フレアで目くらましを食らわせた隙に高空へ逃げを打った。ほかに方法を思いつかなかっただけのことだ。

マイナス五十度の極低温の中に逃げこみ、二基のエンジンをカットする。とりあえず赤外線の放出量をゼロにしたかった。

Ｆ－15ＤＪはわずかに右にかしいで水平飛行をしていた。四万八千フィートを超えたところでエンジンを切り、あとは慣性の法則に従って飛んでいるだけなのだ。大気は薄く、動翼がとらえられるほどもない。下手に立て直そうとすれば、ひっくり返って落ちていくことになる。機速は百ノットを割り、揚力はまるで得られない。浮かんでいるのは惰性による。

もっとも高度があるので機首を下に向けて落ちるだけで機速を稼ぎ、エンジンを再起動《リスタート》する余裕はたっぷりある。だが、高度が下がって大気の密度が上がる中で機速が増せば、空気抵抗で機体各部が高温を発する。ましてエンジンを回せば、高温の排気が吹きだすことになる。黒い戦闘機に発見され、ふたたび攻撃位置につけられれば、次はフレアはない。

Ｓｕ－27の射出座席にあいた二センチの穴が浮かんだ。黒い戦闘機はアトラス・シックスのシミュレーターで郷谷自身がやったように敵機のコクピットを狙い撃ちするだろう。

もっとも確実な撃墜法は、パイロットを殺すことだ。

郷谷は下方を眺めまわしていた。見渡す範囲内に熱源はなかった。ブレインギアの表示を統合戦況ディスプレイに切り替えた。魚釣島の北に機影が見える。三機のF－15は東、二機の中国軍機は西、両者は間に十マイルの距離を置いて旋回していた。

もう一つ、厄介な問題があった。エンジンを止めている以上、発電機は回っていない。EO－DASをはじめ、ブレインギアや計器類を動かしているのは機上バッテリーなのだ。すでにエンジンを止めて三分以上経過している。

ふいに目の前にそれは現れた。

目の前、二メートルほど先に立っている。

青いガラスのすらりとした体軀——AiCOだ。

考えてみれば、不思議はなかった。EO－DASポッド、ブレインギアともに試作品であり、データ収集のため、データリンクを備えている。AiCOが接触してくることは不可能ではない。

雪乃の言葉が脳裏を過ぎる。

『必要に応じてプログラムが起動し、ＡｉＣＯを生成するだけです。どこにでもいて、どこにもいないんです。ひょっとしたら郷谷さんが遭遇するかも知れない例の黒い戦闘機にもＡｉＣＯが乗っている可能性があります。ＡｉＣＯにとって戦闘機はデバイスの一つに過ぎません』

おそらくＡｉＣＯは今郷谷が飛ばしているＦ－15ＤＪの機上コンピューターに侵入してきたのだろう。

コンピューターグラフィックスが作りだした映像に過ぎないのだが、郷谷が目にしているのはブレインギアによる人工現実感の世界なのだ。そこでならＡｉＣＯは実在する。ガラスの肢体ながら優美にして、官能を揺さぶる曲線に目ばかりでなく、心まで引きよせられる。

ＡｉＣＯは自分を見てといわんばかりにゆっくりと躰を回転させていた。動きに合わせ、郷谷の視線は胸元からくびれた腰、きゅっと持ちあがった尻へと移動していく。どうしても引きはがせなかった。

なぜ今になってＡｉＣＯの像が出現したのかと思いかけたとき、はっと気がついた。

ＡｉＣＯの視線は一度も郷谷を捉えていない。顔に目はなかったが、視線は感じられた。ＡｉＣＯは郷谷を探している。ブレインギアから脳波センサーが取りのぞかれていなければ、郷谷の反応をモニターし、位置を悟れたのだろう。

今、ＡｉＣＯは郷谷を見失っているのだ。

腹に目をやった。尻の下、さらに後方へと視線を向ける。

黒い戦闘機のイメージ――ピンク色に輝いていたが――が意外にはっきりとした形で見わけられた。機首は郷谷から見て、右に向いている。白い排気炎のイメージが後方に伸びていた。

操縦桿をそっと右に倒した。危ういバランスを保っていただけの機体はひっくり返り、一瞬、ピンク色の像が消えた。

あわてなかった。

操縦桿をじわりと引く。ＥＯ‐ＤＡＳポッドの前方に取りつけたＩＲセンサーがふたたびピンク色の輝点――黒い戦闘機をとらえる。

降下とともに加速していき、操縦桿が固くなってくる。だが、まだエンジンをスタートさせるわけにはいかない。

『くるくるよく動く奴なら二、三度無理な旋回させて動けなくしてやればいいんだ』

次いでイモだよ、イモとカゲロウが笑う。

もってくれよとバッテリーに語りかけつつ、主兵装スイッチを入れる。黒い戦闘機の後方に広がる赤外線イメージに紛れて接近していった。

ブレインギアを近接戦闘モードから短距離空対空戦モードにして、兵装セレクターを機関砲から赤外線追尾式ＡＡＭ５ミサイルへと入れ替えた。ミサイルの弾頭に取りつけられた感知部《シーカー》が黒い戦闘機の排気炎にロックし、耳元にトーンが響いた。

ＡＴＤ－ＸⅡは下方からの赤外線探知を防ぐため、排気口下部を延長していた。だが、今郷谷は真上から襲いかかっている。リーサルコーン内ほどではないが、ロックオンは可能だ。

トーンは弱々しかったが、かまわず一発目を発射し、同時に親指の付け根で操縦桿を右に倒した。ＡｉＣＯが航空自衛隊パイロットのデータを基に作られているなら右へ回避するはずだ。

航空自衛隊が使用しているエンジンのファンは時計回りで慣性力は右方向に働く。とっさに逃げようとすれば、右に向かった方がわずかに早い。

予想通り輝点は右へずれた。二発目を撃ちこむ。黒い戦闘機はミサイルを感知し、さらにきつい右旋回を強いられる。不思議なことに何度逃げを打っても右ばかりで、決して左に向かおうとしない。

自機と黒い戦闘機の高度差は二万五千フィートほどあった。ＡＡＭ5の射程内ではあるが、上空から垂直に撃ちこむ分、躱しやすい。

しかし、二度の急旋回で急速にエネルギーは失われている。

チャンスは一度だけだ。

ブレインギアを近接戦闘モードに切り替える。兵装セレクターを機関砲《ガン》に入れた。

衝突寸前まで接近し、二十ミリ弾で破壊するしかない。

眼前に照準点《ピパー》が現れる。

「ガンにはガンだ、この野郎」

目の前のイメージがどんどん大きくなり、連動して標的距離計《ターゲットデイジグネーター》の円弧が急速に短くなっていく。

四千フィート……、三千フィート……、二千五百フィート……。

突然、ＡｉＣＯの表情が険しくなり、まっすぐ郷谷を睨んだ。同時に黒い戦闘機が右へ機首を振ろうとする。

だが、ふらついていてスピードはなかった。

二千を割った。

トリガーを引いた。

Ｆ－15ＤＪの左肩から伸びた灰色のラインが黒い戦闘機とＡｉＣＯのイメージをもろともに粉砕した。

破片が激しく機体を叩き、爆風に翻弄され、ひっくり返る。

郷谷は機体の姿勢を保つため、操縦桿を右に左に振りながらバイザーをはねあげた。すぐに左手をスロットルレバーに戻す。

高度八千フィート。

だが、いつものコクピットに戻った郷谷に怖いものはなかった。エンジン計器に目をやった。回転計の指針は左右とも六十パーセントを超えている。スロットルレバーを押しだし、点火スイッチを入れる。排気温度《EGT》が急速に上昇——両エンジンとも火が入った。

じわりと操縦桿を引く。機首が徐々に持ちあがり、水平飛行に移ったときには二千フィートまで降下していた。

「よっしゃ」

自然と声が出た。黒い戦闘機の破片を受けていたが、今のところ、主警報《マスターコーション》ランプは消えたままだし、禍々《まがまが》しい赤いランプは計器パネルのどこにも見当たらない。

あとの問題は機内燃料がどれほど残っているかだ。確実にいえるのは那覇基地に戻れるだけはないこと……。

ゆるやかに上昇しながら左舷を見下ろす。ブレインギアを使っていないので真っ暗な海面を見ることはできなかった。

「鮫《さめ》……、いるのかな」

自分の言葉に首をすくめる。くよくよ思い悩んだところで燃料が増えるわけではない。とりあえずジロウを呼びだすため、無線機の送信スイッチを押した。

終章　全能兵器

『師走《しわす》の何かとお忙しい中、たくさんの方々にお集まりいただいたことに感謝すると同時に私に対して期待してくださっているのだと身の引き締まる思いでもあります』

四十インチの液晶モニターに〈閣下〉の顔が大写しになっていた。テレビ放送ではなく、都内のホテルに支援者を集めて行われている講演会の様子が控え室のモニターに流されているだけである。

モニターの前に置かれた応接セットで世良はソファに腰かけ、知らず知らずのうちに肘かけを指で叩いていた。濃いコーヒーもなく、部屋が禁煙であるためだ。上着の内ポケットでスマートフォンが振動し、取りだした世良は相手の名も確かめずに耳にあてた。

「はい」

「連れてきました」

いつものように雉牟田からの電話は前置きがない。世良はちらりとモニターに目をやった。

「ご苦労さん。〈閣下〉の講演が終わるまで待機していてくれ」

「わかりました」

世良はスマートフォンを内ポケットに戻した。控え室にいた秘書や支援者たちは公安要員によって別室に移してある。まずは二人だけで話す必要があった。

〈閣下〉は言葉を切り、場内をゆっくりと見渡した。

『私はへぼ将棋を指しますが、このゲームは必ず交互に一手ずつ指さなくてはなりません。できれば指さない方がいいという状況に追いこまれていても、ですよ。動かない方がいいのに動かざるをえないことというのは現実世界ではよくあります。たとえば、原子力発電所の問題です。原発は危険だ、何十年、何百年後の子孫に悪影響を与える。ドイツを見ろ。日本で原発事故が起こったら即刻原発の全面廃止を決めたじゃないかという輩《やから》がいる。ちょっと待ったといいたい。ドイツはね、隣国フランスが原発大国なんですよ。電気が足りなくなれば、フランスから安く買えるんです。両国は地続きで送電線もつながっている。これなら原発全面停止も楽なもんです。原発なんぞなくても高福祉を実現している国はいくらでもあるという人もいます。それにもちょっと待ったといいたい。その国の人口はどれくらいですか。東西統合なったドイツで八千万人、デンマークにいたっては六百万人を切るんです。わが国は一億二千七百万人が豊かな暮らしをしている。それを維持しなきゃいけない。そのために必要であれば、原発も再稼働させましょう。安くて豊富な電力を使って工場を動かして、皆で働きましょう。私は当たり前のことを申しあげているだけなのです』

場内でそうだといわんばかりに拍手が起こった。さくらを仕込んでるなと世良は思った。

『夢や理想は理解できる。だが、人権人権と何とかの一つ覚えのようにくり返している連中が自由だの権利だのと騒ぎたてて、その結果でき上がったのが今の日本だ。人権を守られるのが犯人ばかりで被害者の人権はどうなるのか。むしろ被害者の人権こそを守るべきじゃないのか。戦争にしたってそうです。わが国には平和憲法があります。戦争はできません。でも、国同士の喧嘩ですよ。殴りかかってこようとしている相手がいる。そんな奴に向かって、私は女房に喧嘩を止められてましてといったところで相手が止まりますか。相手に殴りかからせないためには、こっちも力をつけなきゃなりません。相手がうかつに手を出せないと思わせないと平和など実現しないんです。集団的自衛権しかり、わが国の防衛力しかり。いいですか、すべては戦争を起こさないためなんです』

ここで〈閣下〉は難しい顔をしてみせ、しばらくの間黙りこんだ。引きずりこまれるように場内が静まりかえる。やがて〈閣下〉は重々しく切りだした。

『今から四半世紀前、ソ連が崩壊して冷戦は終結、誰もが平和な時代が来ると思った。だが、その後どうなったかは皆さんが知っての通りです。思想、政治のみならず宗教、民族、領土といったさまざまな理由によって紛争が頻発するようになってしまった。唯一の超大国となったアメリカは平和と安定をもたらすため、リーダーとなり、必要とあらば単独でも戦ってきた。たった一国で、世界中を相手に、ですよ。反対に世界中のテロリストはどうですか。アメリカだけを標的にしていればいい。そんなことを四半世紀もつづけてきました。くたびれるのも無理ないでしょう。今こそ疲れた友に手を差しださなくてはなりません』

〈閣下〉は手元に置かれたコップの水を飲みほし、ふたたび顔を上げた。

『私はこれまで世界中のテロリストも危険だが、それ以上にわが国にとっては中国が脅威だということを声を大にしていってきました。ここで私の懸念を申しあげます。杞憂《きゆう》に終わるのであれば、それでかまいません。むしろ杞憂に終わることを希望しています。中国は南シナ海において滑走路や人工島を建設することで実効支配を既成事実化しようとしている。尖閣諸島も重要ではありますが、エネルギーということをお考えいただきたい。私がこう申しあげると、またぞろシーレーンの蒸し返しかとうんざりされる向きもある。しかし、石油だけを取ってみてもわが国エネルギーの四割を占めており、中東からの輸入は一時期――、一九八〇年代後半に七割を切ったこともありましたが、二十一世紀に入って九割近くまで上昇、一時地球温暖化問題もあって減ったものの、二〇一一年の大震災によって原子力発電がストップし、ふたたび石油への依存が高まっているのであります』

〈閣下〉は言葉を切り、場内をゆっくり見まわしてからつづけた。

『中国が南シナ海に進出しても中東からの原油輸入ルートを分断する可能性はさすがに低いと思いますが、もう一つ想起していただきたいのは、今や原油は投機の対象となっているという点です。そして中国の経済成長はここへ来て急速に鈍りはじめている。この二つを考えあわせたとき、中国が南シナ海で何か……、たとえば、大規模な演習でもいいです。それをやると発表する。発表にともなう思惑だけで原油の先物市場が高騰する。よろしいですか。演習すら実施する必要はないんです。演習を行う予定だと発表するだけで先物市場が高騰するわけです。中国が大量に原油を先物買いしていたとしたらどうですか。それだけで大金が転がりこむことになる。一方、わが国の石油製品は一気に値上がりする。ガソリンが一リッター五百円、灯油が同じく一リッター三百五十円になったら、どうでしょう？ わが国経済、延《ひ》いては国民生活はめちゃくちゃにされてしまいます。それを中国の恣意《しい》のままにされるとどうなるのか。中国は戦争する必要などない。今申しあげたように演習すら実施しなくてよい。ただ、計画を発表するだけです。私が懸念しているのはここなんです。輸入ルートを遮断されるのではなく、原油価格によって経済を支配されてしまう。しかも、かの大国は経済的には瀕死の状態であり、なりふり構わず行動することが考えられる。暴挙なら国際政治が黙っていませんが、ただの発表です。政府は澄まして記者会見をするだけ。それでわが国の経済は大打撃を受けかねない。だから中国のご機嫌をとる』

〈閣下〉は宙に視線を据えた。

『私は日本という美しい国を守りたいのです。国とはすなわち国民であり、国民を守るとは安全で豊かな生活環境を守るという他なりません。はっきり申しましょう。理想で腹はふくれない。敵の拳も防げない。誰に何をいわれようと、私は老骨に鞭打ち、今少し汗を流す所存です。どうぞ皆さん、今まで通りのご支援、ご鞭撻《べんたつ》をよろしくお願いいたします』

会場に拍手があふれかえり、〈閣下〉は満面の笑みを浮かべ、両手を上げて応えた。司会者が講演会の終了を告げ、〈閣下〉が壇上を去ったあともしばらく拍手が鳴りやまなかった。

やがて控え室のドアが開き、〈閣下〉の怒号が響きわたった。

「おい、どうなってるんだ。舞台袖に誰もおらんじゃ……」

世良は立ちあがり、ついでにモニターの電源を切った。〈閣下〉は立ち尽くしたまま、世良を睨みつけていた。

「お待ちしておりました」

「どういうことだ。君はそんなところで何をやってる」

「どうぞお入りください。先生にお知らせしたいことがございまして参上した次第です。まずはおかけください」

応接セットの向かい側を示したが、〈閣下〉は動かなかった。世良は〈閣下〉を見据え、静かにいった。

「話は五分もあれば済みます」

鼻を鳴らした〈閣下〉は後ろ手にドアを閉め、大股に応接セットに近づくと世良を睨みつけながらテーブルを回りこみ、ソファの真ん中にどっかり腰を下ろして吠えた。

「かっきり五分だぞ」

「わかっております」

世良は腰を下ろし、折りたたんだ新聞を〈閣下〉の目の前に置いた。社会面が開かれており、山肌から煙が上がっているカラー写真が掲載されていた。

「今朝の自由新報……、台湾の新聞です。台湾北東部の山中で火事があったことを伝えています。燃えたのは古い製材工場ですが、幸いすぐ鎮火しましてね。軽傷者が数名出ましたが、死者はありません。どうして火事をすぐに消し止められたか、気になりませんか」

〈閣下〉は何もいわず、目を細めて世良を見ていた。

「台湾政府当局者が周囲を取り囲んでいました。中にいた連中は自ら火を放って逃げようとしたんです。大半は身柄を拘束しましたが、数名逃げられました。首謀者にもね」

〈閣下〉のまぶたがぴくりと動いたが、相変わらずひと言も発しない。世良はかまわずつづけた。

「逃げおおせたのは首謀者がその山岳地帯の出身だったためです。いやぁ、ここを見つけるのに苦労しましたよ。この辺りの出身者が我々に協力してくれていたので難なく発見できると高をくっていましたが、その協力者こそ一連の騒動の首謀者だったんですからね」

「何の話をしとるんだ？」〈閣下〉は圧し殺した声でいった。「台湾の山中にある工場が私に何の関係がある？」

「東南アジア某国……、国名は伏せさせていただきますが、そこの大使館に日本人が一人、保護を求めてきましてね」

「海外で困ったことがあれば、大使館を頼るのは当たり前だ。珍しいことじゃないだろう」

「ええ。ただ、その日本人が台湾山中の工場で行われていたことと深く関わっていたと申しまして。そのことについて話すので、代わりに身の安全を保障して欲しいというんです」

「信じられるか」

「我々も同じことをいいました。すると彼が先生にお目にかかれば、自分のいっていることが正しいと証明できると申しまして……」

控え室のドアが開き、ぎょっとしたように〈閣下〉がふり返る。

雉牟田が男を連れて入ってきた。男の髪は乱れ、顔には無精髭がまだらに生えていた。躰の前で組みあわせた両手には黒っぽいジャケットがかけられ、右腕を雉牟田にとられている。

ドアの方を見ている〈閣下〉の横顔に声をかけた。

「彼がその日本人です。何者か、ご存じですよね」

〈閣下〉は向きなおったが、答えようとしない。

「おや？」世良は片方の眉を上げた。「佐東理、元部下じゃありませんか」

「私に部下がいたのは航空自衛隊で勤務していた間だけだ。隊員だけで五万人近い。一々顔を憶えているわけじゃない」

世良は上着の内ポケットから折りたたんだパンフレットを取りだし、テーブルに置いた。

「こちらは先々月の三十日、台北市内で開かれた先生の講演会のパンフレットです」

パンフレットを開くと〈閣下〉が数人の男と写っているスナップ写真が出てきた。男たちの中に佐東がいる。

「講演会に参加した人たちをすべて調べました。タイ、ベトナム、シンガポール、フィリピン、それにアメリカの企業のオーナーが名を連ねている。そうそうたるメンバーですね」

分厚いまぶたの下で〈閣下〉の目が動いた。世良は重ねていった。

「アメリカの企業といっても実質的なオーナーは上海《シャンハイ》の方だそうで。面白いですね。先生が提唱されているアジア共栄圏は対中国包囲網のはずですが、中国人の大金持ちも参加されているようですね。現政権は安泰とはいえないということでしょうか」

「ただの講演会だ」〈閣下〉はかすれた声でいい、ワイシャツのカラーに指を入れて緩めた。「それに出席者が全員私を応援しているとはかぎらない」

世良はソファの背に躰をあずけ、足を組んだ。

「どうしてあの男にこの写真が撮れたか疑ってみるべきでした。しかし、台湾海軍の楊鴻烈《ヤンホンリエ》退役少将の息子さんですからね。軍情報部にコネクションがあっても不思議じゃないと思っていました」

〈閣下〉が口を開きかけたが、世良は手で制してから告げた。

「楊道明《ダオミン》。彼は中国人民解放軍と台湾軍双方の情報部に通じた二重工作員《ダブル》だった」

「何をいっとる。私は楊将軍をよく知っているし、息子の道明とも面識がある。そんな裏切りをやる男じゃない」

「そうなんですよ」世良は首をかしげ、頭を掻いた。「だから我々もあなたの監視役として使っていたんです」

〈閣下〉がぽかんと口を開け、世良を見る。その顔は間が抜けていて、その上一気に年をとったように見えた。

「中国軍機は十月二十六日、十月三十日、十一月十七日の三度魚釣島上空に現れている。最初のときはあなたの依頼を受けた斑目、伊瀬両氏が中国軍機と接触し、墜落している。二度目は逆に台湾の山中から発進したステルス無人機によって撃墜されている。そして三度目……、彼らの夢は我々が粉砕した」

余裕を取りもどしたのか、〈閣下〉はせせら笑った。

「何かね、夢というのは」

「ご存じないのも無理はありませんな。楊将軍もあなたも単なる偽装に過ぎなかった。先ほど私は道明がダブルだったと過去形で申しあげました。ここ数年で彼には新たな雇い主が現れましてね、正確にいえば、トリプルだった」

「話にならん」〈閣下〉は腕時計を見た。「もうとっくに五分を過ぎてるぞ」

「超富裕層《スーパーリッチ》というようですね。いやな言葉だ。アメリカではトップ一パーセントを占めるスーパーリッチが国民所得の半分以上を持っていく。富の一極集中によって民間企業が宇宙ロケットを飛ばしています。いやはや何とも凄まじい格差じゃありませんか。でも、アメリカばかりの話じゃありません。東南アジアにも似たような連中が現れている。彼らにとって中国の南下政策は頭痛のタネ……、いや、まさしく死活問題だ。先ほどの先生がお話をされた原油相場による経済支配の見立てはまことに慧眼《けいがん》、敬服の至りであります」

世良は本気で褒めたのだが、〈閣下〉は口元を歪め、これ見よがしに腕時計に目をやった。だが、世良はかまわずつづけた。

「だが、中国の狙いはその程度のものではないでしょう。だからこそ東南アジア各国のスーパーリッチが動いているわけです」

「どういうことかな」

世良は身を乗りだした。

「洋上に二本のラインを引いてアジアを三つに分断した上で支配する。一本は台湾の東側で、尖閣諸島はこのラインの中国が支配する側に入る。さらに台湾、フィリピン、ブルネイ、インドネシアを入れて、もう一本をウッディ・アイランド―ファイアリー・クロス礁ラインとする。西にインドシナ半島……、ベトナム、ラオス、タイ、シンガポールがある。マレーシアはどちらに入りますかな」

「妄想もいい加減にしたまえ」〈閣下〉は首を振った。「そもそも三つに分ける必要がどこにあるんだ？」

「グローバル化してますからねぇ。とくにスーパーリッチは国境に関係なく大金を動かしている。彼らに国家とか国境という概念があるかどうかすら怪しい」

「それじゃ、中国が君のいう洋上のラインを引いたところで意味はないだろう」

「おやおや」世良は片方の眉を上げた。「さきほど先生がおっしゃったばかりじゃありませんか。中国は何もしません。ただ必要に応じて南シナ海洋上、西沙諸島や南沙諸島に点在する基地を結んで大小さまざまな演習を行うと発表するだけです。島々のレーダー施設と人工衛星があれば、艦艇もさほど必要はないでしょう。もちろん演習については事前に発表し、付近を航行する船舶や航空機には注意をうながす。注意を無視すれば、ちょっとした事故が起こるかも知れない。相場を動かすだけならそれで充分です。しかしながらいくら頭の上に超がいくつもつく大金持ちでも中国相手に戦争を起こすわけにはいかない」

「当たり前だ」

「彼らにできることは戦争をちょっと東へずらすこと……、尖閣諸島で日本と中国がやり合うように持っていくことはできる。中国空軍機が墜落したりすれば、きっかけになるでしょう。あなたは口では同盟国といいながらアメリカに絶望していた。とくにF-35という戦闘機には。だから日本が独自に防空システムを持つことを考えた。

それがATD－XⅡだった。だけどわが国はなかなか動かない。ましてアメリカに露見すれば、ATD－XⅡ計画などすぐに潰される。それは航空自衛隊出身であるあなたが一番よくご存じだった。だからいち早く既成事実としてしまうためにスーパーリッチたちに資金を提供させ、人工知能を搭載した無人戦闘機を造りあげようとした。第一回目の実験は十月二十六日に行うはずだったが、間に合いませんでしたね。無人機の人工知能は二機の戦闘機を撃墜する方法を知らなかった。そこで斑目氏が動いた。魚釣島をかすめるように飛ぶ中国軍機の動画を撮影して、インターネット上でアップロードしようとしたんです。かつて海上保安庁の職員がやったように大騒ぎにしようと思った」

「どうして、そんなことを？」〈閣下〉は足を組んで世良を見返していた。「それにあの日、中国軍機が来ることを斑目とかいう人物はどうやって知ったというのかね」

「そこが謎だったんです。十月の二十六、三十日、十一月十七日といずれもあなたは東南アジア各国のスーパーリッチたちと会合を持っている。十月二十六日はホーチミン市だった」

世良は目を細め、〈閣下〉を見つめた。

「十月三十日、あなたは台北で講演会に出席した。一方、楊将軍はビッグサイトでイベントがあって東京にいました。そのとき、私は会っています。あなたと楊将軍が会っていることを中国側が何らかの方法で知って、示威行為として魚釣島に戦闘機を飛ばしているのかと考えたんですが、おそらく逆でしょう。道明であれば、あらかじめ中国軍機の出動予定を知ることができたし、そのときにあなたや父親である楊将軍、それに彼にとって最新の雇い主であるスーパーリッチたちの会合をセッティングできた。我々は十一月十七日に彼らが飛ばしたATD－XⅡを撃墜したあと、道明の行動を徹底的に洗いなおし、台湾当局と協力して監視下に置いた。そして山中の工場を見つけたというわけです。トリプルであればこそ、情報……、台北市内のあなたとか墜落した中国軍機の座席の写真を小出しにして我々をミスリードすることが可能だった」

組んでいた足を下ろした世良は身を乗りだした。

「さきほどの講演で日本という美しい国を守りたいといわれました」

〈閣下〉はソファの上で後ずさった。世良はさらに身を乗りだす。

「大きなお世話です。老兵にはさっさとお引き取り願いましょう」

世良は雉牟田と佐東をともなって控え室を出た。エレベーターの前まで来たとき、佐東がぼそぼそといった。

「茶番に付き合ったんだ。今度はこっちの要望を聞き入れてもらう番だ」

要望なんぞといえる立場かと世良は背中を向けたまま腹の底で毒づきながらもうなずいた。

乾燥した冷たい風が吹き抜ける岐阜基地の駐機場で降機後の点検を済ませた郷谷は、機付長が差しだした記録簿《ログブック》にサインし、戦友ともいうべきＦ－15ＤＪをふり返った。

かれこれ一ヵ月近くになるのか、と郷谷は思った。

高度二千フィートでエンジンの再起動に成功し、何とか立ち直ったものの増槽を捨てていたので燃料は足りなかった。石垣島か、下地島までなら飛べそうだったが、那覇まではとても届きそうになかった。たまたま空中給油機ＫＣ－７６７が沖縄周辺で夜間飛行訓練を行っていたため、干天の慈雨ならぬ腹ぺこの大鷲《イーグル》にたっぷり航空燃料《ＪＰ４Ａ》とあいなったのである。那覇基地にたどり着くまで第２０４飛行隊のＦ－15三機が随伴飛行《エスコート》してくれたのはいうまでもない。

ばらばらに飛びちった黒い戦闘機の破片をくぐりぬけていたので、那覇基地で徹底的な検査を受けた。幸い損傷は軽微だったが、念のため、エンジンを交換して岐阜に戻っている。岐阜基地でも検査、補修を行い、垂直尾翼のマークも元に戻されていた。

胴体下センターラインにEO-DASポッドを吊りさげている点は変わらないが、後席に取りつけられた上方監視用ターレットは外され、射出座席が戻されている。F-15によるEO-DASポッドのテストが始まっていた。

胴体の下にしゃがみ込んでいた千田が出てきて、郷谷に近づいてきた。今日は後席に乗りこみ、開発途上にある次期《C-X》輸送機の追跡機《チェイサー》を務めつつ、EO-DASの試験を行っていたのだ。千田の表情は冴えなかった。

「どうかしたんですか」

「新しい赤外線カメラを取りつけてたんだけど、期待通りの性能を発揮してくれなくてね」

「最低《テン》ですか」

千田が郷谷に目を向け、にやっとする。

「いや、やや悪《セブン》ってところだ」

第二次世界大戦が終わって間もない頃、アメリカ航空宇宙局《NASA》の前身である国家航空諮問委員会にクーパー、ハーパーという二人の技術者がいた。ジェット戦闘機の黎明期であり、前人未到の問題が次々に噴出していた。しかも現在のように各種センサーが発達しているわけではなく、いきおい試験結果の評価はそれぞれの感覚に頼らざるを得なかった。言葉で表現するのは難しく、また相手に伝わりにくかった。そこで二人は自分の感じた評価を十段階に分け、数値で表現する方法を思いついたのである。最高、問題なしを1《ワン》とし、まったくダメ、話にもならないを10《テン》とした。大雑把ではあったが、自分の感覚を簡潔に伝えることができ、非常に便利だった。以来、技術者、テストパイロットの間に広まり、いつしかクーパー・ハーパー・レイティングと呼ばれるようになった。

郷谷が知ったのは、飛行開発実験団に来てからである。

「久しぶりのF－15だ。よかったろう？」

「やっぱりといいたいところですが、F－15はあれ以来ですからね。手順《プロシージャ》を思いだすだけで大汗かきましたよ」

那覇から戻るとすぐに東京出張を命じられ、一週間にわたって防衛省、航空幕僚監部、そして警視庁の事情聴取を受けた。岐阜に戻ってからも世良が数回にわたって訪ねてきたし、愛知県警察本部に呼びだされることもあった。名航——三菱重工業名古屋航空宇宙システム製作所には一度も行っていない。

隊舎から出てきた若いパイロットが自分に向かって駆けよってくるのに気がついて、郷谷は小さく舌打ちした。

「チャンプ、お客さんですよ」

「また、お巡りさんか」

「いいえ。雪乃さんという女性で名航でいっしょに仕事をしていたとおっしゃってましたが……ラウンジに通しちゃいましたけど、まずかったっすか」

「いや、そんなことはない。装備を置いたらラウンジに行く。もう少し待ってくれと伝えてくれ」

隊舎に戻った郷谷は早速救命装具室にヘルメットなどを置き、二階にあるラウンジに行った。応接セットに座っていた雪乃が立ちあがった。

「お久しぶりです。その節はお世話になりました」

「いいえ、こちらこそ。いろいろありがとうございました。ばたばたしてて名航にもうかがえなかったものですからろくに挨拶もしないで失礼しました」

「私も昨日まで東京におりまして」

「防衛省やら警察やらにいろいろ訊かれたんですね」

「それもありましたが、藤田リーダーの研究について調査を行っていたんです。ようやく引っ越しの支度ができるようになって戻ってきたんですけど、郷谷さんにご挨拶したくて……、突然お訪ねして申し訳ありません」

「いいえ、かまいません。ちょうど今降りたところでナイスタイミングでしたよ。それでは引っ越されるんですね」

「実は十二月一日付けで東京本社総務部への異動を命じられました。アトラスは変わりないんですが、第六部は解散になったものですから」

「そうですか」郷谷はようやく気づいてソファを指した。「とりあえずおかけください。何か飲み物は？　といっても自動販売機の缶コーヒーくらいしかありませんが」

「いえ、結構です。ご挨拶だけしたらまた名航に戻らなくちゃいけないもので」

二人は向かいあって腰を下ろした。雪乃の表情が暗かった。

「その後、佐東さんのことで何か聞かれてますか」

佐東理は硫黄島から戻ってきた直後、姿をくらまし、それ以来行方がわからなくなっている。

「いいえ」

「そうですか」

あからさまに落胆し、目を伏せた雪乃を見て、郷谷は落ちつかない気持ちになった。実は一度、佐東に会っている。三週間前、桜田門の警視庁で世良の事情聴取を受けたときだ。決して口外しないよう世良にきつくいわれていた。

案内された小会議室で佐東は一人で待っていた。郷谷に中へ入るようにいい、世良は入らずにドアを閉めた。

「どうぞ」

佐東はテーブルを挟んだ向かい側の椅子を手で示した。郷谷は椅子を引き、腰を下ろした。佐東は紺無地のスーツにワイシャツを着ていたが、ネクタイは締めていなかった。髪は油っ気こそなかったもののきちんと整えられ、髭も剃ってこざっぱりとした格好をしていた。

「チャンプと二人きりで会いたいといったんです。それが条件でした」

「条件？　何の？」

「いろいろ取り引きがありましてね」佐東は会議室の中を見回した。「まあ、公安警察のやることですからカメラとマイクはどこかに仕込んであるんでしょうが」

壁に耳あり障子に目ありといった沖縄県警の深水を思いだした。だが、会議室には質素なテーブルと折りたたみ椅子が四脚あるだけで調度はなく、南向きの窓があるほか壁には何も掛かっていない。

「少し痩せたな」

「ええ」佐東はうなずいた。「七、八キロは落ちてますかね。いろいろ心労もありましたし、多少しんどい思いもしましたから」

「何があった？」

佐東がにやっとした。

「チャンプは変わらないな。相変わらずズバッと来る。硫黄島から戻って、その日のうちに台湾に飛びました。藤田さんが死んだと聞いて、すぐシンガポールへ渡りましたけどね。あちらで頼りにしようと思っていた某将軍の息子に裏切られていたことがわかったもので……」

佐東は首を振った。

「藤田さんのような目には遭いたくなかったんで」

「殺されたとでもいうのか」

佐東はすぐに答えようとせず、わずかの間考えこんだが、首を振った。

「わかりません。ですが、自殺であろうとなかろうと命を落としたことに変わりはありません。今回の件には日本だけじゃなく、いろいろな国の軍や情報機関の関係者がからんでました」

「航空機のメーカーも」

郷谷の言葉に、佐東はせせら笑うような表情を見せた。

「そこも軍関係ですよ、所詮は。まあ、いずれにせよ大義のためには人の命の一つや二つは何とも思わない連中ばかりです。それで私も生命の危険を感じた次第です。どこの国にいても……」

「殺されるか」

「最近の流行りは事故のようですね。車にはねられるとか、酔っ払ってて橋の上から落ちて溺れ死ぬとか」

「藤田さんは国内で亡くなったが」

「だから、そこが取り引きですよ。私の安全を保障してもらう代わりに情報を提供するとか。それで大使館に駆けこんで保護を求めることにしました。ことわざにあるでしょ？　懐《ふところ》に飛びこんできた鳥は猟師も撃たないって。あれに賭けたんです」

黙って見返していると佐東はうなずいた。

「相手を考えていって、唯一殺されずに済むのは日本かなと思いました」

佐東はいくぶん胸を反らせた。

「大使館に逃げこんだ次の日、雉牟田が来ました」

「誰だ、それ？」

「世良の部下です。おかげでこうして無事帰ってくることができました」

「お前はＡＴＤ－ＸⅡを外国に売り渡したんだろ？」

「またまたズバッと来ましたね」佐東が苦笑する。「正確にいえば、共同開発です。スポンサーはシンガポールにいましたし、レールガンは日本製ではありません。一つ訂正させてください。Ⅱじゃなくて型Ⅲです。武装してましたから」

テーブルに肘をつき、佐東が身を乗りだしてきた。

「それにしてもあんな目くらましを思いつくとは。さすがチャンプというべきですかね。前々から考えていたんですか」

「いや」

ふっと息を吐き、まじまじと佐東を見た。

「成り行きだ。正直、運がよかっただけだと思う」

「運も実力のうち？」

「運は運だ。それ以上でもそれ以下でもない。おれも一つ訊きたい」

佐東は上体を引いた。

「何ですか」

「どうしてあんなことをやった？」

「またしてもズバッと、だな」つぶやきつつ、佐東は腕組みをした。「二つ、ありますかね」

「一つは？」

佐東は目を上げ、郷谷をまっすぐに見た。

「チャンプはF－35が日本に配備されると思ってますか」

「何の話だよ。配備されるに決まってるだろ」

「どうかなぁ」佐東が首をかしげる。「ぼくは疑問だと思ってるんですよ。平成二十九年度から配備といわれてるけど、アメリカはまた難癖をつけて先延ばしにするんじゃないですかね」

また、と佐東がいう意味はわかった。F－15は機体とエンジンだけで最新の電子機器は積んでなかったし、日米共同開発だったF－2ではベースとなったF－16の操縦系統のソースコードを渡さなかっただけでなく、レーダー直径に制限をかけてきた。アメリカが日本に制限をかけているのは戦闘機だけではない。レーダー網、コンピューターネットワーク、空軍運用のノウハウに至るまであらゆる分野に及んでいる。

「同盟国ゆえに仕方ないという戯言《ざれごと》はなしにしましょう。同盟国どころか属国扱いだ」

「もう一つは何だ？」

「あなたですよ、チャンプ。ぼくはどうしてもあなたをやっつけたかった。でも、できなかった。だからパイロットの要らない戦闘機を作りたかったんです。絹のマフラーじゃなく、今じゃ、パイロットそのものが時代遅れなんです」

「へえ」郷谷は片方の眉を上げて佐東を見返した。「それであのおもちゃ、おもちゃを造ったってわけか」

「おもちゃって」

「そうじゃなきゃ、ガラクタだ」

郷谷は身を乗りだし、佐東の鼻先に指を突きつけた。

「ハートのない飛行機なんざガラクタだ。何度でも来い。何度でもたたき落としてやる」

「よくいうよ。あんたはロートルのポンコツ、間もなく定年退職だろ」

「心配無用、おれ程度の戦闘機《ファイター》乗りならこれからもぞろぞろ出てくるよ」

たぶんな、というひと言は嚥みこんでにやりとして見せた。

雪乃は目を伏せ、小さくうなずいた。

「やはりそうですか。実は一度だけ、似たような人を見かけたんです」

「どこで？」

「警視庁のサイバー対策をやっている部署なんですけど」

アトラス・シックスおよび藤田の東京の自宅、名古屋市内のマンションにあった資料、パソコンはすべて警察が押収し、警視庁内のサイバー犯罪対策課に集められていると雪乃はいった。

「何か話しました？」

「いえ。男性に付き添われて廊下を歩いているところを見かけただけです。私に気づいた様子もありませんでした。あとで世良さんに聞いたんですが、人違いだろうといわれてしまいました。それで、ひょっとしたらと思って郷谷さんにお訊ねしてみたんですが」

「お役に立てなくてすみません」

「捜査中なので詳しいことはいえないといわれましたが、世良さんに一つ訊かれたことがあるんです。佐東さんがＡＴＤ-ＸⅡの開発にのめり込んだ背景には郷谷さん……、チャンプに対する強い思いがあったんじゃないかって」

「強い思い？　私を恨んでたとか」

「嫉妬だと思います。男性の嫉妬は根深くて強い。案外厄介なものでしょう」

ずばりといったあと、雪乃は目を伏せ、小さな声で詫びた。

「すみません」

「いえ」

ふたたび雪乃が顔を上げる。

「世良さんは恨みだけじゃなく、憧れもあったようだといってました。自分にできなかったことをATD－XⅡにAiCOを載せることで実現しようとした可能性があると見ているようですが、私にも実は思いあたる節があるんです」

郷谷は雪乃の目をまっすぐに見た。雪乃も見返してくる。

「郷谷さんの名前を初めて出したのは佐東さんなんです。AiCOを完成させるためには郷谷さんのデータを取る……、失礼しました」

「事実だからかまいませんよ」郷谷はうなずいた。「そういえば、AiCOというか、例のブルーのガラス人形を見ましたよ」

雪乃がメガネの奥で目を見開く。

「どこで……、いつですか」

「あのとき、尖閣上空で」郷谷はソファの背に躰を預けた。「おれが相手にしたのがATD－XⅡと同じものなのかわかりませんが」

郷谷は黒い戦闘機とわたりあった様子を最初から話した。

アンノウン――中国軍機だと視認はできなかった――は二機編隊で魚釣島に向かっていた。接近する様子がアトラス・シックスでのシミュレーションに似ていると感じたのでリーダーのジロウとともに中国軍機を牽制しつつ、郷谷はEO－DASを通して下方を注視し、そしてピンク色の輝点を発見した。

「まるで歯が立ちませんでした。最初の旋回でもう背後《シックス》をとられて……」

あの瞬間に感じた絶望が蘇ってくる。囮弾《フレア》をばらまいて逃げを打ち、急上昇して高度五万フィートを超えたところで両エンジンをカットした。

「エンジンを切ったんですか。どうして」

「あっちも赤外線センサーを使っている以上、赤外線の放出量を押さえようと思ったんです。硫黄島でも対抗策の一つとして考えてはいたんですが。一応はうまくいったんですよ。黒い戦闘機というか、AiCOは私を見失って、それで姿を見せて、私を動揺させせようとしたんじゃないかと思います。脳波が乱れれば、センサーが感知するでしょ」

「ええ、でもあのときセンサーは取り外してありました」

「ＡｉＣＯというか、サトリはそのことを知らなかった」

「だから姿を見せた、と？」

「硫黄島で見た、あの姿のままでした。ガラスの人形みたいな、例のあれです。私を見失ったらしく明後日《あさって》の方を向いてましたけど。ＥＯ－ＤＡＳポッドのデータリンクをたどって侵入してきたんですかね」

郷谷の言葉に雪乃は首をかしげ、テーブルに視線を落とした。

「不可能ではないと思いますが……」

「そんな機能は組みこんでいない？」

雪乃がうなずく。

「また、進化したってことになりますか」

雪乃は首を振り、目を上げた。

「それはわかりません。ただ……」

「ただ、何です？」

「ランナウェイモードというのを憶えてらっしゃいますか」

「ええ。サトリがいってました。レーダー波を感知すると自動的に回避機動に移るって」

「それも一部ですね。そしてこの防御プログラムに欠かせないのが自己という概念というか、枠組みなんです。何を守るべきかを定義してやらないと自己防衛などできません。AiCOはデータを読みこむにつれて、自らパラメータ……、評価基準を自動生成するように設計されていました。自己防衛におけるパラメータでもっとも重要なのは、〝わたし〟という概念なのです。AiCOは〝わたし〟に気がついた」

郷谷は腕組みし、唸った。

「難しい話ですね」

「私も今チャンプの話を聞いて、ふっと思いだしただけで、その内容を理解しているとはとてもいえません。藤田リーダーが残した資料を分析すれば、何かわかるかも知れませんが、ひょっとしたら」

言葉を切った雪乃を郷谷はのぞきこんだ。意を決したように雪乃がつづけた。

「ひょっとしたら藤田リーダーや佐東さんも気づいていなかったのかも知れません。以前にも申しあげましたが、AiCOはネットワーク上のどこにでも存在します。そしてもっとも厄介なのは、AiCOが走っているコンピューターの電源を落としても

ＡｉＣＯを消すことにはならないし、世界中のコンピューターの電源がすべて落ちることはあり得ない」

「それじゃ、今も」

「可能性はあります。そしてＡｉＣＯにとってみれば、戦闘機も一つのデバイスに過ぎません」

「どういうことですか」

「戦闘用人工知能《アーティフィシャル・インテリジェンス・フォア・コンバット》の頭文字をとってＡｉＣＯとしました。空戦《エア・コンバット》ではなく」

「でも、サトリは響きがいいからＡｉＣＯにしたといってましたよ」

エア・コンバットだとアイアコですからねといって苦笑した佐東の顔が脳裏を過ぎった。

「ＡｉＣＯと命名したのは藤田さんなんです。佐東さんはあくまでも無人戦闘機用と考えていたようですが、藤田さんの発想は戦法、戦術、戦略にまでおよぶプログラムでした。もし、ＡｉＣＯが自動的に進化しているなら……」

離陸していく戦闘機の爆音がラウンジを満たし、雪乃の声をかき消した。エンジン音からして、アフターバーナーをフルに焚いたＦ－２であることはわかった。

背筋がぞっとした。
轟音のせいばかりではないことはわかっている。

解説

鈴木ゆり子（「価格.comマガジン」編集部）

「オレ、戦闘機乗ってるんだ」

騒がしいワインバーで隣に立っていた1人の男性が突然私に言った。

セントーキ。私にはそう聞こえた。「自衛隊でF-15のパイロットやってんの」次いで言われてもまったくピンとこない。ファンクションキーのF-5が最初に頭に浮かんだ。

目が細く、常に笑っているような顔のその自衛官の、得意げな表情ははっきりと覚えているのに、その時私が具体的になんと返事をしたのかは全く覚えてない。今から10年近く前だろうか。「……そうなんですか」という興味のなさ丸出しの返答をしたような気がする。とにかく、そこそこキャッチーな会話の切りだしもむなしく、話はそこから1ミリも広がらなかったことだけは覚えている。

今でこそ、うっかり私に「戦闘機に乗ってる」などと言おうものなら、「どっから来たの？　三沢？　だったらＦ－２？　もしやＦ－35？　ちなみに防大（防衛大学校）？　航学（航空学生）？　何期？」などど質問攻めにして気味悪がらせる自信がある。が、当時は、日本に戦闘機があることも、日本人のファイターパイロット（戦闘機のパイロットがそう呼ばれていることすら知らなかった）がいることも、まったく知らなかったのだ。

誇らしげにファイターであることを告白した自衛官と話をしてから数年後。私はひょんなことから航空祭に行くことになった。行く先は宮崎県にある新田原《にゅうたばる》基地で、もちろん観光メインだ。地鶏を食べて青空市場で焼酎を飲んで、青島神社を参拝して、良縁をつかむのだ。新田原にどんな戦闘機があるか知らなかったが、どうでもよかった。どうせマニアックなおじさん向けのイベントだろう。若い女子であるこのワタシが行ったらちょっと目立っちゃうんじゃないかしら？　帰りにビールの１杯でもおごってくれたりして、などとアホな思い上がりをしていたことは今思い出しても恥ずかしい。

当日は、極寒の12月の早朝で、雨まで降っていた。にもかかわらず、猛烈な人混みだ。セントーキ、まさかの大人気。入場するだけで大行列しているではないか。しかも若くてキレイな女性もそこそこたくさんいらっしゃる。聞いてない、思ってたのと違う……。

朝一番のプログラムが見ものらしいが、それに間に合うかギリギリだった。荷物検査やボディチェックまであり、その厳しさときたら空港の保安検査場並みだ。散々苦労して基地に入った時には、身体はガチガチに冷え固まっていった。もう屋台で売ってるおでんを食べて帰りたい。でもおでん屋も大行列だし、超テンション落ちるんですけどー、と不満を口にしようとした時だった。

今まで聞いたことのないような、耳に突き刺さる高音と、腹の奥まで届く低音が合わさった轟音《ごうおん》が空に響いた。どよめく観客。その轟音は、羽田や成田空港で耳にする旅客機の上品なジェット音とはまるで違うすさまじさで、まったく遠慮のないものだった。他の来場者の視線の先に目を凝らすと、猛烈なスピードで一機の飛行機が空中を横切った。そして、クッと機首を持ち上げたかと思うと、垂直に近いとんでもない角度で急上昇していった。飛行機にこんなに機敏な動きができるとは……。それが、派手な迷彩塗装を施したF－15戦闘機、飛行教導群の通称アグレッサー部隊によるハイレートクライムだった。

本書冒頭でF－2のスニーキングアタックを見せつけられた警視庁捜査員の世良がそうだったように、私はその場に立ち尽くした。開いた口に雨粒が入る。私の知らなかった世界。飾りや見世物ではない、実戦部隊としての戦闘機。その圧倒的な迫力と存在感に度肝を抜かれ、心を奪われた瞬間だった。そして、「オレ、戦闘機乗ってるんだ」とドヤ顔した自衛官を思い出し、「セントーキってこれのことかーい！」と心中で盛大に突っ込んだ。こんな凄いやつに乗ってたとは……。印象的だった誇らしげな表情にようやく合点がいったのだった。ちなみにそのパイロットとは今でもゆるい友人関係が続いている。

本書は、「四日後、戦争が始まる。ひょっとしたら……」という、唐突で不吉な一文で始まる。本書を含め、鳴海章氏が描く航空自衛隊を舞台にした小説の魅力は、鳴海氏は元パイロットなのでは？　と疑いたくなるほどリアルなファイター目線の空中戦、そして、日本を取り巻く政治情勢をくんだストーリーだろう。もちろん私は戦闘機に乗ったことはない。メカに関する知識もない。たまに所属するウェブマガジンの編集部で、下手くそな飛行機や軍艦のプラモデルを製作したり、フライトシューティングゲームをしたりしては、誰のためにもならないレビュー記事を公開しているが、実態は戦闘機と空自のただのファンである。よって、本書の空戦がどれほどリアルなのか、現実の軍事情勢がどれほど反映されているのか、正直わからない。わからないが、鳴海氏の航空小説いずれにも魅せられる。なぜか？

本書終盤では、人工知能「AiCO《アイコ》」とファイターパイロット「チャンプ」の一騎打ちが描かれる。チャンプら生きた人間には命があり、時に冷静さを欠いた判断をするが、AiCOにはそれがない。激しい加速や旋回によるGの影響もまったく受けない。無人機ドローンと似ているが、プラスして知能があり、「死」を恐れない。さらにAiCOは、空自の凄腕ファイターパイロット達の空戦データを蓄積して作られているため、操縦技術も並のパイロットより優れているという。果たして、そんな最強兵器にチャンプは勝てるのか……。

最新兵器や人工知能に詳しい専門家なら、これらの現実味について深く考察するかもしれない。でも私は専門家ではないので、「もしかしたら在り得るかもしれない」と素直に思えるのだ。日本に存在するわけがないと思っていた戦闘機、その機体を駆る同年代の日本人が、自分の隣に普通に立っていたように。また、本書では日本への導入が疑われていたステルス戦闘機F‐35の配備が、2019年現在、すでに開始されているように。

AiCOに立ち向かうチャンプや、チャンプがかつて憧れ、ミッション中に行方不明になった伝説の天才パイロット「カゲロウ」と、自分が過去に出会った実在のパイロットを重ね合わせ、妄想してみる。

チャンプがＡｉＣＯの開発者である元空自のパイロット「サトリ」に啖呵《たんか》をきる、
「ハートのない飛行機なんざガラクタだ」と。
やばい、かっこいい、シビれる。全く知らない世界は、楽しい。

●本書は二〇一六年六月、小社より単行本として刊行されました。
●この物語はフィクションであり、実在する人物、団体、組織などとは一切関係ありません。

JASRAC
出1904124-901

|著者|鳴海 章 1958年、北海道生まれ。日本大学法学部卒業後、PR会社勤務を経て、'91年に『ナイト・ダンサー』(講談社文庫)で第37回江戸川乱歩賞を受賞しデビュー。『マルス・ブルー』(講談社文庫)などの航空サスペンスに定評があり、『中継《なかつぎ》刑事《デカ》』(講談社文庫)など警察小説にもファンが多い。『風花』(講談社文庫)、「雪に願うこと」の題名で映画化された『輓馬』(文春文庫)など、映像作品も話題となり、名作の誉れが高い。近著に『旭日の代紋』(光文社文庫)などがある。

全能兵器《ぜんのうへいき》AiCO《アイコ》

鳴海《なるみ》 章《しよう》

講談社文庫

定価はカバーに
表示してあります

2019年7月12日第1刷発行

発行者——渡瀬昌彦
発行所——株式会社 講談社
東京都文京区音羽2-12-21 〒112-8001
電話 出版 (03) 5395-3510
販売 (03) 5395-5817
業務 (03) 5395-3615

デザイン—菊地信義
本文データ制作—講談社デジタル製作
印刷———信毎書籍印刷株式会社
製本———株式会社若林製本工場

Printed in Japan

ISBN978-4-06-515329-1

講談社文庫刊行の辞

二十一世紀の到来を目睫に望みながら、われわれはいま、人類史上かつて例を見ない巨大な転換期をむかえようとしている。

世界も、日本も、激動の予兆に対する期待とおののきを内に蔵して、未知の時代に歩み入ろうとしている。このときにあたり、創業の人野間清治の「ナショナル・エデュケイター」への志を現代に甦らせようと意図して、われわれはここに古今の文芸作品はいうまでもなく、ひろく人文・社会・自然の諸科学から東西の名著を網羅する、新しい綜合文庫の発刊を決意した。

激動の転換期はまた断絶の時代である。われわれは戦後二十五年間の出版文化のありかたへの深い反省をこめて、この断絶の時代にあえて人間的な持続を求めようとする。いたずらに浮薄な商業主義のあだ花を追い求めることなく、長期にわたって良書に生命をあたえようとつとめるところにしか、今後の出版文化の真の繁栄はあり得ないと信じるからである。

同時にわれわれはこの綜合文庫の刊行を通じて、人文・社会・自然の諸科学が、結局人間の学にほかならないことを立証しようと願っている。かつて知識とは、「汝自身を知る」ことにつきていた。現代社会の瑣末な情報の氾濫のなかから、力強い知識の源泉を掘り起し、技術文明のただなかに、生きた人間の姿を復活させること。それこそわれわれの切なる希求である。

われわれは権威に盲従せず、俗流に媚びることなく、渾然一体となって日本の「草の根」をかたちづくる若く新しい世代の人々に、心をこめてこの新しい綜合文庫をおくり届けたい。それは知識の泉であるとともに感受性のふるさとであり、もっとも有機的に組織され、社会に開かれた万人のための大学をめざしている。大方の支援と協力を衷心より切望してやまない。

一九七一年七月

野間省一